民國文化與文學研究文叢

七　編

第 13 冊

《眞美善》的法國文學譯介研究

呂 潔 宇 著

國家圖書館出版品預行編目資料

《真美善》的法國文學譯介研究／呂潔宇 著 -- 初版 -- 新北市：
花木蘭文化事業有限公司，2017〔民 106〕
目 2+184 面；19×26 公分
（民國文化與文學研究文叢 七編；第 13 冊）
ISBN 978-986-485-056-3（精裝）
1. 翻譯學 2. 法國文學 3. 期刊 4. 讀物研究
820.9　　　106013219

民國文化與文學研究文叢
七　編　第十三冊　　ISBN：978-986-485-056-3

《眞美善》的法國文學譯介研究

作　　者　呂潔宇
總 編 輯　杜潔祥
副總編輯　楊嘉樂
編　　輯　許郁翎、王　筑　美術編輯　陳逸婷
出　　版　花木蘭文化事業有限公司
社　　長　高小娟
聯絡地址　235 新北市中和區中安街七二號十三樓
　　　　　電話：02-2923-1455／傳眞：02-2923-1452
網　　址　http://www.huamulan.tw 信箱 hml 810518@gmail.com
印　　刷　普羅文化出版廣告事業
初　　版　2017 年 9 月
全書字數　166776 字
定　　價　七編 31 冊（精裝）新台幣 58,000 元

《真美善》的法國文學譯介研究

呂潔宇 著

作者簡介

呂潔宇，女，1987 年生，土家族，湖北長陽人。文學博士，現爲曲靖師範學院人文學院講師，主要從事中國現當代文學與文化研究，已公開發表相關論文十餘篇。

提　要

在中國近現代文學的革新和發展中，翻譯文學無疑起了重要的推動作用，而法國文學作爲翻譯文學的先驅更是爲新文學帶來了觀念和創作方法的更新。近代以來，大量的出版機構和文學家積極致力於法國文學譯介，《眞美善》便是其中重要的代表。《〈眞美善〉的法國文學譯介研究》聚焦三十年代左右上海文壇的《眞美善》期刊，企圖通過對史料的整理和分析，對《眞美善》法國文學譯介情況進行細緻梳理和考察，對其翻譯活動的影響進行客觀的評估，還原該刊物在文學史上的價值。

《〈眞美善〉的法國文學譯介研究》以期刊作品爲主要研究對象，回到歷史語境中，從城市文化環境、社會文學思潮、編者的文學理想等多個方面分析《眞美善》進行法國文學譯介活動的歷史背景，對《眞美善》的翻譯理論進行歸納總結，探討法國文學尤其是法國唯美主義文學譯介對譯者創作的影響，並將其放置於同時代翻譯潮流和歷時性法國文學翻譯歷史中去探究《眞美善》法國文學譯介活動的特點及影響，彌補學界對其研究的不足。而以《眞美善》爲切入點，通過個案研究可以一窺整個三十年代複雜的文壇生態，豐富我們對文學史的認識。

中國現代文學史研究中的「民國文學」概念——《民國文化與文學研究文叢》第七編引言

李　怡

與政治意識形態淵源深厚的文學學科

大陸中國現代文學研究，最近 10 來年逐漸失去了 1980 年代的那種「眾聲喧嘩」、「萬眾矚目」的熱烈景象，進入到某種的沉靜發展的狀態，如果說，在這種沉靜之中，有什麼值得注意的現象的話，那就是「民國文學」概念的提出以及引發的某些討論。

對於海外中國文學研究者而言，現代中國很自然地分作「民國時期」與「人民共和國時期」，這是一種相當自然的歷史描述，作爲文學史的概念，也完全有理由各取所需地採用不同的概念：現代中國文學、中國現代文學、中國文學（民國時期）、中國文學（中華人民共和國時期）等等，這裡有思想的差異或者說審美意識形態的分歧，但是卻基本不存在嚴重的政治較量和衝突。站在海外漢學的立場上，人們難免困惑：現代文學也好，民國文學也罷，不過就是一種文學史的稱謂而已，是不是有如此鄭重其事地加以闡發、討論的必要呢？

這裡就涉及到對大陸中國現當代文學學科存在格局的認識。其實，嚴格的學科意義上的「中國現當代文學」並不是在 1949 年以前的民國時期建立的，儘管那時已經出現了「中國現代文學」的大學教育，也誕生了爲數可觀的「中國現代文學史」著作，但是主要還是講授者（如朱自清）、著作者的個人選擇，體系化的完整的知識格局和教育格局尚不完整。眞正出現自覺的「學科建設」的意識是在 1949 年中華人民共和國成立以後，各學科教育大綱的編訂、樣板式教材的編寫出版乃至「群策群力」的從思想到文字的檢討、審查，都意味著「中國現代文學」學科由此納入到了政治意識形態的一體化架構之中，因此，討論「中國現代文學」學科的任何問題——從內容、結構到語言、概念都是非同小可的「國家大事」，在此基礎上的任何一次新的概念的設計和調整，都不得不包含著如何面對政治意識形態以及如何回答一系列「思想統一」的結論的問題，這裡不僅需要學術思想創新的智慧，更需要政治突圍的勇氣和決心。

回頭看大陸新時期以來的每一次文學史概念的提出，都兼有如此的「智慧」和「勇氣」：例如最有影響的概念——二十世紀中國文學。提出這一概念，其意義主要不是重新劃分晚清——近代——現代——當代的文學史時間，不在於從過去的歷史分段中尋找歷史的共同性；而是爲了從根本上跳脫政治化的「現代」概念對於文學的捆綁。

作爲學科史意義的「中國現代文學」的「現代」概念，其實已經與它在五四文壇出現之初就有了巨大的差異，完全屬於一種政治意識形態的產物。眾所周知，最早的「現代」概念與「近代」概念一樣都來自日本，最早用「近代」更多，到 1930 年代以後「現代」的使用頻率則超過了「近代」——在那時，中國的「現代」基本上匯通著世界史學界的理解框架，將資本主義發展、傳統世界自我封閉格局得以打破的「現時代」當作「現代」；但是，1949 年以後作爲學科史意義的「中國現代文學」的「現代」概念卻又不同，它更多地師法了前蘇聯的歷史觀念：由斯大林親自審查、聯共（布）中央審定、聯共（布）中央特設委員會編的《聯共（布）黨史簡明教程》和由蘇聯史學家集體編著的多卷本的《世界通史》重新認定了歷史的意義和分段方式，〔註 1〕馬列主義的五種社會形態進化論成爲劃分歷史的理論基礎，1640 年英國資產階級革命由於「階級局限性」屬於不徹底的「現代」，只能稱作是「近代」的開始，而「現代」演進關鍵點是十月社會主義革命的重大勝利，中國的歷史劃分是對蘇聯思維的仿傚：1840 年的鴉片戰爭被當作「近代」的開端，而標誌著「工人階級登上歷史舞臺」、「馬克思主義開始傳播」的「五四」運動則被當作了「現代」，後來考慮到「五四」之時，中國共產黨尚未成立，無法認定

〔註 1〕《聯共（布）黨史簡明教程》於 1938 年在蘇聯出版，人民出版社 1975 年正式出版中譯本。《世界通史》於 1955～1979 年出版，全書共 13 卷。中譯本《世界通史》（1-13 卷）於 1978～1987 年分別由三聯書店、吉林人民出版社和東方出版社出版。

其十月革命式的政治勝利，所以又在「現代」之外另闢 1949 年以後爲「當代」，以彰顯社會主義與共產主義社會的到來，由此確定了中國文學近代／現代／當代的明確格局——這樣的劃分不僅時間分段上不再模糊，而且更具有明確的思想的內涵與歷史文化質地：資產階級文學（舊民主主義革命文學）、新民主主義革命文學與社會主義文學就是近代——現代——當代文學的歷史轉換。

「二十世紀中國文學」是中國文學研究界學術自覺，努力排除前蘇聯「革命」史觀影響、尋求文學自身規律的產物。正如論者當年意識到的那樣：「以前的文學史分期是從社會政治史直接類比過來的。拿『近代文學史』來說，從一八四〇年鴉片戰爭到一八九八年戊戌變法，半個多世紀裏頭，幾乎沒有什麼文學，或者說文學沒有什麼根本的變化。」「政治和文學的發展很不平衡。還是要從東西方文化的撞擊，從文學的現代化，從中國人『出而參與世界的文藝之業』，從文學本身的發展規律，從這樣的一些角度來看文學史，才比較準確。」「『二十世紀中國文學』這一概念首先意味著文學史從社會政治史的簡單比附中獨立出來，意味著把文學自身發生發展的階段完整性作爲研究的主要對象。」〔註 2〕

自「二十世紀中國文學」開啓歷史性的「重寫文學史」以來，中國現代文學的研究一直是富有勇氣地走在這一條「學術創新——政治突圍」的道路上，力圖讓文學回歸文學，歷史還原給歷史。可以說，「民國文學」也屬於這樣的努力，是「重寫文學史」的一種方式。

可疑的「現代性」

當然，這種方式也體現出了對既往文學研究的一種反思。

「二十世紀中國文學」這一歷史架構顯然具有重大的學術價值，直到今天依然是影響最大的文學史理念。然而，在「民國文學」的視野之中，它也存在著需要克服的問題：「二十世紀中國文學」這一概念是否已經具備了學科的穩定性？例如，在「二十世紀」業已結束的今天，它是否能有效地參照當下文學的異質性？如果說，「二十世紀中國文學」曾經闡發過的諸多概念都依然適用於今天，如果「新世紀文學」的基本性質、使命、遭遇的問題等等幾

〔註 2〕黃子平、陳平原、錢理群：《二十世紀中國文學三人談》36 頁、25 頁，北京：人民文學出版社 1988 年。

乎都與「舊世紀」無甚區別，那麼這一概念本身的內涵和外延至少也是不夠確定，需要我們重新推敲的了。對於「二十世紀中國文學」而言，其擺脫政治意識形態束縛的核心理念是文學的現代性（當時提出者稱之爲「現代化」）追求。但是，隨著 1990 年代中期以來，「現代性」話語逐漸演變成了我們文學研究的基本語彙，它內在的一系列矛盾困擾也日顯突出了。

在新時期，「現代化」與「現代性」主要指代我們打破封閉、「走向世界」的強烈渴望，在那時，「現代」的道義光芒與情感力量要遠遠重於其知識性的合理與完整，或者說，呼喚文學的現代性就如同建設「四個現代化」一樣天經地義，我們根本無暇追問這一概念的來源及知識學上的意義和限度，所以才會出現如汪暉所述的「現代」之問。在 1980 年代，汪暉曾就何謂「現代」向唐弢先生質詢，而作爲學科泰斗的唐先生也只是回答說，這是一個「很複雜」的問題。〔註 3〕到了 1990 年代，中國學術界開始惡補「現代」課，從西方思想界直接輸入了系統而豐富的「現代性知識」，先是經過了短時間的「現代性終結」之論，接著便是在西方學術的鼓勵之下，迅速舉起「未完成的現代性」旗幟，對各種文化現象展開檢視分析，我曾經借用目前收錄最豐富、檢索也最方便的中國期刊網 CNKI 對 1979 年以後中國學術論文上的一些關鍵詞作數理統計，下面就是「現代性」一詞在各年的出現情況：

	79	80	81	82	83	84	85	86	87	88	89	90	91	92
按篇名統計	0	0	0	0	0	0	0	0	0	2	0	0	0	0
按關鍵詞統計	0	0	0	0	0	0	0	0	0	0	0	0	0	0

	93	94	95	96	97	98	99	00	01	02	03	04
按篇名統計	4	16	26	28	48	60	108	128	166	213	268	381
按關鍵詞統計	0	0	5	11	11	20	69	109	165	225	287	443

表格說明：

1. 統計單位爲「篇」。
2. 檢索的學科涵蓋「文史哲」、「經濟政治與法律」、「教育與社會科學」。
3. 自動檢索中有極少數詞語誤植的情形，如「現代性愛小說」「現代性」統計，另外個別長文（如高遠東《未完成的現代性》分上中下發表，被統計爲三篇，爲了保證檢索統計的統一性，以上數據有意識忽略了

〔註 3〕汪暉：《我們如何成爲「現代」的？》，《中國現代文學研究叢刊》1996 年 1 期。

這些情形。

研究一下以上的表格我們就可以知道，從 1979 年到 1987 年整整九年中，中國人文社科的學術論文中沒有出現過一篇以「現代性」爲題目的文章，1988 年出現了兩篇，但很快又消失了，直到 1993 年以後才連續出現了「現代性」論題。這些論文的代表作包括張頤武的《對「現代性」的追問——90 年代文學的一個趨向》（《天津社會科學》1993 年 4 期）、《「現代性」終結——一個無法迴避的課題》（《戰略與管理》1994 年 3 期）、《重估「現代性」與漢語書面語論爭——一個 90 年代文學的新命題》（《文學評論》1994 年 4 期），韓毓海的《「現代性」與「現代化」》（《學術月刊》1994 年 6 期），韓毓海與李旭淵《第三世界的現代性痛苦與毛澤東思想的雙重含義——兼說中國當代文學》（《戰略與管理》1994 年 5 期），汪暉的《傳統與現代性》（《學術月刊》1994 年 6 期），彭定安《20 世紀中國文學：尋找和創造現代性》（《社會科學輯刊》1994 年 5 期），文徵《後現代性與當代社會思潮》（《國外社會科學》1994 年 2 期），趙敦華《前現代性、現代性與後現代性的循環關係》（《馬克思主義與現實》1 年 4 期）等。

對概念的提煉和重視反映的是一種學術目標的自覺。當然，按照中國學術期刊的學術規範，由作者列舉「關鍵詞」的慣例是 1992 年以後才逐漸推行開來的，整個 20 世紀 80 年代的中國學術論文之前都不存在這樣的標誌性的「關鍵詞」，這也給我們通過統計來顯示中國學者概念的提煉製造了難度，不過即便如此，分析表格中作爲「篇名」的「現代性」話題的增長與作爲關鍵詞的現代性概念的增長，我們也依然可以十分清晰地看出：隨著 1993 年以後中國學者對「現代性」話題的越來越多的關注，「現代性」理念作爲重點闡述的對象或立論的主要依託才逐漸堂皇地進入學術文本，構成其中的關鍵詞語，大約在 1995 年以後開始「傲然挺立」起來。到新世紀第一個十年的中期，無論是作爲論題還是語彙的「現代性」都達到了空前的規模，對西方文化意義的「現代性」含義的追溯和「考古」業已成爲了我們的學術「習慣」。同時，在中國文化範圍之內（包括古代與現代）所進行的「現代性闡釋」更層出不窮，幾近成爲了現代中國文學與文化研究的基本語彙。到 2004 年，我們的統計已經可以見出歷史的重要轉變。可以說至此，「現代性批評話語」眞的正在實現著對於 20 世紀 80 年代一系列基本概念的置換。

這樣的置換當然首先還是得力於同一時期西方文學理論與文化理論的引

入，1990 年代中期以後，活躍在中國理論界的主流是後現代主義、解構主義、後殖民批判理論與西方馬克思主義，而「現代性」則是這些理論的核心概念之一，正是借助於這些西方理論的輸入，中國現代文學界可以說是獲得了完整的「現代性知識」。在這個知識體系中，人們對現代、現代性、現代化、現代主義的辨析達到了前所未有的深入和細緻，對文學的觀照似乎也獲得了令人激動不已的效果和不可估量的廣闊前程，中國現代文學史至此有望成爲名副其實的「現代性」或「現代學」意義的文學敘述。

應當承認，1990 年代對「現代」知識的重新認定的確是爲我們的文學史研究找到了一個更具有整合能力的闡釋平臺，借助福柯式的知識考古，我們固有的種種「現代」概念和思想得到了清理，現代、現代性、現代化，這些或零散或隨意或飄忽的認識都第一次被納入到了一個完整清晰的系統當中，並且尋找到了在人類精神發展流程裏的準確的位置。最近 10 年，「現代性」既是中國理論界所有譯文的中心語彙，也幾乎就是所有現當代文學史研究的話語支撐點。

但是，從另一方面來看，我們的「現代」史學之路卻難以掩飾其中的尷尬。追溯「現代性」理論進入中國的歷史，我們都會發現一個有趣的轉折：在 1990 年代初期，恰恰也是其中的一些論斷（後現代主義對社會現代性的批判）導致了我們對現代文學存在價值的懷疑和否定，而到了 1990 年代中後期，當外來的理論本身也發生分歧與衝突的時候（例如哈貝馬斯對現代性的肯定），我們竟又神奇地獲得了鼓勵，重新「追隨」西方理論挖掘中國文學的「現代性價值」——中國文學的意義竟然就是這樣的脆弱和動搖，只能依靠西方的「現代」理論加以確定？！這足以提醒我們，中國學者對「現代性」理論的理解和運用在多大的程度上是以自身的文學體驗爲依據的？同樣，在「現代性」視野下的中國現代文學研究當中，中國現代文學的種種現象也一再被納入到全球資本主義時代的共同命題中，例如「兩種現代性」、「民族國家理論」、「公共空間理論」、「第三世界文化理論」等等……跨越了歷史境遇的巨大差異，東西方文學的需要是否就這麼殊途同歸了？他者的理論是否眞讓我們的文學闡釋一勞永逸？中國文學的現代之路難道就沒有自成一格的更豐富的細節？

較之於直接連通西方「現代性」闡釋之路的言說，「民國文學」這一概念首先試圖表達的就是擺脫先驗的理論、返回歷史樸素現場的努力。

1997 年，陳福康借助史學界的概念，建議中國文學的現代／當代之名不妨「退休」，代之以中華民國文學／中華人民共和國文學之謂。後來，張福貴、湯溢澤、張中良、李怡等人都先後提出這一新的命名問題，〔註 4〕我將這樣的命名方式稱之爲「還原」式，就是因爲它所指示的國家社會的概念不是外來思想的借用——包括時間的借用與意義的借用——而是中國自己的特定生存階段的眞實的稱謂，借助這樣具體的國家社會形態框架，我們的文學史敘述有可能展開爲過去所忽略的歷史細節，從而推動文學史研究的深入。

在多少年紛繁複雜的理論演繹之後，中國文學研究需要在一種相對樸素的歷史描述中豐富起來，自我呈現起來。

「民國文學」研究的幾種可能

當然，「民國文學」概念提出來以後，各方面也不無爭論和質疑，這些爭論和質疑的根本原因有二：長期以來「民國」概念的陰影不去，至今仍然以各種「成見」干擾著我們的思想，或者對我們的自由探索構成某種有形無形的壓力；新概念的倡導者較長時間徘徊在概念本身的辨析之中，文學史的細節研究相對不足，暫時未能更充分地展示新研究的獨特魅力，或者其他的同行業也未能從林林總總的研究中發現新思路的廣闊空間。

關於「民國文學」研究，有這樣幾個方面的問題可以澄清和深發。

一、「民國文學」是民國時期的現代文學，可以涵蓋絕大多數的現代文學現象。不僅可以對傳統的新文學傳統深入解釋，而且可以將舊體文學、通俗文學等等「新文學」之外的文學現象有效納入，在一個更高的精神性框架中理解古今中西的複雜對話關係；不僅可以包括從北洋政府到國民黨政府控制區域的文學現象，而且也能有效解釋紅色蘇區文學、抗戰解放區文學，因爲後兩者也發生在民國歷史的總體進程當中，民國文學的概念不僅可以解釋後

〔註 4〕參看張福貴《從意義概念返回到時間概念——關於中國現代文學的命名問題》（香港《文學世紀》2003 年 4 期）；湯溢澤、郭彥妮《論開展「民國文學史」研究的必要性與可行性》（《當代教育理論與實踐》2010 年 2 卷 3 期）；湯溢澤、廖廣莉：《論開展「民國文學史」研究的迫切性》（《衡陽師範學院學報》2010 年 2 期）；趙步陽、曹千里等：《「現代文學」，還是「民國文學」？》（《金陵科技學院學報》2008 年 1 期）；張維亞、趙步陽等：《民國文學遺產旅遊開發研究》（《商業經濟》2008 年 9 期）；楊丹丹《「現代文學史」命名的追問與反思》（《長春師範學院學報》2008 年 5 期）。

者，甚至是擴大了後者研究的新思路，解放區文化不是靠拒絕「人民之國」（民國）的理想而生存，它恰恰是以民國理想眞正的捍衛者自居，最終通過批判了國民黨政權贏得了在「全民國」範圍內的聲譽；對於投降賣國的汪僞政權，它也不敢輕易放棄「民國」之號，在這裡，民國的「名與實」之間存在一個值得認眞分析的張力，並影響到南京僞政府統治下的寫作方式；到華北、蒙疆特別是東北淪陷區，日本文化與僞滿洲國文化大行其道，但是，我們能不能斷定淪陷區文學就理所當然屬於滿洲國文學、蒙古文學或者日本文學呢？當然也不能，近幾年的淪陷區文學研究，相當敏銳地發掘出了存在於這些殖民地的「中華情結」，而民國文化作爲現代中華文化的一種形態，依然對人們的精神發揮著根深蒂固的作用——雖然不是名正言順的「民國文學」，但是「民國文學」研究的諸多視角卻依然有效。

二、「民國文學」本身不是一個政治性的概念，就如同「民國」本身既有政權性含義，但同時也有政權政治所不能涵蓋的民族、社群等豐富的內涵一樣，而作爲精神文化組成部分的「民國文學」更具有超越政治的豐富的意義空間。我同意張中良先生的分析：「民國作爲一個國家，在政黨、政府之外，還有軍隊、司法機關、民間社團等社會組織，除了政治之外，還有新聞出版、學校教育、宗教信仰、民族傳統、地域文化、文學思潮、百姓生活等等，民國文學是在多種因素交織的社會文化背景下發生、發展起來的，因而其歷史化研究的空間無比廣闊。」〔註5〕事實在於，越是在一個現代的形態中，國家政權的強制力越有限，而作爲社會文化本身的力量卻越大，包含文學藝術在內的社會精神文化，恰恰努力在民國時期呈現出了自己的獨立性和自主性。所以，「民國文學」並不等於就是國民黨的文學，自由主義文學與左翼文學都是民國文學的主體，而且由左翼文學所體現的反抗、批判精神也可以說是民國文學主要的價值取向，「民國批判」恰恰是「民國文學」的基本主題。曾經有大陸學者擔心「民國文學」研究會重新推動中國現代文學研究走入政治的死胡同，相反，也有臺灣學者對大陸「民國文學」研究刻意切割文學與政權制度的關係有所不滿，〔註6〕我覺得這兩方面的意見雖然有異，但都是出於對民國時期文學獨立性、自主性的認知不足。民國文學本身就是知識分子追求

〔註5〕張中良：《民國文學歷史化的必要與空間》，《文藝爭鳴》2016年6期。

〔註6〕王力堅：《「民國文學」抑或「現代文學」？——評析當前兩岸學界的觀點交鋒》，《二十一世紀》2015年第8期。

政治自由的體現，對政治自由的嚮往當然是將我們的精神帶離了專制政治的陷阱；而民國政權在文學政策上的某些讓步和妥協從根本上講並不來自統治者的恩賜，恰恰也是民國的社會力量、民間力量蓬勃發展、持續抗爭的結果，現代國家出現之後，其文化發展最可寶貴之處就是「明君」與「賢臣」文化的逐步消失（雖然政治家的開明和理性依然重要），同時社會性力量不斷加強、民間力量日益發展，後者才是最值得我們注意和總結的文化傳統，只有在後者被充分發掘的基礎上，政治制度的種種歷史特徵才有可能獲得眞實的把握。

三、「民國文學」研究其實有別於隸屬於大眾文化、流行文化的「民國熱」。作爲對長期以來「民國史」的粗暴化處理的背棄，「民國熱」已經在大陸中國流行有年，民國掌故、民國服飾、民國教育，還有所謂的「民國範兒」等等，這本身不難理解，而且我以爲在「各領風騷三五年」的各種「熱」當中，「民國熱」依然保留了更多的自我反省的因素，因而相對的「健康性」是明顯的。儘管如此，我認爲，當代中國社會出現的「民國熱」歸根結底屬於大眾文化潮流，而「民國文學研究」則是中國學術多年探索發展的結果，是文學研究「歷史化」趨向的表現，兩者具有根本的不同。其實，「民國文學」研究雖然與當今的「民國熱」差不多同時出現，但中國學界本著實事求是的精神，努力救正「以論代史」的惡劣現象、盡可能尊重民國史實的努力卻是由來已久了。在大陸中國，雖然因爲政治原因，「民國」一詞一度包含了某種政治禁忌，需要謹愼使用，但總體來看，除了「文化大革命」這樣的極端的文化專制時期之外，對「民國史」的關注和研究一直有學人勉力進行。從新中國成立到1980年代初，「民國史」的考察、研究一直都得到來自國家層面的高度重視，並不斷被納入各種國家級的科研計劃與出版計劃。《中華民國史》的編修工作早於《劍橋中國史》的編寫計劃，「民國史」的研究也早在1956年就已經列爲了國家科學發展十二年規劃，民國史的出版也在1971年就進入了國家出版規劃。呼籲「民國史」研究的既包括董必武、吳玉章這樣的「民國老人」，又包括周恩來總理這樣的黨和國家領導人。「民國文學」的研究借概念之便，當更能夠順理成章地汲取「民國史」的研究成果，以大量豐富的歷史材料爲基礎，對中國現代文學研究的「歷史化」進程作出堅實的貢獻。

當然，民國文學研究，一方面固然應當強調加強學術研究的自覺性，與大眾文化的趣味相區分，但是，也不是要刻意區隔和拒絕那些來自社會民間的寶貴情懷，相反，有價值的研究總能從現實關懷中汲取力量，讓學術事業擁有的豐沛的社會情懷，本身也是在健康和積極的方向上爲中國的當代文化貢獻自己的智慧和力量。

四、「民國文學」研究可以形成與華文文學研究諸多問題的有益對話。當「民國文學」這一概念的使用跨出中國大陸，尤其是與海峽對岸學界形成對話之時，可能就會遇到嚴重的困擾：在我們大陸學界的立場來看，它理所當然就是一個歷史性的概念，「民國」在 1949 年已經結束，我們的「民國文學」研究如果不加特別說明，肯定是指 1912 民國建立到 1949 年中華人民共和國成立這一段歷史時期的文學，使用「民國文學」概念，存在著一個嚴肅的政治的界限；但是，繼續沿用著「民國」稱號的對岸，是否就是大張旗鼓地書寫著「民國文學史」呢？弔詭的現實恰恰是，當代臺灣學界似乎比我們離「民國」更遠！在經過了日本殖民文化——國民黨統治——解嚴後思想自由——政黨輪替、「去中國化」思潮這樣一系列複雜過程之後，在一個被稱作「後民國」的時代氛圍中，「民國」論述照樣承受了「政治不正確」的壓力，其矛盾曖昧之處，甚至也不是「一個民國，各自表述」就能夠概括得了的。也就是說，在海峽兩岸這最大的華人世界裏，「民國文學」都存在相當的糾纏矛盾之處。如何解決這樣的尷尬呢？如何在兩岸學術界，建立起彼此都能夠接受的論述呢？我覺得這裡有兩個可以展開的思路。

首先是集中研討那些沒有爭議的時段。例如民國成立到 1949 年中華人民共和國成立這一歷史時期，我稱之爲民國文學的典型時期，對臺灣而言，1945 年光復之後，特別是國民政府遷臺之後，民國文化與文學當然也完成了移植與建構，不過解嚴以來，本土化傾向日益強化，與「典型時期」比較，情況已經大爲不同，固有的「民國文化」發生了變異、轉換與遮蔽，只有首先清理那些「典型」的民國文化，才最終有助於發掘現存的「民國性」。目前，對於研討「民國文學典型時期」的設想，在兩岸學界已經有了基本的共識。

其次是通過凸顯「民國文學」研究方法的獨特性與華文文學的其他學術動向形成有益的對話。所謂「民國文學」研究不過是一個籠統的稱謂，指一切運用「民國文學」概念創新解釋現代文學現象的嘗試，它至少包括兩個大的方向，一是對民國時期文學發展的種種問題進行新的梳理和闡述；二是通過對於「民國是中國的現代形態」這一思路的認定，生發出關於如何挖掘、描述中國知識分子「現代追求」的種種學術思路，進而對現代中國文化獨創性問題作出令人信服的闡發，借助這一的闡發，「現代性」視野才不至於單純流於西方的邏輯，而成爲中國現代精神生產的一種獨特形式，這些努力的背後，樹立著發現現代中國精神主體性與學術主體性的深遠目標，這可謂是「民國作爲方法」的特殊價值。對於這種「文化主體性」的重視，我們同樣可以從作爲臺灣學術主流的「臺灣文學」以及史書美、王德威等人倡導的「華語語系文學」那裡看到，彼此對話的空間值得開拓。

「臺灣文學」一度有意識與中華文學相區隔，尋求自己的獨立空間，然而身居「民國」卻是寫作者不能不面對的事實，「民國」與「臺灣」在現實中相互糾纏，在歷史中前後延續、滲透、轉化、變異，無論從哪一個方向來看，離開「民國文學」的歷史與現實，都無法清晰道出現代「臺灣文學」的脈絡與底蘊，這一理念，似乎已經爲越來越多的臺灣學者所認可，臺灣文學研究者如陳芳明、黃美娥都多次出席兩岸舉辦的「民國文學研討會」，發表了梳理民國文學與臺灣文學關係的重要論文。

「華語語系文學」（Sinophone literature）是當今華文文學界的最有代表性的命題。儘管其倡導者史書美、王德威、石靜遠等人的具體觀念尚有不少的差異，但是突破華文文學的「中國中心」立場，在類似於英語語系、法語語系、西班牙語系的多樣化格局中建立各華人世界的文化獨立性和主體性，確實是他們的共同追求：「中國內地各種討論海外華文文學的組織、會議、出版，其實存在著一個不可摒除的最後界限，即要歸納在一個大中國的傳承之下，成爲四海歸心的一個象徵。很多海外學者會覺得這種做法是過去的、老派的、傳統的帝國主義的延伸，於是提出華語語系文學，使之成爲對立面的說法。」〔註 7〕擺脫「西方中心主義」來談論「全球文學」，去「中心」、解「權力話語」，不再將華語文學當作某種「中國」本質的「離散」，而是始終在流動性、在地化、變異與重構中生成，這是「華語語系文學」的基本追求。應當說，「民國文學」的研究理念剛好可以與之構成有趣的對話：作爲文化主體性與學術主體性的建構，兩者顯然有著共同的意願，

不過，在不斷表述擺脫西方理論模式束縛的同時，「華語語系文學」卻將主要的批判矛頭對準了「中國性」與「中國文化」，史書美甚至爲了執著地對抗「中國」，將中國文學排除在「華語語系文學」之外。這裡就產生了一個需

〔註 7〕李鳳亮：《「華語語系文學」的概念及其操作——王德威教授訪談錄》，載《花城》2008 年第 5 期。

要認眞探討的問題：阻擾現代華語世界精神主體性建構的力量是否就主要來自「中國」，而非實力更爲強大的歐美？或者說，在普遍由歐美文化主導的「現代性」格局中，各種現代中華文化形態的經驗更缺少相互啓迪、相互借鑒與相互支撐的可能？如果考慮到「現代性」的言說模式迄今基本還是爲歐美強勢文化所壟斷，「大華文區域」依然共同承受著這些文化壓力之時。以「在地」華文世界各自的經驗獨特性構製各自的「主體性」固然重要，在華文世界與其他世界的比照中尋找我們共同的經驗、重建華文文學本身的認同和主體價值，同樣不可或缺。而「民國文學」的經驗梳理，也就是華文世界的「現代認同」的基礎，也是華文文學主體性的主要根據，「作爲方法的民國」需要在這樣共同的文化經驗的基礎上加以提煉。

這裡具有中華文化的共同傳統與民族記憶，又都在不同的條件下融入了全球現代化的過程。文學發展的背景同樣經歷了農業文明到工業文明、後工業文明的歷史過程，同樣遭遇了從威權專制到現代民主的轉變。

就文學本身而言，同樣具備了中國古典文學的修養和基礎的積澱，同樣進入到現代白話文學的時代，雖然因爲政治意識形態的介入，中國新文學傳統的理解和繼承方式有別，彼此有過對新文學傳統的不同的認識——大陸以左翼文學爲正統，臺灣等區域可能更認同以胡適爲代表的自由主義，但是作爲大的現代文學經驗依然具有相當的同一性。〔註 8〕

對主體性的任何形式的尋找最終都不是爲了將自身的族群從周遭的世界中分裂出來，而是爲了更深刻地認識自我，發現自我的價值，最終也可以與「他者」更好地溝通與共存。大陸「中國中心」意識値得警惕和批判，但是與其徑直將大陸中國的華文文化視作對立的「他者」，毋寧將其當作既挑戰自我又激發自我的「他者」，而且這樣的「他者」也不能取代我們從歐美強勢文化的「他者」中承受的壓力，換句話說，大陸中國的華文世界並不是包括臺灣在內的華文世界的唯一的壓力，各區域華文文學的成長同時也不斷感受著來自其他文化力量的持續不斷的擠壓和挑戰。如果我們能夠面對這樣的事實，那麼，就會發現，華文文學世界的「共同經驗」的分享依然有效，依然重要，依然値得進一步挖掘和發揚，而在民國——這樣一個由華人所建立的現代意義的文化形態中，存在著値得我們共同珍惜的精神遺產。正如王德威

〔註 8〕參見李怡：《命運共同體的文學表述——兩岸華文文學視野中的「民國文學」》，《社會科學研究》2013 年 6 期。

所意識到的那樣：「在我看來，將海外與中國內地相對立，是另一種劃地自限的做法……如果只強調海外的聲音這一面，就跟大陸海外華文文學各種各樣的做法沒有什麼兩樣，只不過站在反面而已。」「對於分離主義者來說，我覺得華語語系文學這個概念也適用……如果你不知道中國是什麼樣子的話，你有什麼樣的能量和自信來聲明你自己的一個獨立自主的自爲的狀態（不論是政治或是文學的狀態呢）？〔註 9〕

〔註 9〕李鳳亮：《「華語語系文學」的概念及其操作——王德威教授訪談錄》，載《花城》2008 年第 5 期。

目　次

緒　論

一

1927 年，曾樸與長子曾虛白在上海設立了一家私人資本小規模的書店——眞美善，並發行《眞美善》雜誌。1927 年 11 月 1 日，《眞善美》創刊，由曾氏父子主編，初爲半月刊，1928 年 5 月 16 日發行第二卷改爲月刊，出至第 7 卷，1931 年 4 月改爲季刊，卷期另算，同年七月終刊，共有 47 期，另有《女作家專期》1 期，由張若谷主編。該刊以文學創作、翻譯和評論爲主，涉及到小說、戲曲、詩歌、散文等多種體裁，撰稿人除了曾氏父子之外，還有崔萬秋、陳夢端、徐蔚南、邵洵美、趙景深、王墳等諸多作家。期刊存活的時間不長，相對於當時繁榮的上海報刊業而言，它的影響力有限，因此長久以來都沒能引起研究者的重視，甚至連名字都被研究者多次誤寫，葉嘉新曾經在《「眞美善」與「眞善美」》一文中對眞美善書店的名字做了較爲仔細的辨析，釐清了長久以來對「眞美善」與「眞善美」的混淆，而這篇文章也說明了《眞美善》長久以來的被忽略。楊聯芬也曾經在《被遮蔽的眞美善》一文中對《眞美善》被遮蔽的原因進行了分析，她認爲《眞美善》所表現的唯美傾向與當時的主流文學思潮存在著一定的距離，同時刊物表現出了對階級觀念和革命文藝的反對，相對於三十年代轟轟烈烈的革命文學和現實主義思潮來說，這種唯美情緒和對主流思潮的疏離都使得它的文藝創作顯得封閉而邊緣化，因此對當時文壇的影響有限。學界對它的關研究常年來都停留於對其發生發展過程的梳理，但是當我們逐漸從政治偏見中逃離出來，而客觀地回到歷史文化環境本身，我們會發現在三十年代奔湧的歷史潮流中，隱藏在這些巨浪後的細小浪花也承載著一個時代文化的願景，而近年來研究者對小型報刊的大量關注也正是基於對歷史本身的還原，期望從這些長久被遮蔽的細節中更清晰的窺見文學的全貌，不斷查缺補漏，推進文學研究的進程。因此，《眞美善》也得以揭開長久遮蓋在其之上的朦朧的面紗而進入研究者的視野，它的文學創作和文藝觀念被重新挖掘，其文學成就也獲得了正確的認知和肯定，而在對其發展脈絡的梳理之外，也出現了一些較爲系統性的研究成果。

（一）《真美善》雜誌研究

關於《眞美善》的發生發展以及基本情況，現有的參考資料和研究成果都已經較爲詳實。曾虛白在《曾虛白自傳》中對眞美善書店起始終刊的記載填補了我們對《眞美善》籌備運作過程瞭解的空白，作爲曾樸的好友蘇雪林〔註1〕也撰文介紹了刊物的發生、風格內容、文學主張，這些親歷者的文章都爲我們的研究提供了寶貴的資料。除此之外，《宇宙風》曾爲紀念曾樸特開專欄，《曾公孟樸紀念特輯》〔註2〕裏也收集了大量生前好友對其追憶的文章，作者大多活躍於當時的文壇，因此其內容具有很強的可信度和參考價值，通過此我們可以瞭解到《眞美善》創刊者的交際範圍、文學態度，並從他們對曾樸的評價中估測刊物的文學影響。而現有的研究文章中，徐雁平的《晚年曾樸與眞美善書店》、郭謙《曾樸父子開眞美善書店》和《百年中文文學期刊圖典》（文化藝術出版社）其中的文章都對曾樸辦刊的緣由、目的、刊物的版塊內容以及刊物的發展衰敗作了簡單介紹。徐蒙《曾樸的編輯出版活動》主要敘述了曾樸從參與編輯《女子世界》、《小說林》再到籌辦《眞美善》這一系列活動的過程，通過對他編輯活動的梳理，我們對曾樸文學思想的轉變有了更深的瞭解。美籍華裔學者李培德（Peter Li）的 Tseng P'u. Twayne Publishers〔註3〕一書介紹了曾樸的出版和翻譯活動，其中也涉及到了他創辦「眞美善」雜誌的經過。由於曾樸與《眞美善》期刊的關係，《眞美善》長期以來都作爲曾樸研究的附屬品出現，隨著研究的不斷深入，《眞美善》逐漸從曾樸研究中脫離而成爲了獨立的研究個體。而《眞美善》雜誌所體現的文藝思想和創作特

〔註1〕蘇雪林：《〈眞美善〉雜誌與曾氏父子的文化事業》，選自沉輝編：《蘇雪林文集》第3卷，合肥：安徽文藝出版社，1996年版。

〔註2〕該特輯爲曾樸去世時所印行的紀念文字合集，未署名出版信息。

〔註3〕此書英文版名爲 Tseng P'u. Twayne Publishers，而後由陳孟堅翻譯爲《曾孟樸的文學旅程》於1977年在臺灣傳記文學出版社出版。

點成為了研究的重點，學界普遍認為《眞美善》具有唯美主義傾向。趙鵬在博士論文《海上唯美風：上海唯美主義思潮研究》中將《眞美善》作家群放置到上海唯美主義思潮中，認為刊物的兩大版塊「述」和「作」都鮮明地表現出了唯美頹廢的氣息，它對西方唯美主義思潮進行了直接的引進，「尤其在法國唯美主義的譯介方面，對戈蒂耶、果爾蒙以及皮埃爾·路易等人作品的翻譯，填補了文藝界在域外唯美主義思潮引進方面的空白。」〔註4〕雖然《眞美善》作家群的作品風格不一，但其中大部分人都有著不同程度的唯美主義傾向。另外，楊聯芬對《眞美善》的唯美傾向和反階級的文藝觀作了敘述，認為《眞美善》對新文學缺少文藝性作品的批評和曾氏父子對法國唯美主義作品的翻譯都表現出了它「偏於唯美的象牙塔意味，以及它在文學選擇上的『趣味』至上傾向」，〔註5〕同時認為曾虛白在《眞美善》上發表的關於民族主義、文藝運動的文章都表現出了反階級論和反普羅文學的思想，而這也是唯美主義文藝思想的一個重要特徵。除此之外，《眞美善》新舊雜糅的創作特點也受到了研究者的關注，趙鵬《海上唯美風：上海唯美主義思潮研究》認為《眞美善》的作品一方面受到了外國文學思潮的影響，同時又不免帶有舊式文人的審美情趣，呈現出了傳統文學與新文學相交織的多元混雜的形態。陳敏傑認為《眞美善》表現出了對新文學極大的熱情，它不斷進行著自我變革，有意對《小說月報》的欄目設置和內容安排進行了模仿學習，也繼承了《小說林》的經營模式，大量譯介外國文學，推進了白話文學的發展。「然而對曾樸這樣或兩代生長於新舊夾縫中的晚清人、『五四』人而言，逐新，如何能完全新；棄舊，又如何能棄得徹底。」〔註6〕他創作上的亦舊亦新以及舊文人題材的長篇小說在刊物上的連載也表現出了《眞美善》對傳統文學的留戀。可見，《眞美善》是一個呈現了多種創作傾向的刊物。除此之外，有些學者的關注點也逐漸由雜誌轉到辦雜誌的人，王西強將圍繞在《眞美善》書店和雜誌周邊的作家和學生作為一個整體進行考察，認為「他們通過創作、翻譯和文藝批評等方式，參與了中國文學現代化轉型的理論探索和路徑設計，形成

〔註4〕趙鵬：《海上唯美風：上海唯美主義思潮研究》，上海師範大學2010年博士學位論文。

〔註5〕楊聯芬等著：《被遮蔽的眞美善》，選自《二十世紀中國文學期刊與思潮1897～1949》，南昌：百花洲文藝出版社，2006年版，第197頁。

〔註6〕陳敏傑：《轉型時期的上海文學期刊》，華東師範大學2008年博士學位論文。

了一個有趨同的審美氣質和文學追求、有相對穩定的活動範圍和組織方式、有較強的向心力的『眞美善作家群』」。〔註 7〕並對其作家群的形成、文化姿態、文學活動以及商業化運作等方面進行了較爲細緻的論述，但是文章忽略了他們創作和文學活動中的共性，缺少對期刊內容較爲細緻的分析。

學界對《眞美善》研究的另一個重要內容就是對刊物的評價，而這也呈現出了評判的兩極化傾向。一些學者對它的文學主張和成績給予了肯定。茅盾在《看了眞美善創刊期以後》中認爲《眞美善》是「一本很有意思的刊物」，對刊物中的不足不當之處提出了自己的看法和意見，並對它寄予了殷切的希望：「我對於這雜誌編者的嚴肅的態度，爭取的趨向，努力的焦點，都很欽佩。我希望他們的第二期第三期更能實現他們的目的，給我們更好的印象。」〔註 8〕楊聯芬認爲它有著對文學高尚的審美追求，對白話文學的推廣起到了積極的作用，同時在西方文學的翻譯方面也做了巨大的貢獻，「在中國現代文學的發展歷程中，《眞美善》的努力和實績是不應該被忽視的。」〔註 9〕蘇雪林在《〈眞美善〉雜誌與曾氏父子的文化事業》〔註 10〕中講述了他們創辦《眞美善》的過程，認爲《眞美善》對文學藝術性的追求是對當時文壇頹廢低俗風氣的對抗，而曾樸對當時新文藝現象的批判可謂一針見血，同時肯定了他的語體文創作和他對翻譯文學的貢獻，高度贊揚了曾樸的文學貢獻和人格精神。相反，一些學者也對《眞美善》的影響力產生了質疑。應國靖認爲《眞美善》長久的由父子倆獨立經營使期刊顯得單調，並且曾樸後期的思想反映出了某些退化，「他的『文學體質』衰垮，『文學組織』鬆弛，從而使『文學目的』也模糊了。它沒在讀者中造成影響，只是在現代文學史中留下一項失敗的記錄」〔註 11〕而李頻從這兩種相異的評價入手，對它的失敗給了較爲中肯的評介。他將《眞善美》置於中國期刊發展的轉折期中，對它的獨特價值給予了

〔註 7〕王西強：《曾樸、曾虛白父子及「眞美善作家群」研究》，陝西師範大學 2012 年博士學位論文。

〔註 8〕方璧：《看了眞美善創刊號以後》，《文學週報》1929 年第 5 卷第 276～300 期，第 419 頁。

〔註 9〕楊聯芬等著：《被遮蔽的眞美善》，選自《二十世紀中國文學期刊與思潮 1897～1949》，南昌：百花洲文藝出版社，2006 年版，第 197 頁。

〔註 10〕蘇雪林：《〈眞美善〉雜誌與曾氏父子的文化事業》，選自沉輝編：《蘇雪林文集》第 3 卷，合肥：安徽文藝出版社，1996 年版。

〔註 11〕應國靖：《留下失敗記錄的眞美善》，選自《現代文學期刊漫話》，廣州：花城出版社，1986 年版，第 63 頁。

肯定，他從創刊詞和刊物出版的情況分析得出：「曾樸在編輯出版過程中所持的是傳統文人的著述意識而不是現代的期刊傳播意識」，因而獨木難支，最終難免失敗，「它在一定意義上反映了深受傳統文化影響視著述立言爲生命的文人向大眾出版轉化過程中的內在矛盾和鬥爭。它的停刊，意味著個人辦刊的終結。」〔註12〕可見，學界對《眞美善》仍缺少一個準確的定位和評價。

（二）《真美善》代表作家研究

由於《眞美善》是私人辦刊的產物，是個人文學理想的一種外化，曾家父子個人的審美情趣極大地影響了刊物的發生和發展。除此之外，由於曾樸的個人號召力，在較爲寬鬆的文學氛圍下，召集和影響了身邊一大批的文學愛好者，他們踊躍爲雜誌投稿，在雜誌宗旨的無形規範中形成了較爲統一的文學風格。因此以曾樸爲核心人物，以《眞美善》期刊爲平臺，形成了一個組織鬆散而志趣相投的《眞美善》作家群。在《眞美善》作家群的框架下，我們通過對作家的深入瞭解，可以更有效地把握《眞美善》的刊物特色。因此在此也將對曾氏父子、王家棫、顧仲彝等人的研究成果納入考察範圍，由於筆者著重考察《眞美善》期刊，對作家研究成果的歸納主要只涉及到創作和文學觀的問題。

曾樸作爲《眞美善》的組織者，其生平經歷、文學交際、文藝觀都影響了《眞美善》期刊的發展，因此曾樸的研究資料爲我們進入《眞美善》提供了重要的參考，通過對曾樸文學經歷的考察有助於我們瞭解《眞美善》的發生發展過程。時萌《曾樸研究》和王學鈞《劉鶚·曾樸》這兩部有關於曾樸的傳記詳細考訂了曾樸的文學生平，論述了法國文學對他創作的影響，裏面有涉及到他在《眞美善》時期的創作情況和作品思想的分析，而時萌的另一部著作《曾樸及虞山作家群》則對曾樸在新舊文化嬗變中的文學史地位進行了略述，並輯錄了他在《眞美善》發表的部分文章。除此之外，對曾樸的研究主要集中在創作思想和翻譯研究兩方面。在對曾樸創作的研究中，《孽海花》研究是其重點，而這主要涉及到索引、考證、版本、思想價値等方面的內容，且主要針對曾樸在晚清的文學活動而展開，涉及到《眞美善》期間續寫的描述非常少。歐陽健《曾樸與〈孽海花〉》一書對《孽海花》所受到的評價和成書過程作了論述，肯定了小說對中國傳統形式和西方藝術技巧的融合運用，但作者認爲「曾樸晚

〔註12〕李頻：《眞美善：從個人出版轉向市場》選自《大眾期刊運作》，北京：中國大百科全書出版社，2003年版，第326頁。

年的政治立場與文學思想則顯然與新民主主義革命的路線背道而馳，」〔註13〕而這也導致了《孽海花》續寫的失敗。近年來，對《孽海花》的研究視角逐漸擺脫了意識形態的窠臼而趨向了多維度，除了從晚清社會政治倫理、歷史事實等現實層面考察作品的思想特徵外，還有從審美追求、形式特徵等方面來關注作品的藝術特色。楊聯芬、馬曉東等人則將曾樸的創作放置於整體性的文學史中，對其獨特的地位進行了肯定，從創作思想、敘述方式、文化價值等多方面分析了小說的現代性追求。從這些研究文章中，我們可以對曾樸的文學創作以及藝術成就有更深刻的瞭解，而通過對他晚清的文學活動的考察，有利於我們考察曾樸前期創作和《眞美善》時期創作的延續性和差異性。

由於曾樸在翻譯文學上頗有建樹，因此曾樸的翻譯研究也成爲了曾樸研究重要的一部分，這主要涉及到翻譯思想、翻譯對創作的影響及比較研究等幾個方面。于潤琪和車琳〔註 14〕對曾樸的翻譯實績作了較爲完整的統計，李廣利、吳磊、錢林森和袁荻湧都對其翻譯思想做了簡要歸納，認爲曾樸的翻譯主要體現了以下幾個特點：關於翻譯的目的，認爲「致力於中國文學的現代化正是曾樸從事翻譯活動的出發點和介紹法國文學的初衷，也是他引進外來文學的主張和實踐中所體現出來的現代意識之中心所在。」〔註 15〕他認爲翻譯「不是拿葫蘆來依樣的畫，是拿葫蘆來播種，等著生出新葫蘆來。」〔註16〕希望用外來文學刺激自己的創造力，「翻譯是創造的肥料……把世界已造成的作品，做培養我們創造的源泉。」〔註 17〕其次，強調翻譯過程中引進與創造的辯證關係。他拋棄了輕視小說和戲曲的傳統文學觀念，提倡對西方文學進行系統的翻譯。第三，他注重譯文的文學性和藝術性，而這主要表現爲對語言藝術性的重視。「主張翻譯外國文學力戒使用古文，竭力倡行純淨的白話文，努力促進中國文學的語體改革。」〔註18〕

〔註13〕歐陽健：《曾樸與孽海花》，瀋陽：遼寧教育出版社，1992年版，第127頁。

〔註14〕參見文章：于潤琪：《曾樸的譯著及版本》，《南京理工大學學報》（社會科學版），2004年第5期；車琳：《曾樸——中法文學焦慮的先行者》，《外國文學》，1998年第3期。

〔註15〕錢林森：《新舊文學交替時代的一道大橋樑——曾樸與法國文學》，《中國文化研究》，1997年夏之卷（總第16期），第104頁。

〔註16〕東亞病夫：《編者的一點小意見》，《眞美善》，1927年第1卷第1號。

〔註17〕東亞病夫：《編者的一點小意見》，《眞美善》，1927年第1卷第1號。

〔註18〕錢林森：《新舊文學交替時代的一道大橋樑——曾樸與法國文學》，《中國文化研究》，1997年夏之卷（總第16期），第105頁。

除此之外，他對文學作品的思想性也很看重，他譯介作品的目的是非常明確的，他翻譯雨果的作品，是想藉此來揭露和抨擊中國社會的黑暗現實。而他對浪漫主義作品的介紹，也是因爲浪漫主義作家反抗現實、追求自由的精神符合曾樸的精神需求。

在對曾樸面對西方文化態度的考察中，時萌、陳夢、吳舜華等人則立足於曾樸處於傳統文學和新文學之間的獨特身份，認爲通過「考察曾樸這個人物，可以看到近代傳統文學與新文學運動之間錯綜複雜的焊接關係。」〔註19〕他們認爲曾樸在創作中所表現出了超越古典文學傳統的現代意識，而這些都來源於對法國浪漫主義文學的大量閱讀和學習。馬曉冬認爲從《孽海花》到《魯男子》，兩部作品間存在著從寫「眞事實」到寫「眞情感」的轉型，而這也得益於異國文學的重要影響。彭建華〔註20〕也提出了同樣的觀點，認爲法國文學與他的作品《孽海花》、《魯男子》之間存在著影響和被影響的關係。法國文學對曾樸創作的影響涉及到題材、謀篇構局以及人物刻畫等多個方面。錢林森認爲「曾樸在小說中寫史的意識、寫重大的政治歷史題材，及實際寫作中某些充滿現代色彩的表現手法都與法國浪漫主義文學有著內在聯繫。」在具體創作中，他借鑒了法國小說的建構觀念，設置核心人物，對人物個性進行大膽的描寫，同時在結構藝術上也做了區別於傳統文學寫作結構的嘗試。「在他的小說《孽海花》中，就鮮明地反映出他借鑒法國作家福樓拜等的非道德性描寫，並以此寄予對社會的譴責與感傷。……在結構藝術的變化上，曾樸小說借鑒了大仲馬歷史小說的結構藝術，在情節的聯綴穿插中，完成了有中心的珠花式結構的建構。」〔註21〕他甚至傚仿巴爾扎克和左拉的創作過程，在寫作前擬定回目及內容。而對雨果的寫史意識、法國浪漫主義和批判現實主義創作思想的借鑒都讓曾樸的作品在晚清時期呈現出了更多的現代性特徵。他的作品以富有現代色彩的生活場景暗示了時代的變動，細緻地描畫了轉型時期人的特殊心態，客觀地表現了「斷裂」時代的生活及其痛感。這些都來源於西方文學的影響，與傳統文學的表現方式存在著很大的差別。在大量汲取創作靈感和精神養分之外，曾樸還從法國文學中獲得了大量

〔註19〕時萌：《在文化嬗變中行進的曾樸——爲曾樸誕辰120週年作》，選自《曾樸及虞山作家群》，上海：上海文化出版社，2001年版，第15頁。

〔註20〕彭建華：《晚清民初的法國文學接受》，福建師範大學2009年博士學位論文。

〔註21〕吳舜華：《孽海情天 會通中西——論曾樸對法國文學的借鑒及其意義》，暨南大學2007年碩士學位論文。

的理論資源。他將浪漫主義的基本傾向「眞」、「善」、「美」作爲《眞美善》刊物的指導思想，「堅決批判傳統的清規戒律對文藝美的束縛，提出自己鮮明的美學思想，創造出新穎的『美』的方式。」〔註22〕是對中國傳統文學觀念的一次革新，具有重要的理論建設意義。

另外在考察他兩部重要的作品《孽海花》和《魯男子》時，學者也關注到了兩部作品之間所發生的內在轉型。徐京京認爲雖然這兩部作品都是作者自身情感的投射，但由於他所處的時代的迅速變化，這種情感也隨之發生了巨大的改變，《孽海花》「被寄予著作者對於身處時代交替下人們各種矛盾、困惑、彷徨以及對未來道路之思考的關切與體會。」〔註23〕而自傳體性質的《魯男子》則是「蘊含著作者情感自省的態度：包括對精神和肉體、人心隔膜的思考。」馬曉冬認爲《孽海花》以紀實性的筆法展現了社會變遷，而《魯男子》則以社會歷史爲背景著力刻畫個體的生命體驗，「從《孽海花》到《魯男子》，我們可以說作者仍然執著於對『眞』的追求，但內裏的含義卻發生了變化。這種變化跟《魯男子》『序幕』中提到過的作者對歷史眞實的懷疑不無關係，同時也匯入了作者所心愛的法國文學特別是浪漫派的影響。」〔註24〕可見，處於新舊文學間的曾樸一直在不斷地進行著自我超越，從舊文學到新文學再到新文學創作的不斷深入，他以年輕的姿態追隨著時代的步伐，完成了近代文化人向新文學家的蛻變。

曾樸一方面從外國文學中吸取營養，另一方面，他又在借鑒中進行了某些內化和本體改造，呈現了自身文藝思想的獨立特徵。馬曉冬〔註25〕在文章中指出曾樸翻譯《肉與死》並受其影響而創作了《魯男子》，在翻譯和創作的過程中，他一方面吸取了營養，另一方面則根據當時的文化語境而進行了一些本土化處理，是作者和譯者之間進行的一次溝通和對話。胡蓉和陳夢都討論了曾樸對雨果的譯介以及雨果作品對其文藝思想和創作的影響，陳夢認爲

〔註22〕陳夢：《尋求「眞善美」和諧統一——曾樸與雨果的文藝思想比較》，《藝術教育》，2006年第1期。

〔註23〕徐京京：《從「孽海花」到「魯男子」——對曾樸小說創作走向的分析》，華東師範大學2012年碩士學位論文。

〔註24〕馬曉冬：《從「眞事實」到「眞情感」——曾樸創作觀的現代轉型》，《文化與詩學》，2009年第2期。

〔註25〕參見馬曉冬：《作者與譯者的對話：曾樸的〈魯男子〉與法國小說〈肉與死〉》，《延邊大學學報》，2008年第3期；馬曉冬：《譯本的選擇與闡釋：譯者對本土文學的參與——以〈肉與死〉爲中心》，《中國比較文學》，2011年第2期。

「重史尚實的創作精神、廣博宏富的史詩規模、借史垂鑒的現實寓意是曾樸與雨果小說的共同特色。但是，曾樸的創作又是基於中國文學傳統的。相對而言，曾樸對待歷史題材嚴謹求實，雨果則喜好虛構想像；曾樸評價歷史人物褒貶分明，雨果則冷靜客觀。」〔註 26〕可見，由於曾樸的創作和文學觀融合了多種文學思潮的影響，他不僅吸收了「五四」的文學觀，也從法國文學中獲得營養，因而其文學思想顯得極爲龐雜，學者多能從其創作中對其異質成分進行分析和剝離，呈現出了處於新舊之間，溝通中西文化的一個複雜的曾樸。但是另一方面，現有的研究大多數仍停留在對翻譯成績和翻譯觀念的歸納總結之上，涉及到翻譯的影響研究時，所關注的文本也較爲單一，因此仍有很大的拓展空間。

在「父子店」初期，曾氏父子的稿件佔了絕大多數，而後曾樸病痛加身，《眞美善》的編輯工作則主要由曾虛白負責，《眞美善》的發展與曾虛白的努力息息相關，因此曾虛白研究也成爲了《眞美善》研究的重要組成部分。由於曾虛白一直以新聞人的身份而聞名，因此對他文學成果的研究較少。曾虛白的文學創作主要集中在《眞美善》時期，而在這一階段，他進行了大量的文學翻譯和創作，而其中他與陳西瀅關於翻譯的辯論成爲了研究的重點。朱志瑜對這場辯論中雙方的主要觀點進行了簡要敘述，李林波站在接受美學的角度對曾虛白的「神韻」觀進行了現代解讀，馬佳佳對曾、陳二人在「達」、「神韻」和「讀者反應」三方面認識的不同進行了簡要的論述，而邢力則主要關注了二人的「等效」之爭，認爲二人的論辯「是中國傳統譯論史上對於讀者反應的第一次全面討論。」〔註 27〕並提出他們的論辯表現出了濃厚的傳統國學的味道，亟待進行現代轉化。除此之外，冷川則從《眞美善》與《前鋒時報》的一次爭論爲切入點，通過對論爭過程的梳理來探討曾虛白對民族文學態度的轉變。關於創作方面，祝宇紅將曾虛白的《魔窟》與蘇雪林的《天馬集》進行了對比，認爲他們重寫神話與二人之間的交往有著直接關聯，並且他們的創作表現出了相近的諷喻趣味和政治立場。〔註 28〕可見，現在對曾

〔註 26〕陳夢：《論曾樸與雨果小説創作中的寫史意識》，《惠州大學學報》（社會科學版），2001 年 6 月第 2 期。

〔註 27〕邢力：《現代「等效」之爭的傳統預演——對曾虛白與陳西瀅翻譯論辯的現代解讀》，《解放軍外國語學院學報》，2007 年 1 月。

〔註 28〕關於曾虛白的研究論文主要有：朱志瑜：《中國傳統翻譯思想：「神話説」（前期）》，《中國翻譯》2001 年第 12 期；李林波：《在突破與創立之間——曾虛白

虛白的研究尚淺，通過對《眞美善》的考察，可以加深我們對曾虛白文藝觀和文學創作的瞭解。

除此之外，常年在《眞美善》上進行翻譯和創作的作家還包括朱雯、顧仲彝、崔萬秋、王家棫、邵宗漢等人，在當時的文壇，他們的影響都不算大，其研究成果也屈指可數。朱雯是《眞美善》期刊的重要撰稿人之一，當時他是就讀於東吳大學的學生，借助《眞美善》這個平臺得以進入文壇，並在翻譯和創作上多有建樹。一直以來，對朱雯的關注都非常少，現有的研究資料只有幾篇訪談，且多關注朱雯三十年代之後的創作和翻譯，對《眞美善》時期其翻譯的傾向和翻譯觀的形成並無涉及。對顧仲彝的研究主要集中他的改譯劇，而針對他翻譯方面的研究，除了胡斌《顧仲彝（1903～1965）著譯年表》對他的翻譯成果進行了統計之外，再無其他。學界對《眞美善》作家群的其他人如崔萬秋、王家棫等人的翻譯和創作研究幾乎是空白。

總之，現在學界對於《眞美善》的研究仍舊顯得比較單一和偏狹，側重於單個作家、譯者的研究，側重於翻譯方面的成就而忽略了對期刊創作的考察，對期刊缺少整體性的把握，因此從文本入手對其創作和翻譯進行全面的考察有利於我們把握期刊的整體風貌，從而客觀的評估該刊物的文學成績和影響。

二

《眞美善》以提倡文學翻譯爲主，它以曾樸爲中心，團結了一大批文藝愛好者，以期刊爲文學載體在創作中對法國文學進行了借鑒和學習，並爲當時的法國文學譯介做出了重要的貢獻。從研究情況來看，現在對《眞美善》在法國文學譯介方面的貢獻並沒有得到應有的重視，除了對曾樸的翻譯思想研究較多之外，《眞美善》上其他的很多翻譯者和創作者都處於被遮蔽的狀

翻譯觀點解析》，《天津外國語學院學報》，2003 年第 1 期；馬佳佳、田玲：《曾虛白與陳西瀅的翻譯思想對比研究》，《英語廣場》（學術研究），2012 年第 2 期；邢力：《現代「等效」之爭的傳統預演——對曾虛白與陳西瀅翻譯論辯的現代解讀》，《解放軍外國語學院學報》，2007 年第 1 期；祝宇紅：《「老新黨的後裔」——論蘇雪林《天馬集》與曾虛白《魔窟》對神話的重寫》，《現代中文學刊》，2011 年第 2 期；冷川：《民族主義的窄化：從時代精神到文藝政策——《眞美善》與《前鋒時報》的爭論和曾虛白的文藝思想體系》，選自中國社會科學院文學所著：《中國社會科學院文學研究所學刊 2009》，2010 年 11 月版。

態，而這也影響了對《眞美善》這個刊物的瞭解，因此我們將法國文學翻譯作爲研究《眞美善》期刊的切入點，有利於我們從整體上把握《眞美善》的創作和文學思想的嬗變過程。而在具體操作中，要想眞正瞭解當時的文化氛圍和文學境況就必須回到歷史語境，而這其中一個重要的途徑就是重新回到那個時代的物質遺留——報刊雜誌的本身，因此筆者企圖通過對刊物資料的整理，眞正瞭解一個文化刊物的發生發展、活躍和衰敗，並從中還原歷史語境下的一個團體的文化姿態和文學實踐。筆者借用了王西強的研究論點，拋開對單個作家的個案研究，將《眞美善》作家群〔註 29〕作爲一個整體進行考察，劉西強的研究更多表現出了對團體組織形式、商業運作合作方面的關注，對期刊作品的研究不夠細緻，因此筆者也試圖去塡補這一不足。《眞美善》作家群包含著一個引導和被引導的關係，曾樸作爲刊物的組織者，團結了一批志同道合的作家，並且在很大程度上也影響了一些初入文壇的創作者，因此他們的文學觀必然會呈現出某些相似性，而這些都會在翻譯和創作成果中得到體現。在進行釐清和分析的過程中，對作家作品的選取必然是最重要的一個步驟，筆者試圖從發表作品的數量、作品的風格傾向以及同刊物組織者的人際關係等多方面進行考察，並從作品的細節中來找尋出一些共通之處，來說明這個團體在文學理想和創作觀上的契合，通過群體文藝觀的大致傾向來呈現出這個刊物整體的風格特色。同時在考察過程中也要注意釐清共性和個性的辯證關係，在強調共通性的同時也要關注這些翻譯家作爲獨立個體在翻譯過程中的個性化表現。

在眾多譯介法國文學的社團群體中，《眞美善》作家群是很重要的一例，將《眞美善》作家群的譯介活動放到法國文學的譯介潮流中進行考察，通過與其他社團譯介的比較，我們可以更清晰的瞭解《眞美善》譯介法國文學的特點。同時我們通過《眞美善》也可清楚地把握法國文學在中國的譯介過程、傳播形態、接受情況和借鑒作用，認知翻譯與創作的內在關係，瞭解異域文學滋養對現代中國文學所產生的影響。在考察過程中，筆者更多的借鑒譯介學的觀點，綜合政治、文化、個人文學審美等多種跨文化因素來考察其對譯

〔註 29〕王西強在論文《曾樸、曾虛白父子及「眞美善作家群」研究》中將圍繞在「眞美善」書店、雜誌周圍的這一具有趨同性審美追求的文學團體定義爲「眞美善作家群」，而筆者主要以《眞美善》期刊爲研究對象，主要關注以《眞美善》爲文學陣地的這一作家群體，因此將其表述爲「《眞美善》作家群」，凸顯刊物對此群體存在的重要性。

介活動的影響，以及由此引起的原語文學在譯介過程中的變形和變異。本研究立足於《眞美善》史料的整理和分析，追求文學的資料的可靠性，力求客觀地分析和評價文學現象，得出較爲中肯的結論。

本研究以期刊作品爲主要研究對象，集中考察《眞美善》對法國文學的譯介活動及成果，探討法國文學尤其是法國唯美主義文學譯介活動對《眞美善》作家群創作的影響，並將其放置於同時代翻譯潮流和歷時性法國文學翻譯歷史中去探究《眞美善》法國文學譯介活動的特點及影響。因此本研究涉及到法國唯美主義在中國的傳播情況，《眞美善》唯美主義文學譯介對創作的影響等多方面內容，而當我們意圖探討《眞美善》譯介活動的獨特性，並將其當做個案從整個法國文學譯介活動中抽離出來時，有必要對晚清以來的法國文學譯介情況進行個簡單的梳理，明確法國文學翻譯之於中國文學發展的重要性，從而瞭解《眞美善》的研究意義所在。

在中國翻譯文學史上，法國文學一直是最重要的組成部分，從林紓的《巴黎茶花女遺事》到五四時期對法蘭西文學的推崇，法國文學在中國文學的現代化進程中起到了重要的促進作用。從近代開始截止到 1949 年，法國文學譯介出現了三個高峰期，以時間劃分爲清末民初、「五四」新文學發生期、三四十年代，他們在一定程度上呈現出了不同的翻譯特色。由於本文的研究範圍主要局限於《眞美善》的法國文學翻譯研究，因此本節對法國文學譯介情況的梳理也主要集中於 1890 年至 1927 年左右，試圖將法國文學翻譯從翻譯文學中抽離出來，尋找其在中國現代文學發生發展過程中的獨特作用。

1890 年到 1919 年這三十年是一個介紹外國文學的高峰期。而這與當時社會上對文學和翻譯文學價值的看重不無關係。在文化啓蒙的迫切要求下，翻譯活動被當時的維新派賦予了重要的社會功用，並將它與維新改良活動緊緊地聯繫在了一起，而梁啓超便是提倡翻譯文學的代表人物，他以其極高的社會聲望影響了人們對翻譯文學的態度。他認爲歐洲的強盛與翻譯關係重大，「泰東西諸國，其盛強果何自耶？泰西格致性理之學，原於希臘；法律政治之學，原於羅馬。歐洲諸國各以其國之今文，譯希臘羅馬之古籍；譯成各書，立於學官，列於科目，舉國習之，得以神明其法，而損益其制，故文明之效，極於今日。〔註 30〕」因此要實現中國的富強也必須重視翻譯，「處今日之天下，

〔註 30〕 梁啓超：《論譯書》，《飲冰室合集》第 1 冊，上海：中華書局，1989 年版，第 66 頁。

則必以譯書爲強國第一義。〔註31〕」他還通過譯介小說發起了「小說界革命」，極力肯定小說的價值，並將此作爲「文化啓蒙」的重要起點，梁啓超在《論小說與群治之關係》寫道：「欲新一國之民，不可不先新一國之小說。故欲新道德，必新小說；欲新宗教，必新小說；欲新政治，必新小說；欲新風俗，必新小說；欲新學藝，必新小說；乃至欲新人心、欲新人格，必新小說。何以故？小說有不可思議之力支配人道故。」〔註32〕他將文學發展與民族的現代進程聯繫在了一起，在此，文學可以用來作爲開發民智的工具，承擔了以往文學作品所不具有的社會功用和價值。中國知識分子開始自覺意識到了小說的作用，而此時的譯者大多秉承著啓蒙和開發明智的文學目的進行翻譯創作，連號召愛國保種的林紓都認爲「欲開明智，必立學堂；學堂功緩，不如立會演說；演說又不易舉，終之唯有譯書。」〔註33〕可見，這種對小說現實功用的重視和對翻譯文學作用的認知導致了當時翻譯成果的大量出現。而從1860年開始，在洋務運動的帶動下，大量的異域文學也得以進入中國文化界，因此文學翻譯一時間蔚然成風。而這其中法國文學的翻譯成果尤爲豐碩，產生了大量極具影響力的文學譯本。針對清末民初的法國文學翻譯情況，彭建華曾在《晚清民初的法國文學接受》中對 1989 年至 1917 年的法國文學翻譯進行了詳細的統計，根據其資料可以看出，譯本數量逐年呈持續增長之勢，產生了大量藝術性和思想性極強的作品。

在中國文壇出現的第一部具有文學眞正文學價值的法國文學作品是小仲馬的《茶花女》，他由著名翻譯家林紓以《巴黎茶花女遺事》爲名譯出，該書的翻譯出版在晚清讀書界引起了巨大的反響：「一時洛陽紙貴，風行海內外。〔註34〕」而此書出版的巨大成功也激發了林紓的翻譯熱情，在隨後的幾年裏，他相繼譯出了法國 17 位作家的 24 部小說，其中包括大量名家名作，如巴爾扎克的《哀吹錄》，雨果的《雙雄義死錄》（現譯《九三年》），孟德斯鴻的《魚雁抉微》（現譯《波斯人信劄》）等作品。林紓的翻譯完全依靠別人的口授，且全用桐城古文表達，其優美的文筆代表了當時翻譯的較高水準，林紓也被認爲是中國翻譯小說的奠基人。後來的現代文學名家

〔註31〕梁啓超：《論譯書》，《飲冰室合集》第 1 冊，上海：中華書局，1989 年版，第 66 頁。
〔註32〕梁啓超：《論小說與群治之關係》，《新小說》，1902 年第一號。
〔註33〕林紓：《譯林・序》，《譯林》，1901 年第一期。
〔註34〕寒光：《林琴南》，上海：中華書局，1935 年版。

魯迅、郭沫若、茅盾等人都閱讀並受到了林譯文學的影響，周作人表示：「我們幾乎都因了林譯才知道外國有小說，引起一點對於外國文學的興味。」〔註35〕而他所引領的外國文學翻譯爲中國新文學帶來了更多的可能，「中國的舊文學當以林氏爲終點，新文學當以林氏爲起點。」〔註36〕在他的譯本序文裏，他常常會對作品的思想意義進行評論，在言辭中也常透露出對封建專制政體的不滿和對民主自由的嚮往，林紓通過這種方式傳達了一些激進自由的思想，他的翻譯文學在某種程度上承載了厚重的社會功用目的。魯迅也曾一度對法國文學特別是科學小說發生了很大的興趣，他認爲科學小說有改良思想、開發明智的作用，他在《月界旅行》辨言中說到：「我國說部，若言情談故刺時志怪者，架棟汗牛，而獨於科學小說，乃如麟角。智識荒隘，此實一端。故苟欲彌今日譯界之缺點，導中國人群以進行，必自科學小說始。」並翻譯了凡爾納的《月界旅行》、《地底旅行》。而他轉譯雨果的《悲慘世界》（譯爲《哀塵》）更是承載了他對民族命運的憂患，「嗟社會之陷阱兮，莽莽塵球，亞歐同慨；滔滔逝水，來日方長！使囂俄而生斯世也，則剖南山之竹，會有窮時，而《哀史》輟書，其在何日歟，其在何日歟？」〔註37〕雨果作品中強烈的變革精神滿足了當時中國社會改革的迫切要求，除此之外，在同周作人合編的《域外小說集》中還收進了他翻譯的莫泊桑的《月夜》，他的法國文學翻譯成果不多，但他的翻譯與他的改造國民性的思想聯繫起來，從而成爲了魯迅文學體系中很重要的一部分。另外還有一個重要的翻譯家伍光健，他的法國小說譯作都是從英文本轉譯而來，他從1907年開始便陸續翻譯了大仲馬、莫泊桑、法郎士等法國作家的作品，其譯文多使用白話文，行文流暢，廣受讀者好評。而曾樸此時期在《小說林》上也發表了雨果作品的多篇譯作，其關於大仲馬的小說《馬哥王後佚史》的譯作直接從法文翻譯而來，而後他連續翻譯了雨果的小說《九十三年》和劇作《項日樂》、《呂克蘭斯鮑夏》等作品。除此之外，此時法國文學的譯者還有周瘦鵑、包天笑、周桂笙、馬君武等人，法國著名作家大仲馬、凡爾納、雨果、法郎士、左拉、莫泊桑等人的作品都有涉及。其中影響最大的是雨果和大仲馬的作品，大仲馬的代表作《三個火槍手》（舊

〔註35〕周作人：《林琴南與羅振玉》，《語絲》，1924年第3期。

〔註36〕寒光：《林琴南》，上海：中華書局，1935年版。

〔註37〕魯迅著，陳淑渝、肖振鳴整理：《編年體魯迅著作全集插圖本1898～1922》，福州：福建教育出版社，2006年版，第17頁。

譯《俠隱記》)、《二十年後》(舊譯《續俠隱記》、《基督山伯爵》)(包天笑譯爲《大寶窟王》)等作品很早就被介紹到中國，大仲馬曲折而生動的通俗小說與中國市民的傳統審美相契合，雨果的《悲慘世界》、《九三年》等也被多次譯介，這些作品以其強烈的批判意識、救國興邦的政治抱負受到了改良派的親睞。除了小說之外，一些法國詩歌和戲劇也被翻譯進來。馬君武翻譯的雨果的《題阿黛爾遺書》一詩被認爲是雨果詩歌進入中國的最早的記載。在戲劇的譯介上，辛亥革命之後，根據外國劇本小說改編的劇本大量出現，包天笑、徐卓呆合譯《犧牲》(現譯《安日洛》)、曾樸譯《梟歟》(現譯《呂克萊斯·波基亞》)、《呂伯蘭》、《項日樂》等。此時的法國戲劇譯介還處於萌芽期，因此翻譯品質較差，有不少誤譯、錯譯的現象。另外，在「開發明智」思想的指導下，譯者往往借小說來傳達自我的思想，蘇曼殊、林紓等譯者在翻譯中往往對情節進行改寫，並隨意加入自己針砭時弊的議論，強調中國讀者對內容的接受，因此作品往往成了思想的傳聲筒，在一定程度上也改變了原來作品的面貌。總體上來說，此時的翻譯更爲注重作品的思想意義和讀者的接受，因而對於故事性和娛樂性的需求使得譯者在選擇文本時忽略了其是否爲名家名篇，缺少選擇的意識，在取材上往往帶有較大的隨意性，因而翻譯成果不成系統，顯得較爲雜亂。

近代翻譯文學爲新文學的發生提供了營養供給和觀念的鋪墊，而隨著五四運動的發生，在新文化啓蒙運動的推動下，思想解放成爲了社會發展的迫切要求，而對於文學的認識也逐漸深化，較之近代法國文學翻譯，五四時期的法國翻譯文學則表現出了更多的文學自覺。相比於近代將文學作爲載道的工具而言，五四時期則將文學與啓蒙進行了綁定，當時的新文學宣導者十分強調翻譯文學對精神建設的重要價值。鄭振鐸將翻譯看做是溝通人類精神的一種途徑，「翻譯家的功績的偉大決不下於創作家。他是全人類的最高精神與情緒的交通者。」〔註38〕沈雁冰也在《新文學研究者的責任與努力》中談到：「介紹西洋文學的目的，一半是欲介紹他們的文學藝術來，一半也爲的是欲介紹世界的現代思想——而且這應是更注意些的目的。」〔註39〕而在《介紹外國文學作品的目的——兼答郭沫若君》中，他再次強調了翻譯文學對思

〔註38〕鄭振鐸：《俄國文學史中的翻譯家》，《改造》，1921年第3卷第11期，第78～79頁。

〔註39〕沈雁冰：《新文學研究者的責任與努力》，選自趙家璧：《新文學大系》，上海良友圖書公司，1935年版，第145頁。

想啓蒙的作用，「翻譯家若果深惡自身所居的社會的腐敗，人心的死寂，而想借外國文學作品來抗議，來刺激將死的人心，也是極應該而有益的事。〔註40〕」異域文學中所傳達的自由、民主、科學等現代精神正是新文化運動所急需的，此時，文學精神是此時翻譯文學文本選擇的重要尺規。而另一方面，由於文學破陳出新的需要，當時的新文學建設者們將翻譯文學作爲新文學建設的重要方法，胡適說，「如今且問，怎樣預備方才可得著一些高明的文學方法？我仔細想來，只有一條法子：就是趕緊多多的翻譯西洋的文學名著做我們的模範。〔註41〕」新文學創作者們強調翻譯文學對新文學創作和發展的功用。鄭振鐸將「能改變中國傳統的文學觀念」〔註42〕作爲翻譯文學的重要作用之一，沈雁冰也認爲「若再就文學技術的主點而言，我又覺得當今之時，翻譯的重要實不亞於創作。西洋人研究文學技術所得的成績，我相信，我們都可以，或者一定要採用。採用別人的方法——技巧——和徒事仿傚不同。我們用了別人的方法，加上自己的想像情緒……，結果可得自己的好的創作。在這意義上看來，翻譯就像是『手段』，由這手段可以達到我們的目的——自己的新文學。〔註43〕」他們希望借助翻譯來輸入新的文學思想觀念和創作技巧，它是作爲新文學創作的範本而存在的。可見，在當時的評論家看來，無論是對於社會改良還是文學革新，翻譯文學的作用都不容小覷。因此「針對 20 世紀中國文化語境來說，理想的翻譯小說是既要符合『啓蒙的文學』的社會內涵，又要滿足『文學的啓蒙』這種審美建構，即政治需求和文化追求相一致。」〔註44〕在這二者的要求之下，在對文本的選擇中，法國文學所傳達的民主思想和啓蒙意義滿足了中國文學的需求。而同時，法國各個時期的文學幾乎呈現了所有歐洲文藝思潮的特點，對於草創期的新文學而言，它無疑是一個很好的學習範本，因此法國文學以其強烈的反抗精神和豐富的藝術表現力成爲了此時翻譯文學的重點，在翻譯規模和翻譯系統性上僅次於蘇俄文學。

〔註40〕雁冰：《介紹外國文學作品的目的——兼答郭沫若君》，《文學旬刊》，1922 年第 45 期。

〔註41〕胡適：《建設的文學革命論》，《新青年》，1918 年第 4 卷第 4 期。

〔註42〕鄭振鐸：《雜譚》，《文學旬刊》，1922 年 8 月 11 日。

〔註43〕沈雁冰：《一年來的感想與明年的計劃》，《小說月報》，1921 年第 12 卷第 12 號。

〔註44〕謝天振、查明建：《中國現代翻譯文學史（1898～1949）·總論》，上海：上海外語教育出版社，2004 年版，第 23 頁。

「五四」時期，大批作家和文學社團都加入了翻譯的隊伍，帶來了法國翻譯文學的繁榮。新文化運動的主將陳獨秀極其注重法蘭西文明的作用：「近世文明之特徵，最足以變古之道，而使人心社會劃然一新者，厥有三事：一曰人權說，一曰生物進化論，一曰社會主義……近世三大文明，皆法蘭西人之賜。世界而無法蘭西。今日之黑暗不識仍居何等。」〔註 45〕對法國文明的推崇讓其對法國文化和文學表現出了極大的熱情，他不僅大力地介紹宣傳法國文學思潮，並積極地參與法國文學的譯介，他同蘇曼殊合作，譯出了雨果《悲慘世界》（譯爲《慘世界》）。胡適也在《新青年》上翻譯了莫泊桑的《二漁夫》、《梅呂哀》和都德的《最後一課》，可見，此時的作家都紛紛引入異域文學作爲改良社會、啓動中國文學的重要手段。伴隨著人性解放呼聲的高漲，在這種強烈的文學自覺下，盧梭、莫泊桑、左拉、羅曼·羅蘭等大批法國作家被介紹到中國。文學社團是此時法國文學譯介的主力，他們以刊物爲陣地，對法國文學進行了較爲系統的介紹。文學研究會的刊物《小說月報》充當了法國文學譯介的先鋒，他們強調文學翻譯的重要性，並在 1924 年 4 月「法國文學研究專期」上對浪漫主義、寫實主義、自然主義等流派和重要作家做了全面系統的介紹，且刊登了巴爾扎克、莫泊桑、喬治桑等作家的小說，鄭振鐸和沈雁冰還共同撰寫了文章《法國文學對於歐洲文學的影響》，此外還刊出過「莫泊桑專期」、「法郎士專期」、「羅曼·羅蘭專期」等。在他們看來，福樓拜「科學的描寫態度」和「視文學如視宗教」〔註 46〕的文學觀打破了傳統文學抽象寫意、曖昧朦朧的寫作特徵，能有力的清除傳統文化的劣根性，巴爾扎克對生命醜惡面的揭露更契合了「五四」反抗現實的呼籲，而「莫里哀所描寫的人性是人類永久的性格」〔註 47〕，譯者們通過他們的作品反映了現實社會的需要，表現了時代和民眾的呼聲，他們的譯作和理論文章讓廣大讀者更多的瞭解了法國文學，而法國文學也成爲了「五四」作家們感知文學「現代性」的重要媒介，並參與了「現代文學」的構建。新月社的法國文學譯介主要有陳西瀅譯法國莫洛懷《少年哥德之創造》，徐志摩譯伏爾泰《贛第德》等，而創造社、未名社等都對法國文學有關注，只是範圍相對較小，主要集中於雨果和羅曼·羅蘭等人的作品。另外還有一個不能忽略的刊物《少年中

〔註 45〕陳獨秀：《法蘭西人與近世文明》，《青年雜誌》，1915 年第 1 卷第 1 號。
〔註 46〕雁冰：《紀念佛羅貝爾的百年生日》，《小說月報》，1921 年第 12 卷第 12 號。
〔註 47〕佩韋：《今年紀念的幾個文學家》，《小說月報》，1922 年第 13 卷第 12 號。

國》，它在譯介象徵派作品方面做出了很大的貢獻，在它先後刊出的兩個專期「詩歌研究專號」和「法蘭西號」中重點介紹了馬拉美、果爾蒙、薩曼、梅特林克、波德萊爾等法國象徵主義詩人，還陸續刊登了魏爾倫等人的詩作，它打開了法國象徵主義作品在中國的譯介局面，而後多個社團和雜誌也加入到這一行列。從社團的譯介情況來看，此時對法國文學的翻譯變得更加全面，對譯介文本的選擇也有了更多的文學自覺，名家名作，甚至很多作家的中短篇都得到了不同程度的譯介。另外，此時的譯者對翻譯文學的關注點也發生了很大的改變，他們更強調文學自身的回歸和對文學意識的改造，也就是返迴文學主體，追尋被遺失的個體意識，「正與對所有近代西方文學的汲取一樣，中國新文學對法國文學的汲取，是由『先進的』文學目標追求而切入『自我』，返回『自我』的。就是說，作爲接受者的新文學作者，不是先有了強烈的主體意識，才去與外來文學交流、互補，而是在主體意識極爲缺少的情況下，向外尋求『自我』。」〔註 48〕比如此時對雨果的譯介從注重思想轉爲重視浪漫主義文學風格，而左拉和盧梭在此時之所以很受尊崇也是由於其宣導的人生體驗和自我剖析正是一種對自我主體意識的呼喚。可以說，法國文學給轉型期的中國文學打開了一扇窗，刺激了已經僵化了的中國傳統文學，爲其加進了新的血液，注入了現代意識，並在「五四」風潮的強勁作用下眞正實現了與舊文學的斷裂，爲新文學的發生發展做出了重要的貢獻。

首先，法國文學翻譯促進了小說觀念的革新，譯者通過自己的努力提高了小說的文學地位，它不再是市民茶餘飯後的消遣，而是一種可供知識分子閱讀的文學類型。譯者通過對翻譯文體和語言的改變，將小說提升到了知識分子讀物的水準，如林紓《巴黎茶花女遺事》受到了知識分子的追捧，很大程度上得益於林紓的翻譯與知識分子口味的契合，「他首先把小說的文體提高，從而把小說作爲知識分子讀物的級別也提高了。」〔註 49〕他的翻譯多用桐城古文，且在序跋中闡釋原作的意旨，這些都承襲了傳統小說的特點，符合他們的閱讀習慣，但同時又讓知識分子獲得了從傳統小說中所無法獲得的趣味，無形中改變了他們對小說的態度。同時，外國小說的大量進入也改變了他們對外國文學的看法，在 19 世紀末，中華文化中心主義影響了人們對世

〔註 48〕錢林森：《法國文學與中國》，《文藝研究》，1990 年第 2 期。
〔註 49〕施蟄存：《中國近代文學大系・翻譯文學集導言》，上海：上海書店出版社，1990 年版。

界的認識，士大夫對外國文學極爲不屑，就連有著遊學經歷的王韜也認爲「英國以天文、地理、電學、火學、氣學、光學、化學、重學爲實學，弗尚詩賦詞章」〔註 50〕，可見當時國人對外國文學的偏見之重。而法國科學小說、偵探小說、革命小說的紛紛引入不僅開闊了中國讀者的閱讀視野，更讓人們認識到了基於不同文化之上的文學的互通性。到了五四時期，外國文學更是被作爲革新中國文學的重要動力而出現，在對外國文學的認識上，這是一個極大的提高。另一方面，譯者譯入小說大多帶有功利性的目的，因此小說中所傳達的意識觀念不自然地影響到了當時的讀者，小說不再僅僅是作爲一種文學樣式而存在，它的社會地位也相應地得到了提高。郭紹虞積極地肯定了林紓的翻譯文學在轉變人們文學觀念方面所起到的作用，「中國歷來正統文人大都是視小說爲小道的。近代以來這種情況有所改變，林紓以古文名家的身份，公然翻譯小說，而且認爲所譯各種流派的小說都能起到陶冶性情、褒貶善惡的作用。」〔註 51〕異域文學使讀者從更爲豐富的文學內容中獲得了社會意識和觀念，在一定程度上促進了現代中國的思想啓蒙和文學意識的革新。比如法國的科學小說爲中國文學輸入了科學的觀念，讀者在閱讀中獲得了科學知識的普及，有利於市民破除狹隘和愚昧，接受和理解現代文明觀念。

其次法國文學豐富了中國文學的表現內容。中國傳統小說的類型有限，「中國小說之範圍，大都不出語怪、誨淫、誨盜之三項外。〔註 52〕」因此法國政治小說、科學小說的引入彌補了中國小說表現內容上的單薄，爲中國文學增添了一種全新的小說樣式，就算是在傳統小說中較爲常見的愛情小說題材，中國讀者也從外國小說中讀到更爲豐富的故事內容和更高明的表達技巧，中國傳統的愛情小說由於受到社會思想觀念的束縛，在思想和內容上顯得很陳舊，「外國言情小說，層出不窮，推原其故，則以彼邦有男女交際可言。吾國無之。彼以自由結婚爲法，我國尚在新舊嬗蛻之時。……是故歐洲言情小說，取之社會而有餘；我國言情小說，搜索枯腸而不足。」〔註 53〕外國小說給陳舊的傳統章回小說注入了新的活力，爲愛情小說輸入了新內容和新觀念。比如被稱爲「外國《紅樓夢》」的《茶花女》區別於中國傳統愛情小說裏的才子

〔註 50〕王韜：《漫遊隨錄》，長沙：嶽麓書社，1983 年版，第 116 頁。

〔註 51〕郭紹虞：《〈孝女耐兒傳序〉說明》，選自《中國歷代文論選》第 4 冊，上海：上海古籍出版社，1980 年版，第 160 頁。

〔註 52〕定一：《小說叢話》，《新小說》，1905 年第 2 卷第 1 期。

〔註 53〕惲鐵樵：《論言情小說撰不如譯》，《小說月報》，1915 年第 6 卷第 7 號。

佳人模式，轉而對一個妓女悲慘的愛情給予同情和贊美，並且同時展現了一種與中國傳統的宗法家族式價值觀相悖的個人主義的價值觀，它「向晚清社會提供了個人化的強烈情感的抒發方式，發動了現代中國的個人主義思潮的第一波。〔註 54〕」這種衝擊傳統倫理的內容無疑讓觀眾獲得了新奇感，也在一定程度上促進了現代西方倫理、自由思想的傳播。而中國的小說家們「在《巴黎茶花女遺事》直接或間接的影響或摹仿之下，寫出不少新意義、新結構的愛情小說」〔註 55〕。除此之外，在中國廣泛受到歡迎的偵探小說也豐富和促進了傳統公案小說的創作，傳統公案小說一方面與偵探小說有著相通之處，另一方面偵探小說中所呈現的科學性是公案小說所不能比擬的，「尤以偵探小說，爲吾國所絕乏，不能不讓彼獨步。蓋吾國刑事訟獄，大異泰西各國，偵探之說，實未嘗夢見。」〔註 56〕相比於公案小說而言，法國偵探小說展現的不再僅僅是民眾心目中英雄形象和邪不壓正的道德訓誡，偵探的能力和學識才是其表現的重點，這種包括了觀察、推理等一系列的科學分析方法讓讀者更多的瞭解了法制和科學，而同時偵探小說翻譯文本以其極強的懸念感和情節的緊張性得到了中國讀者的熱烈追捧，並帶來了翻譯的狂潮，阿英不禁感歎，「當時譯家，與偵探小說不發生關係的，到後來簡直可以說是沒有。如果說當時翻譯小說有千種，翻譯偵探要占五百部以上。」〔註 57〕法國偵探小說雖然在數量上少於英國偵探小說，但卻提供了不同的形象，在各種偵探小說中表現出了某些獨特性。偵探小說翻譯數量的劇增也帶來了中國偵探小說的產生和發展，中國著名的偵探小說都是通過對翻譯文學的學習而來，孫了紅翻譯法國勒白朗的《俠盜亞森羅蘋》後創作了《俠盜魯平》，吳沃堯接受了周桂笙翻譯文學的影響，創作了《九命奇冤》，而張碧梧的創作也接受了勒勃朗的影響。偵探小說起到了啓發明智的作用，資本主義國家的法律意識和科學觀念隨著偵探小說的發展而得到了傳播，促進了中國現代文明的建設。而偵探小說同時也向讀者展示了現代科學的力量，「有了『科學』的概念，才有了『客觀』描寫、『忠實於現實』、『寫本質』的現實主義文學認識。〔註 58〕」

〔註 54〕彭建華：《晚清民初的法國文學接受》，福建師範大學 2009 年博士學位論文。

〔註 55〕施蟄存：《中國近代文學大系．翻譯文學集導言》，上海：上海書店出版社，1990 年版。

〔註 56〕周桂笙：《歇洛克復生偵探案．弁言》，《新民叢報》第 55 號。

〔註 57〕阿英：《晚清小說史》，北京：人民文學出版社，1980 年版，第 186 頁。

〔註 58〕袁進：《中國文學的近代變革》，桂林：廣西師範大學出版社，2006 年版，第 330 頁。

當然對於法國偵探小說對中國小說的作用，還不能上升到影響中國現實主義文學發展的巨大作用，但是作爲偵探小說的一部分，它曾深深影響了國人的現代意識觀念，也成就了中國偵探小說的發生和發展。除此之外，我們不得不提及法國翻譯文學中另外一個重要的類別——科學小說，科學小說伴隨著科學救國思潮的興起而進入中國，並擔負起了宣揚科學的任務，維新人士意在宣導以科學來革除中國社會的惡習弊端，創造現代文明。包天笑在《〈鐵世界〉譯餘贅言》中認爲「世有不喜科學書，而未有不喜科學小說者，則其輸入文明思想，最爲敏捷，且其種因獲果。」〔註 59〕而在科學小說中，最引人注目的便是凡爾納的作品，它以大膽的預言性的科學想像，大量奇妙而極具刺激性的冒險經歷給中國讀者提供了同以往截然不同的閱讀感受，中國的作家也嘗試著突破長久以來中國小說對鬼神想像的局限性，將各種對科學的想像加入敘述中，並通過模仿創作了中國的科學小說，創造了「科學發明者」這一傳統小說中不曾有過的人物類型。在中國科學小說的創作中，有很多都是直接對法國文學進行的模仿，包天笑的《世界末日記》模仿了梁啓超所譯的《世界末日記》，高陽不才子的《電世界》是對《鐵世界》情節模式的模仿，這些作品的情節中加入了許多科學場景，構建了科學時空，呈現出了傳統小說中不曾有的不斷變化的科幻場景，這些對讀者來說無疑產生了一種新奇的體驗。在社會現實的關照上，科學小說迎合了政治改革的需求，促進了民族意識的覺醒，但是由於中國缺乏嚴謹的科學精神，因此科學小說逐漸同志怪小說相結合而走向了荒誕，最終不免淪爲被批判的通俗一類，但是由此外國的科學理性逐漸進入小說，促進了小說意識的現代化。

第三，法國文學對文學語言和創作方法的革新起到了重要的推動作用。瞿秋白認爲：「翻譯——除能夠介紹原本的內容給中國讀者之外——還有一個很重要的作用：就是幫助我們創造出新的中國的現代言語。」〔註 60〕外國小說影響了語言的現代化轉型，在對翻譯語言的選擇上，譯者對白話翻譯的嘗試促進了文學語言的轉化，爲文學中白話語言的最終確立產生了重要的影響。雖然晚清傳教士在翻譯中使用了白話，但是此時白話的地位很低，只出現於娛樂期刊之上。而戊戌年後，梁啓超、伍光健等人紛紛嘗試白話翻譯，梁啓超翻譯《十五小豪俠》的前四回便用了白話，魯迅翻譯《月界旅行》也

〔註 59〕吳門天笑生：《〈鐵世界〉譯餘贅言》，上海：文明書局，1903 年版。

〔註 60〕瞿秋白：《論翻譯》，選自瞿秋白文集編輯委員會編：《瞿秋白文集（二）》，北京：人民文學出版社，1953 年，第 918 頁。

採用了文白夾雜的方式，周桂笙用白話文翻譯了法國鮑福的《毒蛇圈》，而伍光健在翻譯大仲馬的《俠隱記》和《續俠隱記》時亦採用白話，茅盾評價說，「伍光健的白話譯文，既不同於中國舊小說（遠之則如『三言』、『二拍』，近之則如《官場現形記》等）的文字，也不同於『五四』時期新文學的白話文，它別創一格，樸素而又風趣。〔註 61〕可見，此時譯者已經開始運用凝練的白話來表達小說的內容了，這無疑是對白話豐富表現力的最好證明。此時譯者的俗語觀念已經發生了很大的進步，而後新文學的核心人物陳獨秀、胡適等人都在翻譯中也採用了白話。隨著白話在文學上地位的逐漸確立，白話翻譯已經成爲了主流，被普遍認可。其次，翻譯文學從一開始便是作爲建設新國語的範本出現的，傅斯年認爲直接用西方文法能創造上等的白話文，「要是想成獨到的白話文，超於說話的白話文，有創造精神的白話文，與西洋文同流的白話文，還要在乞靈說話以外，再找出一宗高等憑藉物。這高等憑藉物是什麼，照我回答，就是直用西洋文的款式，文法，詞法，句法，章法，詞枝……一切修辭學上的方法，造成一種超於現在的國語，因而成就一種歐化國話的文學。〔註 62〕」由翻譯帶入的歐化語言對現代白話文的形成起到了重要的作用，朱自清認爲現代白話是一種「歐化或現代化」〔註 63〕的語言，歐化語言的引入成爲了改造漢語，增強漢語表現力的重要途徑。在藝術效果方面，經過了外國文學影響的文字往往更具特色，胡適就曾談到歐化語言對文學的影響：「初期的白話作家，有些是受過西洋語言文字的訓練的。他們的作風早已帶有不少的『歐化』成分。雖然歐化的程度有多少的不同，技術也有巧拙的不同，但明眼的人都能看出，凡具有充分吸收西洋文學的法度的技巧的作家，他們的成績往往特別好，他們的作風往往特別可愛。〔註 64〕」雖然現代白話文的最終接受由多種合力造成，但是翻譯文學卻是文體改革進程中很重要的一部分，翻譯文學特別是暢銷小說的傳播促進了讀者對白話文體的接受，他們對文學語言改革中所起的先鋒作用是顯而易見的。並且，外國翻譯小說爲中國的現代漢語增加了很多的新詞彙，增強了漢語的表達能力，在法國文學

〔註 61〕茅盾：《文學與政治的交錯——回憶錄（六）》，《新文學史料》，1980 年第 1 期。

〔註 62〕傅斯年：《怎樣做白話文》，選自胡適編《中國新文學大系・建設理論集》，上海良友圖書印刷公司，1935 年版，第 223 頁。

〔註 63〕朱自清：《新詩雜話・新詩的形式》，北京三聯書店，1984 年版，第 105 頁。

〔註 64〕胡適：《中國新文學大系建設理論集・導言》，選自胡適編《中國新文學大系・建設理論集》，上海良友圖書印刷公司，1935 年版，第 24 頁。

翻譯者中，學習過法語並直接從法語作品進行翻譯的人很少，主要從英語和日語中轉譯過來，在這轉譯的過程中，日語通過翻譯被直接大量引介到中國，這種夾雜了新詞彙和新語法的翻譯對讀者很有吸引力，並引起了作家們的傚仿，隨之很多詞彙都逐漸成爲了文學表達中的一部分，嵌入了中國的語言體系中。而西方的言說方式更準確地傳達了西方近代的思想，爲新思想在中國的傳播起到了很重要的促進作用。

就小說的敘述方式來看，外國小說對對中國傳統小說最主要的革新便是打破了章回體的小說形式，由於林紓《巴黎茶花女遺事》在中國翻譯文學上的突出地位，當我們探討法國文學對本土文學的影響時，它自然是無法繞開的範本。在《巴黎茶花女遺事》之前，翻譯小說仍舊使用的對仗的回目和「且聽下回分解」的不變程序，而林紓的翻譯採用的是分章的形式，隨後近代小說的體制也發生了變革，逐漸破除僵化向西方文學較爲自由和鬆散的體式靠攏。在敘事結構上，「自林琴南譯法人小仲馬所作哀情小說《茶花女遺事》以後，闢小說未有之蹊徑，打破才子佳人團圓式之結局；中國小說界大受其影響，由是國人皆從事於譯述。」〔註 65〕除此之外，它對敘述視角的改變也是顯而易見的，中國的傳統小說多採用全知全能的第三人稱敘述，而《巴黎茶花女遺事》中的日記體和書信體則以第一人稱的敘事方式打破了讀者的閱讀習慣，給廣大讀者一種全新的閱讀感受，而後蘇曼殊的《破簪記》、《斷鴻零雁記》很顯然受到了它的影響。在敘述方式方面，傳統小說創作多以順敘爲主，以事件發生的時間和來龍去脈爲主線來進行講述，而西方小說裏的倒敘、插敘、旁白等藝術手法的運用使文章都充滿了懸疑、巧合等多種複雜而生動的故事情節，著名譯者周桂笙在比較中西敘述方式時說道，「我國小說體裁，往往先將書中主人翁之姓氏、來歷、敘述一番，然後詳其事蹟於後，或亦有用楔子、引子、詞章、言論之屬，以爲之冠者，蓋非如是則無下手處矣。陳陳相因，幾於千篇一律，當爲讀者所共知。」〔註 66〕同時他還引用了朋友徐子敬和呂廬子的話：「吾友徐子敬吾，嘗遍讀近時新著新譯各小說，每謂讀中國小說，如遊西式花園，一入門，則園中全景，盡在目前矣。讀外國小說，如遊中國名園，非遍歷其境，不能領略個中況味也。蓋以中國小說，往往開宗明義，先定宗旨，或敘明主人翁來歷，使閱者不必遍讀其書，已能料其事

〔註 65〕張靜廬：《中國小說史大綱》，泰東書局，1921 年版，第 27 頁。
〔註 66〕周桂笙：《〈毒蛇圈〉譯者識語》，《新小說》，1903 年第八號。

蹟之半；而外國小說，則往往一個悶葫蘆，曲曲折折，直須閱至末頁，方能打破也。吾友呂廬子，閱中外小說甚夥，亦謂外國小說，雖極冗長者，往往一個海底翻身，不至終篇，不能知其究竟；中國從無此等章法，雖有疑團，數回之後，亦必敘明其故，而使數回以後，另起波瀾云云。」〔註 67〕在法國小說的影響下，中國作家開始有意識地進行創作的革新。梁啓超創作的《新中國未來記》就明顯受到了他翻譯的小說《十五小豪傑》的影響，他在這本小說中最早嘗試使用倒敘的手法，《十五小豪傑》開篇便點明：「話說距今四十二年前，正是公元 1860 年 3 月 9 日……」，故事先講述了幾個少年在海上漂流，後來才說明時期的來龍去脈，而梁啓超對這種敘述方式評價很高：「此書寄思深微，結構宏偉，讀者觀全豹後，自信余言之不妄。觀其一起之突兀，使人墮五里霧中，茫不知其來由，此亦可見泰西文字氣魄雄厚處。」〔註 68〕而後《新中國未來記》正是借鑒之後的結果，梁啓超「一旦接觸到西洋小說別種樣式的敘述，必然感覺新異。由羨慕到模仿，於是便有了《新中國未來記》的『倒影之法』。」〔註 69〕吳研人的《九命奇冤》的倒敘也受了鮑福《毒蛇圈》的影響，而自命爲「東方小仲馬」——徐枕亞的代表作《玉梨魂》從葬花引出愛情故事，而後以日記結尾，這種敘事方式正是對《巴黎茶花女遺事》的借鑒和模仿。可見，在對法國文學的學習和借鑒中，中國傳統小說的敘事模式逐漸開始發生轉變。

而在具體的描寫中，比如在虛實的處理上，中國作家也開始有意地運用科學知識進行較爲客觀的描寫，而這也與偵探小說、科學小說中所呈現的科學精神不無相關，「中國人之作小說也，有一大病焉，曰不合情理。其書中所敘之事，讀之未嘗不新奇可喜，而按之實際，則無一能合者。不獨說鬼談神處爲然，即敘述人事處，亦強半如是也。偵探小說，爲心思最細密，又須處處按切實際之作，其不能出現於中國，無足怪矣。」〔註 70〕中國科學思想不發達，因此傳統小說多重虛構和想像，如在歷史小說中，往往以歷史爲基礎而根據作者自己的喜好捏造種種事實，來增加作品的趣味。在對細節的處理

〔註 67〕知新主人：《小說叢話》，《新小說》，1905 年第 2 卷第 8 期。

〔註 68〕少年中國之少年：《〈十五小豪傑〉譯後語》，《新民叢報》，1902 年第二號。

〔註 69〕夏曉虹：《覺世與傳世——梁啓超的文學道路》，上海：上海人民出版社，1991 年版，第 66 頁。

〔註 70〕管達如：《說小說》，選自陳平原，夏曉虹編：《二十世紀中國小說理論資料 第 1 卷》（1897～1916），北京：北京大學出版社，1989 年版，第 401 頁。

上，多託以傳奇神話等虛構的場景來達成情節的完整，因此形成了中國小說淩虛而不徵實的弊病。西方的科學小說等一系列科學性很強的作品進入中國之後，在一定程度上彌補了傳統小說的不足，使其內容逐漸符合現實生活的邏輯，推動了中國的現實主義文學的發展。

法國文學通過翻譯來到中國，不僅爲20世紀文學輸入了全新的思想觀念，更爲新文學家提供了可供借鑒的文學範本，培養了一批新文學創作者，近代蘇曼殊、馬君武、伍光健等人通過對法國文學的借鑒和模仿，進行了大量的文學創作，而到了五四時期，作家們更是直接地從法國文學中受益。創造社作家郁達夫就深受盧梭的影響，他在長篇論文《盧騷的思想和他的創作》中表達了對盧梭思想的認同，他認爲盧梭《一個孤獨散步者的沉思》「是最深切，最委婉的一個受了傷的靈魂的叫喊」。而盧梭的《懺悔錄》「以雄壯的文字，和特創的作風」，「赤裸裸的將自己的惡德醜行暴露出來」，後來他的作品《沉淪》裏「零餘者」的感傷、孤獨的心靈自述，正與盧梭作品的抒情風格相契合，而他的渴望自由的呼喊成爲了「五四」一代抒發苦悶，走向覺醒的先聲。象徵主義詩人李金髮則明顯受到了波德萊爾、魏爾倫的影響，詩人邵洵美、戴望舒，現實主義作家巴金、李劼人等一大批作家都深受法國文學的影響，他們在接受和模仿中經過自己的過濾，將傳統與現代進行了較好的融合，用獨特的方式探索和嘗試了新文學的創作，爲中國文學注入了現代的、思辨的精神，展現出了白話文學更多的豐富性和複雜性。

中國新文學的發生發展的過程都有翻譯文學的相伴，雖然新文學觀念的產生和新文學創作的豐富並不單一的來源於法國文學，他是多種文學資源影響下的合力，但是法國文學翻譯作爲翻譯文學的先驅，其功勞自然不容小覷，這其中每一個作家，每一篇譯作都曾經在文學史上留下過痕跡，甚至影響了無數的讀者。當我們在粗略地梳理這段歷史的時候，往往會只保留一些框架，並用一些影響較大的歷史事件進行塡充，而將很多細節自動過濾掉。在文壇上每一個曾出現的人都必然會有其存在的歷史和價值，簡單的歸納和整體並不能呈現文學發展的全貌，因此查缺補漏便成爲了塡充文學史的重要一步。本書聚焦的是三十年代左右出現在上海文壇而今被忽略的《眞美善》期刊，考察它在法國文學譯介方面的貢獻，還原歷史的細節，正視這些一直被遮蔽的文學成就。

本書第一章分析《眞美善》進行文學翻譯的歷史背景，從文學思潮、曾樸個人的文學理想及編輯出版經驗、文藝沙龍的氛圍等幾個方面展開，力圖從宏觀的文學思潮、文化環境入手，從曾樸的個人經歷中尋找到他選擇法國文學作爲譯介對象的原因，並確立曾樸的個人文學趣味對刊物風格的影響。第二章對《眞美善》的翻譯理論進行考察，其中曾氏父子的翻譯觀是考察的核心內容，而這也可以從《眞美善》期刊中得到最直觀的總結，除此之外，其他作家的翻譯論點則需要從別的資料中進行發掘補充，雖然可供借鑒的資料不多，但是我們仍舊可以從中獲得一些共通的觀念，這一部分主要涉及到對翻譯目的、翻譯方法等多方面的討論。第三章則主要側重於對《眞美善》翻譯實踐的研究，通過對其翻譯文章風格、內容的分類和歸納，從譯介對象的傾向性、譯介手段的多樣性以及譯介風格三方面來探討其譯介的特點。第四章則是翻譯對創作的影響研究，主要表現爲對創作觀念的影響以及對創作手法的影響兩方面，《眞美善》在對唯美主義作品進行翻譯的過程中，對唯美主義文學觀的接受產生了一些變異，在創作中形成了中國傳統道德觀與唯美主義文學觀的矛盾和調和。而在創作實踐中，引進和吸收了大量西方現代的表現手法，增強了對現代都市人生活和情感的表達效果。最後一章則是對《眞美善》法國文學譯介的影響力研究，將其放置到共時和歷時兩個維度去考察它的成就，突出《眞美善》在法國文學譯介方面所做的貢獻，還原這個小刊物在文學史上的價值。《眞美善》只是三十年代繁榮文壇裏的一道風景，但是它也從一個側面展現了三十年代文學的豐富性，從個案研究中我們可以窺探到整個三十年代的文壇生態，有利於增進對文學史的認識。

第一章 《眞美善》譯介活動的歷史背景

1927 年 11 月，《眞美善》在上海創刊，曾樸在創刊期上提出了刊物的審美價值追求以及通過刊物來革新文藝的決心，而達到此目的的最重要的方法便是吸取異域的營養，進行文學譯介活動。「這雜誌是主張改革文學的，不是替舊文學操選政或傳宣的。既要改革文學，自然該儘量容納外界異性的成分，來蛻化它陳腐的體質，另外形成一個新種族。」〔註 1〕曾樸有著十分明確的文學規劃，他創辦刊物並提倡文學翻譯不光與他的個人際遇有關，同時也受到了當時的經濟文化環境和文學思潮、文藝政策等多方面因素的影響。

第一節 城市文化與文學選擇

1927 年，《眞美善》在上海創刊，在任何一個時間上，事件的發生總是暗含著某些偶然和必然的交錯。1927 年是中國歷史進程中的一個重要節點，社會政治環境的變化帶來了中國現代文學發展的一次大的轉變，這主要表現爲全國文學重心的回歸。北伐戰爭的開始吸引了一大批文學家的南下，段祺瑞北洋政府的高壓統治也使得大批知識分子開始逃離，而上海便成爲了他們聚集之地的首選，1926 年 8 月，魯迅南下，他的離開標誌著「北方的『新文化陣營』業已分裂，北京作爲『五四』文學革命的策源地而一度成爲全國文學中心的地位，快要失去了。」〔註 2〕而後他在 1927 年 10 月離開廈門來到上海，隨後《雨絲》在上海出版，《現代評論》也於同年在上海復刊，文學研究會的

〔註 1〕病夫：《編者的一點小意見》，《眞美善》，1927 年第 1 卷第 1 號。

〔註 2〕吳福輝：《中國現代文學發展史》，北京：北京大學出版社，2010 年版，第 194 頁。

活動中心也早已移至上海，而「四·一二」政變後大批左翼文人也逃亡到上海租界，「新月派」、「開明派」也紛紛在上海進行文學、出版等活動，一時間大量作家，多種文學流派在上海雲集，左翼文學、海派文學、京派文學、鴛鴦蝴蝶派市民通俗文學等呈現出了一種多元共生的文學局面，上海再次成爲了文學的中心。

此時，上海文化產業的發展也爲作家們提供了良好的物質基礎和後備支撐，上海擁有發達的印刷業和報刊業，形成了較爲穩健的出版機制，爲作品的發行提供了便利。早在 1894 年，上海的全部外資工業中印刷業占 9.6%，擁有資本 93.6 萬元，高於上海製藥業、捲煙業和飲食業加在一起的總和。〔註3〕而根據阿英《晚清小說目》的統計和後人對其遺漏小說進行補充後的研究，近代創作小說的 61.6%，西書翻譯的 84.7%都出版在上海，上海出版的總數爲 884 種，至少占全國總數的 73.2%。〔註4〕據此統計，民初小說在上海的出版比重應該與此相差不大。上海望平街和棋盤街更是近代報刊的集中地，《申報》、《中外日報》、《商報》、《民報》等著名報館設置於此。而到了 20 世紀 30 年代，包括商務印書館、中華書局等大型印刷企業在內的 80%的印刷企業均在上海，全國 90%的圖書，80%的報刊出自上海。〔註5〕上海發達的出版機構和先進的印刷技術爲文學翻譯提供了堅實的基礎，據統計，1917 年至 1927 年間全國共出版譯著 502 種，上海出版 432 種；1928 年至 1937 年間全國共出版譯著 1560 種，上海出版 1495 種。〔註6〕從資料可見，1927 年之後，翻譯文學的數量大幅度增加，從這個龐大的翻譯出版陣容來看，翻譯出版在此時已經成爲一種風氣，而曾樸選擇在上海進行他的翻譯出版，無疑擁有著天時地利的便利之機。

上海強大的文化產業帶來了信息的快速傳播，使它一躍成爲了中國近代文化啓蒙的中心。在進步思想的薰陶和影響下，大批有識之士來到上海探尋中國的富強之路，到了民初，上海依舊以其獨特的影響力引領著中國變革的方向。隨著政治時局的急劇變化，革命浪潮和海派文化雙生的上海也預演著中國未來

〔註 3〕張仲禮主編：《近代上海城市研究》，上海：上海人民出版社，1990 年版，第 333 頁。

〔註 4〕陳伯海、袁進主編：《中國近代文學史》，上海：上海人民出版社，1993 年版。

〔註 5〕張樹棟：《百年回首話印刷》，《中國圖書商報》，2001 年 5 月 15 日。

〔註 6〕賈植芳、俞元桂主編：《中國現代文學總書目 · 翻譯文學卷》，福州：福建教育出版社，1993 年版。

的走向，它以其包容的姿態吸引了大批知識分子的到來，這裡也成爲了他們實現文章理想抱負的最佳選地。而曾樸同大多數人一樣也選擇了上海作爲自己文學的陣地，他曾在日記中表明過他對上海複雜的感受，這其中包含了一種對世俗繁華的逃避和對人文氣息的眷戀，「我的要上海，到底爲了什麼呢？上海是個商場，我在商業上是個驚弓之鳥，不願再做馮婦的了。何必住上海？上海是政治的策源地，我於對政治，是厭倦的了，決定在五年內沒有談政治的可能，何必住上海？上海是個遊樂場，我既不想嫖，又不好賭，京戲令我頭痛，大餐也叫我倒胃，跳舞我不會，遊戲場我怕鬧，何必住上海？我所以捨不得上海的緣故，只爲了一件事。上海是我國藝術的中心，人才總萃，交換廣博，知覺靈敏，流佈捷便，是個藝術的皇都；既想做藝術國裏的臣隸，要貢獻他的忠誠，厚集他的羽翼，發揮他的功業，光大他的榮譽，怎能離開那妙史的金闕呢？」〔註 7〕上海發達的文化產業爲《眞美善》提供了印刷和出版的便利，同時豐富的人才資源也爲刊物提供了大量的供稿者，曾樸在上海接觸到了很多知名作家，也正因爲此他才能夠在此發起文化沙龍的聚會，並可以想像試圖以自己的力量對文學的改革有所作爲。而曾樸的話也道出了這個城市豐富的形態，也正是它的多元和複雜才造就了三十年代豐厚的文學成果，譜寫了現代文學的大半部輝煌。曾樸的《眞美善》被淹沒在這其中，甚至在很長一段時間內都被遮蔽了，但是我們能夠想像出，在當時的環境中，任何自我的存在都可以發出一種獨特的聲音，而這萬千獨特的聲音最終成就了上海文藝的蓬勃與興盛。當我們回溯這段歷史時，通過曾樸的選擇，或許可以豐富我們對於二三十年代上海文學境況的想像。

曾樸選擇上海的另外一個原因在於上海擁有發達的讀者群，都市生活的快節奏使他們需要文學來消遣，讀者的需求刺激了文化產業的發展，在讀者需求和文化生產的迴圈鏈條中，上海龐大的報刊產業已經培養了一批穩定的文學消費者，而對於提倡純文學的《眞美善》來說，文化認知水準較高的上海讀者成爲了雜誌最爲穩定的文學受眾。近代都市文明的興起以及上海文化產業的興起在一定程度上都對民眾的認知起到了良好的促進作用，新式教育這種現代學校的發展，對文化的普及產生了積極的作用。在二十世紀二三十年代，廢除科舉之後接受新式教育的第一批青年學生已經成長起來了，他們的教育背景和經濟條件使他們成爲了此時文化消費的主力。而同時，此時的

〔註 7〕東亞病夫：《病夫日記》，《宇宙風》，1935 年第 1 期。

上海已經產生了一個龐大的中間階層，這個階層正是以職員、知識分子爲主，從普通職員的受教育水準來說，中間階層的學識和教養和經濟能力明顯高於工人。據統計，1929～1930年，上海市政府的24％的職員爲大學畢業生，25％是中學畢業生，11％是小學學歷，7％來自教師進修學院，還有 4％是國外歸來的留學生。〔註8〕較高的文化背景決定了他們的社會地位和文化品位，他們擁有「中等社會的經濟地位，其個人方面，有了堅穩的保障，其家庭方面，在相當範圍內，亦有活動周轉之餘地，故勤勉有爲，進步心極盛。」〔註9〕他們的工作更偏於腦力勞動，因此其身上帶有較爲濃厚的知識分子氣息。他們往往會選擇較爲傳統的文學閱讀作爲娛樂休閒的主要方式，也有比較充足的閑暇和比較穩定的收入去支持他們進行文化消費，且這個階層還在不斷擴大。隨著上海都市的迅速發展，文化的普及，新興職業的不斷出現，優越的物質文化和自由的文化氛圍都會不斷吸引更多的知識分子湧入上海，中間階級的龐大必然會拉動文化內需，並成爲上海文學發展的基礎，民初的「鴛鴦蝴蝶派」文學的興盛便是很好的例證。到了二三十年代，隨著上海作家創作和文學流派多元化景象的出現，善於捕捉社會心態的作家將文學引入了更爲豐富的社會現實中，爲了迎合多元的讀者群，文學的趣味性和審美性都同樣得到了重視，這些擁有現代意識的讀者們共同推動了文學的多樣化，純文學在這些讀者的支持下有了更多發展的空間。在《眞美善》期刊中，也刊有大量的讀者稿件和信件，從當時的銷量和讀者反響來看，這種文學雜誌在當時的閱讀市場是有一定影響力的。

曾樸將《眞美善》的編輯所設在法租界的中心區域——馬斯南路，而發行所起初被設在靜安寺路，後搬至棋盤街，曾虛白對此經過有過敘述：「最可笑的，我這毫無書店經驗的眞美善書店創辦人，竟在靜安寺路上找了一間房子做眞美善書店的發行所。於是，一切具備，先向同業批了一批精選的文藝書刊，就在靜安寺路上擇吉開張，廣發邀請帖，開了一次來賓近百的開幕酒會，可算是盛極一時。可是，靜下來做生意，竟遭遇到一天難得見幾位上門買主的冷落。駭快之餘，開始學到靜安寺路是住宅區沒有人會到那裏買書的，上海的書店集中在四馬路附近的棋盤街與望平街。這是我第一次上做生意課

〔註8〕〔法〕安克強：《1927～1937年的上海——市政權、地方性和現代化》，上海：上海古籍出版社，2004年版，第88、89頁。

〔註9〕周曉虹主編：《中國中產階級調查》，北京：北京社會科學文獻出版社，2005年版，第329頁。

得到吃零分的教訓，趕緊補救，把發行所搬到棋盤街，由伍際雲做經理帶著兩個夥計，正正式式營業起來。」〔註 10〕將編輯所和發行所都設在租界，此種安排自然與租界的文化氛圍有關。上海的辦刊之所以能夠堅挺的出版，與租界的存在密切相關。上海租界獨特的政治文化生態促進了文化的發展，給文學提供了較爲寬鬆自由的環境。由於外僑在租界擁有統治權，他們有自己的統治法則和文化支配權，因此租界的報刊出版脫離了封建官府的控制，文化市場得以繁榮發展。並且租界作爲一個中國政府無法掌控的政治空白區，在一定程度上保護了人們思想和言論的自由，早在清末時期，上海租界就因爲受治法外權的保護而在清政府的管理範圍之外，長久以來的出版傳統已經讓租界成爲了報刊雜誌的集散之地，因此各種革命報刊能夠在此出版，並促進了革命的發生。特別是 1927 年左右，在遭遇了政治運動的挫敗之後，一大批知識分子在此得以生存和發展，自 1927 年後的七八年是中國新書出版業的黃金時代，「上海的新書店開得特別的多，而一般愛文學、寫稿子的人，也會聚在上海的租界上。」〔註 11〕與上海的公共租界相比，法租界的存在是很另類的。就其發展歷史而言，它從 1849 年建立始到二十世紀二三十年代，經歷了幾十年的建設，已經形成了較爲成熟的管理模式。1900 年公共租界的西擴和 1914 年法租界的西擴，使得租界的面積急劇膨脹，租界的擴張鼓勵人們向人口稀少的西區遷移，以便於在空曠的土地上修建別墅和住宅區，但在管理模式上，法租界與公共租界卻有很大的區別，公共租界施行的是資本主義的發展模式，他們有明晰的市場觀念，良好的經濟運作和資本管理。相比之下，法國租界的管理方式則是典型的官僚主義統治的樣本，嚴苛的市政管理和對公共利益的保護使它的統治顯得有些專橫，但是它卻造就了更爲優越的人文思想環境，因此法租界的文化氣息顯得更爲濃烈。法國人將物質文明、生活方式、價值觀念、審美情趣帶到這裡，而租界所展現的西方文化也迅速的擴散開來。「法租界以其幽靜和綠化，成了最令人嚮往的區域，從 1910 年至 1927 年法租界的居民從 11.6 萬人增至 30 萬人。兩側都是餐廳、咖啡廳和時裝店的霞飛路是上海最優雅的馬路，人們稱之爲『上海的香舍利樹大道』。」〔註 12〕濃濃的異域情調，電影院、跳舞場、按摩室和各式大菜館帶來了新鮮的娛樂

〔註 10〕曾虛白：《曾虛白自傳》，臺北：聯經出版事業公司，1988 年版，第 85 頁。
〔註 11〕郁達夫：《記曾孟樸先生》，載於《越風》1935 年第 1 期。
〔註 12〕〔法〕白吉爾著，王菊、趙念國譯：《上海史：走向現代之路》，上海：上海社會科學院出版社，2005 年版，第 259 頁。

方式，摩登時尚的男女在霓虹燈下跳著爵士舞曲，咖啡館、吃茶店更是文人雅士的駐留之地。正因爲這種良好的文化氛圍和對異域情調的追慕，曾樸才將住宅選在此地。

其次，三十年代上海多種文化交融的大環境對異域文化的傳播也起到了促進作用，刺激了人們對異域文學的渴求。此時的上海被譽爲「東方的巴黎」，這個稱號自然暗含了兩個城市間文化的相似、移植和交融，而這種異域性的移植表現在多個方面。在物質文化方面，法國文化對上海都市建設產生了重大的影響。20 世紀 30 年代，上海法租界及附近先後有數百個法國文化機構，這種帶有鮮明法國風情的建築讓人們感受到了濃濃的異域風情，徐家匯天主堂、法國總會以及法租界的精緻的住宅區都向上海人展現著法國文化的典雅，這些都促進了法國文化在上海的傳播。在精神文化上，法國傳媒直接刺激和促進了中國人對法國的想像。從 1870 年開始，法租界公董局和僑民就開始創辦法文和中文報刊，先後出現了《上海新聞》、《中法新彙報》、《法文上海日報》等多家法文報刊。無障礙的交流在字裏行間實現了可能，巨大的報紙發行量和閱讀人群都表明了文化融合成果的可喜，這也加速了法國文化在中國的傳播。上海租界這一場域也促進了多元的「上海文化」的形成和發展。「近代上海如果沒有租界，也就沒有了一般言說中的『上海文化』，它是近代『上海文化』和新『上海』的發生地和示範區。」〔註 13〕上海的租界形態爲上海人營造了一個現實存在的異域空間，這些爲文化的交流提供了便利，也因此成爲了移民的聚居地。據《上海外國人人數統計》〔註 14〕來看，從 1920 年至 1930 年，上海公共租界和法租界的外國人數量都呈持續增長的狀態，每年大約有 1000 多名外國人進入租界，租界內各色人雜居生活，華區和租界「兩個空間無休止的『越界』，使上海形成了一種所謂的『雜糅』的城市空間。」〔註 15〕不同膚色的人在租界裏聚集，中國文化和西方文化在此交匯和融合，形成了一個多元的文化共同體。但這兩種異質文化的融合並不是一蹴而就的，必然存在著衝突和碰撞，而後方能互相影響以致共存。當然，由於長久

〔註 13〕楊劍龍主編，梁偉峰著：《文化巨匠魯迅與上海文化》，上海：上海文化出版社，2012 年版，第 85 頁。

〔註 14〕參見鄒依仁：《舊上海人口變遷的研究．附表 46》，上海：上海人民出版社，1980 年版，第 141 頁。

〔註 15〕劉建輝著，甘慧傑譯：《魔都上海——日本知識人的「近代」體驗》，上海：上海古籍出版社，2003 年版，第 2 頁。

以來上海文化內質裏的包容使得這種異質文化的衝突並不會以十分激烈的形式表現出來，但是透過文化的演變過程，我們或許可以觀察到民眾文化心理的變化。租界作爲「國中之國」，實行的是半殖民地化的管理，其文化帶有強烈的殖民化色彩。處於政治統治者地位的西方殖民者不自然地也表現出了一種文化上的霸權和入侵，他們對漢語使用的極力壓制可看出他們對中國文化的不屑，而它也以豐富的物質文明影響著中國人的日常生活，中國民眾在享受西方文明所帶來的便利之時，文化自卑感所帶來的痛苦自然會導致他們對自身「落後」現狀的反抗，從而轉變爲一種對西方文化的普遍崇拜。人們紛紛傚仿西方的生活方式，並習慣於接受各種各樣的新事物，在與國際接軌的過程中，大量的西方事物被當做「新派」引入，自然也包括文學，因此對於西方文藝思潮和文學作品的介紹在當時也成爲了一種流行，除了現實主義和浪漫主義作品之外，唯美主義和現代主義等思潮和創作也被大量引進，形成了域外文學翻譯的盛況。而在這種翻譯的熱潮之下，曾樸重拾了自己的文學理想，充實了二三十年代法國文學翻譯的成果。

另外，在二三十年代的上海，隨著「左翼文學」的快速發展，國民黨深刻意識到赤化刊物給文化輿論所帶來的巨大影響，因此書報審查制度逐漸變得苛刻和嚴格，左翼的革命文學刊物被大量查封，政治的管制促使純文學的刊物有了更大的發展空間。1927 年國民黨在南京建立政權，軍事上和政治上的統一爲文化統治創作了條件，它在頒佈的《國民政府定都南京宣言》中宣稱：「蓋惟三民主義爲救中國之唯一途徑，亦惟三民主義爲造成新世界之唯一工具，本政府所行政策惟求三民主義之貫徹，凡反對三民主義者即反革命，反對國民革命而有階級獨裁者即反革命」，〔註 16〕該宣言將三民主義作爲衡量一切思想的唯一標準，樹立起以它爲核心指導思想的主流意識形態，並極力打壓其他的政治思想，帶有極強的集權統治色彩。而後 1928 年國民黨南京政府宣佈進入「訓政時期」，從此開始介入思想文化領域，當局著手建立起新聞審查制度，並制定了一系列的法律法規，爲三民主義意識形態話語的建構提供法律支撐，當年 3 月頒佈的《暫行反革命治罪法》中規定：「宣傳與三民主義不相容之主義及不利於國民革命之主張者處二等至四等有期徒刑」。而其他

〔註 16〕《國民政府定都南京宣言》(1927 年 4 月 18 日)，見中國第二歷史檔案館編：《中華民國檔案資料彙編》第五輯第二編，南京：江蘇古籍出版社，1994 年版，第 1 頁。

相關條例如《指導黨報條例》、《指導普通刊物條例》、《審查刊物條例》都規定所有報刊雜誌必須服從南京國民政府的文藝政策，接受國民黨各級宣傳部門的審查。隨著國民黨統治的不斷加強，對新聞出版物的檢查也更爲嚴厲，它對共產黨的報刊進行嚴厲的壓制和絞殺，以此來遏制共產黨的宣傳，打壓其勢力的發展。1929 年，國民黨頒佈了《宣傳品審查條例》和《出版條例原則》，根據規定，凡是宣傳共產主義及階級鬥爭的都屬反動宣傳品，都要遭到禁印和查封。到了三十年代之後，兩黨的爭鬥進入了白熱化狀態，任何異黨政治的宣傳都有可能被當做叛國的行爲。國民黨對新聞出版的嚴厲管制雖然在很大程度上是針對共產黨的刊物，而左翼文人始終在與這種壓制作抵抗和鬥爭，努力從夾縫中撐開一片空間，爭取發聲的可能，大量的紅色刊物只得改頭換面以各種姿態出現，從而得以存活和發展。這種嚴厲的管制極大地影響了刊物多樣性的發展，帶有政治色彩的刊物的出版發行大受影響，而大量帶有娛樂性質的刊物以及純文學雜誌得以趁機發展壯大，並贏得了廣大的閱讀市場，二十年代末，曾樸在文學上的主張正是對純文學發展的鋪墊，適應了當時文學發展的潮流和趨勢。

第二節　曾樸的文學理想

文學思潮推動了法國文學的翻譯，《眞美善》也在這個時候誕生了。作爲《眞美善》的投資者和主要撰稿人，曾樸在刊物的產生中起到了至關重要的作用，可以說，《眞美善》承載了他個人的文學理念和文學價值，是其文學理想的實踐。

曾樸在歷史上是作爲作家和政治家的雙重身份出現的，他的《孽海花》讓他在晚晴文壇一舉成名，而在政治上的建樹則爲他贏得了較高的社會聲譽。但是對他自己而言，他更爲看重自己文學家的身份，「我看著文學，就是我的生命，就是我的宗教，只希望將來文壇上，提得到我的名，就是我的榮譽，」〔註 17〕縱觀曾樸的一生，我們發現文學是他人生中最主要的旋律之一。反覆在政治和文學之間，他一直都將文藝作爲他的理想和心靈的慰藉，幾經宦海沉浮，文學都是他仕途受挫後的最終歸宿。曾樸出生於常熟的曾氏大族，家境殷實，他自小便接受了較好的教育且篤好文藝，資質聰慧，在未考取舉

〔註 17〕病夫：《編者的一個忠實的答覆》，《眞美善》，1927 年第 1 卷第 4 號。

人之前就完成了他的第一部詩集《未理集》，駢散文集《推十合一室文存》二卷和讀書札記《執丹瑣語》二卷。而較爲開明的家庭環境也培養了曾樸自由的個性和不羈的性格，他厭惡封建科舉制度，曾以墨污考卷出場，並題詩「起來狂笑撫吳鉤，豈有生才如是休！身世忽然無意沏，功名不合此中求」〔註18〕以表達自己的志向。後來在父親的捐助下勉爲京官，在京任職期間更深刻地體會到了國家的貧弱，認爲文化的革新才能改變受欺辱的現狀，並決心學習外國語言，致力於西洋文化的研討。後在陳季同的影響下大量閱讀法國文學作品，並「因此發了文學狂。」〔註19〕仕途不順，他脫離宦海後於1904年與丁初我、徐念慈創辦小說林社，大量發行譯、著小說以鼓蕩新風氣，繼又發行《小說林》雜誌，取得了一定的社會影響。曾樸在《小說林》上發表了雨果的多篇譯作，小說《九十三年》以及《呂克蘭斯鮑夏》、《項日樂》、《呂伯蘭》等戲劇，並連載長篇《孽海花》，因此而聞名文壇。但小說林社後來因資金周轉不靈而中斷，曾樸重入仕途。1909 年成爲兩江總督端方的幕僚，擔任財政文案。辛亥革命後，被當選爲江蘇省議員，先後擔任江蘇省官產廳長、財政廳長、政務廳長等職務，對江蘇省的解放和建設發揮了重要的作用，但此時他仍舊把法國文學當做一種業餘的研究，並出版了一些書籍，他在民國三年和民國五年分別出版了他的譯作《九十三年》和《呂克蘭斯鮑夏》，可見在他從政的歲月裏，文學依舊是他生活中很重要的一部分。而後由於軍閥孫傳芳政治上的專斷，他對政治徹底的失望了，而這也爲他轉向文學提供了契機。身體的日漸衰老和仕途的波折，當他回憶起半生沉浮，爲官生活帶給他的多是苦悶與禁錮，「我的做官，是我的意志嗎？不過環境壓迫出來的幾耍猴戲罷了，這是我生活裏的幾頁苦悶史。」〔註20〕早年的官宦生涯已成幻夢，而唯一在他心中停留過的美好便是文藝的滋養，在他日記的字裏行間都充滿了對未曾忘卻的文藝夢想的追憶，「當時何嘗不焦心積慮，竭力奮鬥。如今在哪裏呢？一古腦兒煙消雲滅，如夢影一般的散了。留在這裡一點兒可把玩的東西，還是歸滬後一些文藝的紙上空談。這麼說起來秀才人情紙半張，到底是我們的本等，只好空談空談，倒可以自己留些生活的痕跡。」〔註21〕文藝成爲了他政治失意後生活的支撐，也是他老年生活的一種寄託。此時的他希

〔註18〕籀齋：《試卷被墨污投筆慨然題二律》，《眞美善》，1927年第1卷第4號。

〔註19〕東亞病夫：《致胡適書》，《眞美善》，1928年第1卷12號。

〔註20〕病夫：《編者的一個忠實的答覆》，《眞美善》，1927年第1卷第4號。

〔註21〕東亞病夫：《病夫日記》，《宇宙風》第二期，1935年10月1日。

望能夠重拾舊年的理想，而兒子的加入也讓他理想有了實現的可能，此時正任《庸報》記者的長子曾虛白也因爲父親的辭職而喪失了採訪的機會，這給這個年輕人帶來了極沉重的打擊，父子倆失意的痛苦正好促成了文藝計劃的實施，「父親看著我彷徨失措的焦急情況，不獨盡情安撫我，並且還提出他要我合作，排除政治煩惱，另創文藝生涯的新計劃。」〔註 22〕曾樸決意將自己畢生積蓄全用來投資文學，曾虛白在《自傳》裏說到：「他的計劃，是傾其二三十年來宦囊積餘的十萬元到上海去開一家書店，全權交給我經營管理。他開書店的目的決不想賺錢，只想開創社會提高文藝價值與愛好文藝興趣的風氣。所以我們出版的書全與文藝有關的，並還要編一份研究文藝定期出版的刊物。爲什麼這書店一定要開在上海，父親有兩套理由，其一，想借這書店的激勵，增進自己對文藝的進修，特別要透過翻譯的努力吸收西方文藝的精英，來補充中國文藝的不足，上海是與西方文化接觸最便利的都市；其二，想借這書店的號召，廣交愛好文藝熱心研究文藝的同好，經常往來，交換心得，構成幾個法國式沙龍中心，蔚成一時風尚，上海是中西研究與愛好文藝人士集中的都市。」〔註 23〕可見，《眞美善》的產生更多地是出於一種「以文會友」的文人雅興，是曾樸對長久以來文藝理想的一次自我實踐。而「這被時代消磨了色彩的老文人，還想蹣跚地攀登嶄新的文壇，」〔註 24〕由此可見曾樸對於文學誠摯的熱愛。

《眞美善》期刊大量譯介法國文學與曾氏父子的文學偏好有很大關係。曾樸創辦《眞美善》，並將法國文學作爲翻譯的重點，在他的翻譯中，法國文學尤其是法國浪漫主義文學作品佔了大數。除此之外，他還預計翻譯嚣俄戲劇全集，由此可見他對法國文學的鍾愛。爲了學好法文，他下了一番大工夫，「他自學法文，初步工作是翻字典，把讀本上的字，一字一字的翻出來，注上紅字，死命的強記。寫在書上記不牢，他用一塊黑板掛在必入必經的地方，把要寫的生字寫在上面，閒著時就望著它記。生字漸漸記多了，然後讀文法，研究造句。」〔註 25〕法國文學的功底讓他得以閱讀到大量法文原著，而促使他選擇法國文學並將法國文學翻譯作爲文學事業的直接動因是陳季同的影

〔註 22〕曾虛白：《曾虛白自傳》，臺北：聯經出版事業公司，1988 年版，第 82 頁。

〔註 23〕曾虛白：《曾虛白自傳》，臺北：聯經出版事業公司，1988 年版，第 83 頁。

〔註 24〕東亞病夫：《致胡適書》，《眞美善》，1928 年第 1 卷第 12 號。

〔註 25〕曾虛白：《曾孟樸先生年譜未定稿》，選自魏紹昌編《孽海花資料》（增訂本），上海：上海古籍出版社，1982 年版。

響。陳季同被認爲是我國研究法國文學的第一人，他率先將中國文化、中國戲劇介紹給西方讀者。他翻譯的《聊齋誌異》法文譯本出版後，一年中曾三次再版，深受法國人的歡迎，也由此推出了介紹中國文學的西文暢銷書。他還最早獨立翻譯了《拿破崙法典》，幫助國人瞭解西方法制。他用法文發表了《中國人自畫像》、《中國戲劇》、《中國人筆下的巴黎》與《我的祖國》等作品，極得法國文壇的贊許，陳季同也因此在法國文學界贏得了聲譽。1898 年，曾樸在上海經江標的介紹與陳季同結識，陳季同給了他很多文學上的指導，引起了他對法國文學的興趣。曾樸在給胡適的信中談到了這段交往帶給他的影響，「我自從認識了他，天天不斷的去請教，他也娓娓不倦的指示我；他指示我文藝復興的關係，古典和浪漫的區別，自然派，象徵派，和近代各派自由進展的趨勢；古典派中，他教我讀拉勃來的《巨人傳》，龍沙爾的詩，拉星和莫理哀的悲喜劇，白羅瓦的《詩法》，巴斯卡的《思想》，孟丹尼的小論；浪漫派中，他教我讀服爾德的歷史，盧梭的論文，囂俄的小說，威尼的詩，大仲馬的戲劇，米顯雷的歷史；自然派裏，他教我讀弗勞貝，左拉，莫泊三的小說，李爾的詩，小仲馬的戲劇，泰恩的批評；一直到近代的白倫內甸《文學史》，和杜丹，蒲爾善，佛朗士，陸悌的作品；又指點我法譯本的意西英德各國的作家名著；我因此溝通了巴黎幾家書店，在三四年裏，讀了不少法國的文哲學書。我因此發了文學狂，晝夜不眠，弄成了一場大病，一病就病了五年。」〔註 26〕陳季同帶他走進了法國文學的世界，讓他瞭解了異域文學的獨特魅力，同時陳季同作爲曾樸法國文學的導師，他的文學觀念也直接影響了曾樸後來的文學翻譯思想，並指引他開始主動地進行法國文學的翻譯，以此來啓動中國文學的生命力。曾樸在 20 世紀 20 年代前後 10 年左右的時間裏翻譯了雨果、莫里哀、戈恬、顧岱林、福樓拜、法朗士、李顯賓、浦萊孚斯德、左拉、拉蒙黃南臺、欒奈魯拉、大仲馬等人的戲劇、小說、散文、文學批評共 30 多種，並撰寫了法國文學評論和作家傳記 17 種，成爲近代譯介法國文學的第一人。胡適對曾樸的評價：「文學名著的翻譯，此事在今日直可說是未曾開始！先生獨發宏大誓願，要翻譯囂俄的戲劇全集，此眞是今日文學界的一件絕大的事業。」〔註 27〕可見，曾樸有著較爲遠大的翻譯理想，他希望借己之力盡可能地創造些翻譯實績，並將這種理想傳遞出去。父親的影響

〔註 26〕東亞病夫：《致胡適書》，《眞美善》，1928 年第 1 卷第 12 號。
〔註 27〕胡適：《讀者論壇》，《眞美善》，1928 年第 1 卷第 12 號。

也點燃了曾虛白對文學的熱情，「父親研究法國文學這樣的熱狂，當然影響我對文學研究發生了濃厚的興趣。他積累二十九年研究法國文學修養的指導給我對文學研究容易登堂入室的許多便利。在我文學研究的法國部分，他不久就由導師而轉變成我同窗研習的夥伴。」〔註 28〕父子二人在文藝上無間的交流也成爲了維繫刊物出版的重要因素之一，而曾虛白也在父親的指導下開始了自己的翻譯嘗試，從他最初的習作中，我們能明顯感覺到他用語的生澀，曾虛白自己也說，「我爲了充實眞美善文學全面的貢獻起見，不得不利用我英國語文的熟練，研究範圍擴大到英美以及其他國家的文學。」〔註 29〕同時，他也認識到《眞美善》在選擇上的偏狹性，而自覺地拓寬其選擇範圍，使刊物中所呈現的內容更加豐富。但是總的來說，法國文學譯文在《眞美善》上所佔的分量最重。

除此之外，他對法國文學鍾愛至深的另一原因是他自身性情中的浪漫主義色彩，這種個性化的顯現正好與充滿力量的法國浪漫主義文學相契合。曾虛白曾多次在文章中談到父親的個性，在他看來，熱情和愛自由是他身上的最重要的兩個特徵。「據家人親友的訴述，他確是個情感劇烈，火一般的少年。他不受羈勒的反抗性和厭棄禮教束縛低壓的呼聲時常引起道德尊嚴的長者的訓斥，後來，投身在社會的漩渦裏面，或者因爲深受了法國作家影響的緣故，他是永久煎沸著奮鬥的熱血，時時給壟斷一切的前輩老先生們一種想不到的打擊。他時常對我說:『在當時,政治上和社會上的權威者都以爲我是個不可管束的頑童。』」〔註 30〕「我父親是個感情濃郁、完全神經質的人。他從小表面上雖受著聖經賢傳的教育，實在早已暗地裏沉浸在《紅樓夢》,《西廂記》,《太平廣記》,《雜事秘辛》等類浪漫式的幻夢裏面。然而，中國的作家都半還在受著理智的支配，在他們的作品裏決計找不出情感上充分共鳴的快感。他抑制著心弦忽然遇見了法國作家純粹感情性的聲浪，當然的要癲狂地顫動起來，給他一種在中國作品裏找不出的快感，所以他願忍受著一切工作的苦悶，來追求這心靈共鳴的歡娛。……他是幻想世界裏的人物，在那裏無時間，無空間，只有顆搖曳的心靈，包裹著熱烘烘永久不滅的感情，在那裏要求著發洩的機會。」〔註 31〕而他自己在晚年也自我總結說:「我的一生完全給感情支配著，給幻想包圍著！在幻想包

〔註 28〕曾虛白：《曾虛白自傳》，臺北：聯經出版事業公司，1988 年版，第 102 頁。
〔註 29〕曾虛白：《曾虛白自傳》，臺北：聯經出版事業公司，1988 年版，第 102 頁。
〔註 30〕虛白：《我的父親》，《良友》，1928 年第 29 期。
〔註 31〕虛白：《我的父親》，《良友》，1928 年第 29 期。

圍中，我絕不能滿意眼前的環境；在感情支配下，我就充實了衝破籬籠的勇氣。」〔註 32〕他通過對法國文學的閱讀和翻譯，讓這種呼之欲出的熱情得到最好的釋放，當情緒逐漸流淌成爲文字，所有內心的鬱結和快樂都已經以最好的方式得以呈現了。正如他在翻譯李顯賓的《乞兒歌》時所說：「這部詩集的靈感，並不是什麼人道的憐憫，也不是革命主義，就是用癲狂的話，如畫的描寫乞兒的生活，差不多倒帶些讚頌他們的意味。我們讀他時，不必深求，只覺得自然地有一種異常的快感。這種快感從那裏來的呢？這就爲挑動了潛伏在我們心底的一種反抗的直覺，神學家叫他做原始的罪。我們大家都被法律，習慣，成說捆縛得緊緊的；其實久困在社會裏的人們的幻想上，時時對著野獸在林中的生活，暗動著含糊的羨慕。下劣的放浪即反抗的意味；這便是已超越動物的物類，重回到動物的生活，那麼這種生活決不是無罪的，原和畜生一般毫無意義；混合了一種邪惡和一種抵抗世間秩序的快樂。」〔註 33〕因此「我譯這部詩集，並沒有別的意義。只爲覺得人生平凡得太膩煩了，特地拿些刺激酸辣湯，來換換口味罷了。」〔註 34〕可見，浪漫主義作家反抗現實、追求自由的精神與曾樸的信仰追求正好達到了契合，他已經將翻譯法國文學作爲自己反抗現實、尋求內心靈感和刺激的一種方式。他翻譯了法國浪漫派作家繆塞、拉馬丁、雨果、戈蒂耶等人的作品，而這其中他對雨果的作品最爲推崇，他陸續翻譯了雨果的十多個劇本，並預想譯出全集。他對雨果作品中的藝術性和思想性都很看重，他在《呂伯蘭》的譯者自敘中寫道：「我翻譯這部囂俄的《呂伯蘭特拉姆》，是在民國六年的八月裏，那時我正服務於南京，對於時局，……我時時感覺著執政的貪黷，軍閥的專橫，在國家病危垂絕的時候，大家伸出手來，向病床前，趁火打劫式的搶它遺物，只想自己的權利，沒人管它的死活。照這種現象，比起西班牙查理第二時代很有幾分相像。……我被這種思想驅迫，再拿呂伯蘭特拉姆反覆的誦讀，覺得它上頭說的話，句句是我心裏要說的話。就費了三個月的工夫，把它譯了出來，也不過借別人的酒杯，澆自己的塊壘罷了。」〔註 35〕因此，他翻譯法國的浪漫主義文學也是暗含著針砭時弊的現實意義的，它在一定程度上是自己政治理想的文學反映。

〔註 32〕曾虛白：《哭父文》，選自《曾虛白自選集》，臺北：黎明文化事業股份有限公司，1981 年版，第 167 頁。
〔註 33〕病夫：《李顯賓乞兒歌的鳥瞰》，《眞美善》，1928 年第 2 卷第 1 號。
〔註 34〕病夫：《李顯賓乞兒歌的鳥瞰》，《眞美善》，1928 年第 2 卷第 1 號。
〔註 35〕〔法〕囂俄著，東亞病夫譯：《呂伯蘭．譯者自敘》，上海：眞美善書店，1927 年版。

不僅如此，曾樸愛幻想的性格讓他對法國浪漫自由的異域情調充滿了憧憬，他從未走出過國門，體驗過眞正的異域生活，因此他將這種對異域文化的迷戀化成了一種想像，讓自己的生活和環境充滿了濃濃的法國情調，「我現在住的法租界馬斯南路寓宅 Route Massenet，依我經濟狀況論，實在有些擔負不起它的賃金了。我早想搬家，結果還是捨不得搬。爲什麼呢？就爲馬斯南路是法國近代的製曲家，我一出門，就要想他拉霍爾王 le Roi de Lahare 少年維特 Werther 的歌劇。再在夕陽西下時，散步在濃密的桐蔭之下，左有高耐一街 Rue de Corneilla 不啻看見西特 Cid 和霍拉斯 Horoce 悲壯的布景，右有莫理愛街 Rue de Moliere，好像聽見僞善者 Tartub 和厭世人 Misunthrope 的苦笑，前面橫貫新拉斐德路 Areenue de La Fayette……我彳亍在法國公園，就當她是魯森堡 Uxembourg，我蹣跚在霞飛路，就當她是霜霰莉蕊 Chanyes-elyessee，這些近乎瘋狂似的 Exotisme，就決定了我的不搬家。」〔註 36〕曾樸不僅暢想自己住在巴黎，還希望將自己的出版社變成文化沙龍，召集自己的朋友們隨意聊天談藝術，營造一種輕鬆自由的法國沙龍的文化氛圍，這是基於實業之外的一種精神上的追求。正是由於對法國文學和法國文化的摯愛，《眞美善》從誕生初始便承載了曾樸對異域文化的熱烈追求和個人的文化趣味。

由於《眞美善》私人辦刊的性質，它的發展也顯得十分波折。作爲曾樸個人理想的實踐，《眞美善》最初的撰稿者主要爲父子二人，刊物分爲「述」和「作」兩部分，主要發表父子二人的譯作。曾虛白作爲初入文壇的新生，其創作仍處於探索階段，編輯人員的缺乏致使刊物所刊登文學作品的數量和類型都非常有限，在品質上也有些欠缺。「至於其他關於形式方面，我們正在草創，所有編輯，印刷，發行種種，只有父子兩人支撐，實在有些竭蹶，付印又極急迫，自己不滿意的地方就狠多。」〔註 37〕在堅持了兩期之後，虛白在《編者小言》表達了私人創作出版的艱難，希望得到更多的支持。「這一隻眞美善雜誌的獨木舟給我們父子兩死氣擺力的撐著搖著，居然也來到了這第三個沙灘前下了錨了。雖然有時汗流漬背，吁喘喘地接不上氣來，我們卻還是高高興興唱著愉快的棹歌，預備向光明的前路去尋找那人生的寶藏哩。可

〔註 36〕張若谷：《〈異國情調〉東亞病夫序》，上海：世界書局，1929 年版，第 9、10 頁。

〔註 37〕病夫：《編者的一個忠實的答覆》，《眞美善》，1927 年第 1 卷第 4 號。

是我們這隻獨木舟並不是專預備給自己坐的，不時的溜著眼光向兩岸的人群裏尋找那同舟的夥伴。深望站在那裏看熱鬧的諸君個個跳上船頭來，做一次文藝界的金羊毛的遠征吧。」〔註 38〕而後隨著刊物影響的不斷擴大，在第一卷結束之後，眾多好友加入了創作者的行列，刊物內容也逐漸得以豐富。在眾多投稿者中，外來稿件的數量很少，大多是一種友情稿的形式出現的，可見《眞美善》影響的局限性，而同時我們也可以從中看到曾樸個人在整個刊物發展中的決定作用，這種領袖的向心力最終難以抵抗現代出版機制的壓制。由於刊物的非盈利性質和管理不善等原因，《眞美善》於 1931 年終刊，眞美善書店也隨之倒閉，「實際檢討，眞美善書店那時候，十萬元現款雖將告罄，實際多變了積存未稍的書與外埠書商批貨不付錢的大批欠款。倘然我眞認眞做生意的話，只要在金融界打開融資路線，對批銷營業訂定嚴格合理的辦法，只須多動些腦筋稍加調整，仍可重整旗鼓，繼續發展的。但，我志不在此。」〔註 39〕可見，曾氏父子並未將這份雜誌作爲自己謀生的途徑，而後期曾樸因爲疾病困擾而結束了他在雜誌中的活動，《眞美善》則全靠曾虛白一人支撐打理，最終因資金不足而終刊。曾虛白的「我志不在此」也注定了這份事業最終因個人的興趣消滅而收尾完結。

從《眞美善》的發生發展過程，我們可以看到上面所呈現的曾樸個人理想的光輝，曾樸去世之後，其子爲其所寫的悼文很好的概括了他的經歷和成就，從中我們可以窺見他一直以來對文學理想的堅守。「人家說您是政治家，是理財家，可是我始終認定您是一個文學家，是現代文壇最純粹最偉大的浪漫文學的宗匠；您思想的超越現實，您熱情的彌綸萬象，再加上處事待人的專肯誠摯，對於物質享受的淡漠寡欲，遇到危難時的勇往直前，爸爸，您的一生是浸淫在自己幻想所結構的天地中，您的生活是包裹在自己熱情所打起的浪潮裏；這一切浪漫文學必具的特殊色彩，您有生時就挾之以俱來，求之世界文壇，只有法國的囂俄可以跟您作並肩的比擬，這就是難怪您戀戀於這大文豪的生活和作品，竟致您傾到之忱了。」〔註 40〕雖然悼文中將其與雨果相比有些言過其實，但是對其文學熱忱追求的描述並無誇大，在暮年之時，

〔註 38〕 虛白：《編者小言》，《眞美善》，1927 年第 1 卷第 3 號。
〔註 39〕 曾虛白：《曾虛白自傳》，臺北：聯經出版事業公司，1988 年版，第 102 頁。
〔註 40〕 曾虛白：《哭父文》，選自《曾虛白自選集》，臺北：黎明文化事業股份有限公司，1981 年版，第 169 頁。

他義無反顧的選擇了投入文學的懷抱，進行了大量的文學翻譯和創作，《眞美善》是其長久以來文學理想的實踐，他豐碩的翻譯成果是其繼《孽海花》之後的又一重要成就。

第三節　沙龍的文藝氛圍

上海濃郁的法國文化氣息給曾樸提供了異域想像的空間，徜徉於綠蔭如蓋的法國梧桐林蔭道，他渴望在暢享異域風情之餘，創造一種沙龍的文藝氛圍，在愉悅輕鬆的交談中獲得更多的精神上的滿足，上海的文化氛圍和文化消費方式爲這一理想的實現提供了可能。

沙龍是法語 salon 的音譯，對於沙龍的緣起，可以追溯到文藝復興時期。對人性解放的追求打破了教會長久以來對文藝的束縛，人們積極主動的進行藝術的探究和社會話題的討論，因而有了沙龍的雛形，宮廷貴族的名媛以聚會的方式，邀請社會名流在家中做客共同探討社會問題及文藝創作，因此「沙龍代表的是一個非目的性、非強迫性的社交形式，其凝聚點是一位有文化影響力的女士，有些沙龍的座上賓會定時來參加『定期聚會』，且無特殊的訴求，這種即是所謂的『常客』，他們喜好彼此進行友誼的交流，這些人分屬不同的社會階層或生活圈子，而將他們彼此串聯起來的，是那些以文學、哲學或政治爲主題的交談內容。交談被視爲社交活動的一種精緻藝術，但是內容絕非僅止於『爲藝術而藝術』，言談之中絕不會和當時的時代精神以及由此衍生的問題脫節。」〔註 41〕隨著歷史的演進，「沙龍」詞語的含義也發生了變化，在女權主義運動和啓蒙運動的推動下，在對自由思想的不斷宣傳中，權威的知識不斷受到挑戰，文化呈現了更多的豐富性，而這也豐富了沙龍社交的內容和形式。沙龍舉辦的地方由 17 世紀時的貴婦的內室轉移到客廳，其參與者和討論的主題也逐漸多樣化，擁有才能的人都可以在沙龍中擁有一席之地，其談話內容也逐漸轉爲哲學等諸多領域，沙龍以其平等性與開放性成爲了一種主要的社會場所。它反映了知識分子的審美情趣，滿足了其自由發聲的願望，它給知識分子提供了參與討論的相對自由的環境，在那裏，人們可以就他們所關心的問題進行平等的討論。同時沙龍的開放性還表現在沙龍間的相互交

〔註 41〕〔法〕斐蓮娜·封·德·海頓著，林許、張志承譯：《沙龍——失落的文化搖籃》，臺北：左岸文化出版社，2003 年版，第 28 頁。

流，它作爲一種公共空間，其自由輕鬆的交流方式吸引了上層社會的廣泛參與，在法國歷史上有很多頗具影響力的沙龍，如朗補葉公館沙龍、麥娜女公爵的沙龍等都曾接待過很多知名的文學家，沙龍在促進文化的傳播和新思想的發展方面起到了重要的作用，推動了法國文學藝術的發展。

從法國的沙龍文化史中可以看出，沙龍是社會文化和時代精神的產物，思想文化的繁盛必然帶來了沙龍文化的發展。此時的上海作爲一個世界主義的城市，擁有豐厚的物質環境，而多元雜糅的都市文化更是帶有一種巨大的開放和包容性，而這也爲文學的自由交流提供了可能性。近代以來上海大量出現的出版機構和報刊雜誌讓其呈現了文化上的大繁榮，異域文化的傳播更讓上海具有了與國際大都市相比肩的國際視野，物質和文化的豐富自然刺激了思想的生發和多樣化。上海獨特的人文、社會生態環境必然帶來了社會階層生活方式的革新，此時的上海，「主要由職員、專業人員、知識分子及自由職職業者等構成的鬆散的、邊緣模糊的中間階層，經過多年的積聚與集中，已成爲中國當時最爲龐大的社會中間階層。」〔註 42〕在這其中，知識分子群體以區別於「五四」時期前輩的知識素養、價值觀念和傾向傾向而成爲了這個龐大階層的中堅力量，同時由於上海複雜的社會環境，這一代知識分子體現出了與他們前輩截然不同的特徵，首先，「他們以知識求生存，以文化求發展，從而將作爲本能的個人謀生行爲上升到一個階層自覺的現代社會實踐。」〔註 43〕儘管他們與政治保持著某些疏離，但是他們仍舊以文化啓蒙者的身份自居，強調個人思想的獨立和對社會秩序的維護。另一方面，由於社會政治的急劇變化，他們已經不再是社會改造的主體力量，面對政治風雲的動盪和險惡的社會環境，他們表現出了彷徨和痛苦，因此也常會退回到自我的狹小世界裏，將文學作爲自我價值的顯現。他們往往身兼數職，他們辦刊、寫作、翻譯，從事各種文化事業，在上海這個繁榮而自由的環境中肆意展示著自己的才華，將自己的見解通過各種渠道散發出來，並經過上海發達的出版運作，發行至全國各地。這些知識分子的組成除了 1927 年後北方南遷的知識分子和轉入上海地下的文化人之外，另一個重要的來源就是大批留學生和歸國文化人，上海以其高度發達的現代化都市生活吸引了他們的回歸。這些沐浴了歐

〔註 42〕忻平：《從上海發現歷史——現代化進程中的上海人及其社會生活（1927～1937）》，上海：上海大學出版社，2009 年版，第 99 頁。

〔註 43〕忻平：《從上海發現歷史——現代化進程中的上海人及其社會生活（1927～1937）》，上海：上海大學出版社，2009 年版，第 108 頁。

風美雨的自由知識分子渴望在本土的環境中呼吸自由的空氣，發表自由的言論，因此在本土的上海進行一種他者的建構。他們將上海想像成了另一個巴黎，在進行文藝革新的同時，也將西化的社交模式帶了進來，他們會選擇帶有浪漫主義色彩的生活方式，咖啡座談或者沙龍聚會等，他們通過此種方式表現自己，強調自我的獨立，彰顯自我高雅的志趣。例如邵洵美投資了金屋書店，並將自己的書房作爲朋友間交談聚會的場所，打造了一個屬於自己文學圈的沙龍中心。郁達夫也說「我空下來要想找幾個人談談天，只需上洵美的書齋去就對，因爲他那裏是座上客常滿，樽中酒不空的。〔註 44〕」可見沙龍已經成爲了當時文人聚會的主要場所之一。

而當時流行的咖啡館集會也同樣吸引了大批崇尚歐美生活方式的知識分子，他們在咖啡館聚會交際，暢談人生。張若谷在《咖啡座談》生動地記載道：「除了坐寫字間，到書店漁獵之外，空閒的時期，差不多都在霞飛路一帶的咖啡館中消磨過去。我只愛同幾個知己的朋友，黃昏時分坐在咖啡館裏談話，這種享樂似乎要比絞盡腦汁作紙上談話來得省力而且自由。而且談話時的樂趣，只能在私契朋友聚晤獲得，這決不能普渡眾生，尤其是像在咖啡座談話的這一件事。大家一到黃昏，就會不約而同地踏進幾家我們坐慣的咖啡店，一壁喝著濃厚香淳的咖啡以助興，一壁低聲輕於傾訴衷曲。——這種逍遙自然的消遣法，『外人不足道也』。」〔註 45〕而大家的談話也是散漫而自由，「從『片萊希基』談到文學藝術。時事，要人，民族，世界……各種問題是上去。」〔註 46〕他們將咖啡館作爲聚會的場所，追慕戈蒂耶、莫萊亞等「咖啡癮者」的生活方式，在異域情調中回顧文化的芬芳，享受閒余時光。張若谷甚至認爲「上海的特殊情形將最終提高整個民族的美學修養。因爲上海是那樣的充滿異國情調，與中國的其他地方那麼不同，它完全可以成爲一個文化的實驗室，以實驗一個嶄新的中國文明是否可能。」〔註 47〕將異域情調的影響上升到民族性的高度顯得有些牽強，但是這些文人雅士從他們所追求的西方性體驗中獲得了一種有別於傳統的文化觀念和個人體驗，並深刻的影響了他們的創作。

〔註 44〕郁達夫：《記曾孟樸先生》，《越風》第 1 期，1935 年版。
〔註 45〕張若谷：《〈珈琲座談〉序》，上海：眞美善書店，1929 年版。
〔註 46〕張若谷：《珈琲座談》，上海：眞美善書店，1929 年版，第 4 頁。
〔註 47〕〔美〕李歐梵：《上海摩登——一種新都市文化在中國（1930～1945）》，北京：北京大學出版社，2001 年版，第 25 頁。

在這種異域文化體驗的吸引下，追慕法國文學的曾樸也想模仿創造法國文學沙龍的氛圍，並將自己的客廳打造成了沙龍的中心，讓朋友得以在閒餘時間有進行自由交流的空間。他著手在馬斯南路的住宅裏營造的正是這樣一種輕鬆的文學氛圍，曾樸的客廳成爲了會客的場所，他的沙龍吸引到了很多文藝家的登門暢談。他們將他當做文壇前輩，更當做朋友，據曾虛白回憶，來得最勤的是邵洵美、張若谷、傅彥長、徐蔚南、梁得所等人。其他來過的文人還有郁達夫、李青崖、趙景深、鄭君平、顧仲彝、葉聖陶、陳望道、朱應鵬等。「一堆青年，有時兩三個，有時十多個，圍繞著一位老先生，有的嚼著瓜子花生，有的吃著糖果，有的抽著煙，跟著這位老先生娓娓長談是我們馬斯南路客廳裏差不多每夜都有的熱鬧景況。這些人，來者自來，去者自去，踏進門不一定要跟這位談風正健的主人打招呼，要想走也都那麼默默無聲的溜了。我父親就喜歡這種自由自在的氣氛，感到這才有些像法國的沙龍。」〔註48〕很多沙龍的參與者回憶起與曾樸的交往，總是充滿了輕鬆和愉悅。顧仲彝在悼念的文章中寫道，「他那清瘦的臉頰，清麗的面目，十足代表南方文士的氣派。他招呼我坐下，立刻就談到許多常熟風流的典故，溫柔的聲調，瀟灑的風度，半點兒沒有做作，絲毫也沒有虛僞，坦率懇摯，給我一個極其深刻的印象。這是我第一次的見他。……他的思想他的聰敏完全是個年輕的人。」〔註49〕他們的交談沒有固定的內容和模式，因此顯得自由而隨意，「我和他每次見面總是三四小時的長談。他是健談的，談話的範圍非常廣泛，但談得總是親切，熱情而有味。」〔註50〕這種交流方式拉近了大家的距離，「我們在那一天晚上，簡直忘記了時間，忘記了窗外的寒風，忘記了各人還想去幹的事情，一直坐下來坐到了夜半，才茲走下他的那一間廂樓，走上了回家的歸路。」〔註51〕在這樣一個輕鬆而自由的交往空間裏，大家不拘內容與形式，隨意交談，促進了相互間的思想交流，這種沙龍文化只是當時文壇的一個縮影，正是這種開放包容的文化氛圍促成了二三十年代上海文壇的繁榮。

沙龍不僅僅是一個志同道合者聚會談天的地方，更是一種生活方式，是傳播文學思想的有力管道。二三十年代上海的沙龍文化往往與出版相綁定，這是一種較好的自我推銷的方式。正如歐美的沙龍模式一樣，沙龍的主人往

〔註48〕曾虛白：《曾虛白自傳》，臺北：聯經出版事業公司，1988年版，第95頁。
〔註49〕顧仲彝：《我與孟樸先生》，選自《曾公孟樸訃告》，1935年版。
〔註50〕曾虛白：《曾虛白自傳》，臺北：聯經出版事業公司，1988年版，第94頁。
〔註51〕郁達夫：《記曾孟樸先生》，《越風》第1期，1935年版。

往擁有較爲豐厚的經濟支撐和較大的社會影響力，他們不僅能夠組織起沙龍活動，還能將沙龍團體的思想傳播出去，造成一定的社會影響。當時的邵洵美是著名的出版人和作家，而曾樸也投資眞美善書店，發行《眞美善》雜誌以宣揚自己的文學觀念。沙龍將一大批有相同文學傾向的人聚集到了一起，給他們提供了一處可以發表文藝觀點的場地，同時，他們的沙龍活動和文藝觀點也得以通過自己的出版物在公眾面前展現，由此獲得讀者的關注，擴大知名度。而對於文學家個人而言，這種擁有實體出版機構支撐的沙龍聚會往往會吸引更多的參與者，很多歐美派文學家通過這種途徑進入文壇，他們都希望能借助媒介讓自己的創作得到更多讀者的認可，在文藝界獲得自我實現。因此，這種沙龍與出版相綁定的模式形成了一種文學發展的良性循環。在曾樸的文學沙龍中，很多作家在參與了曾樸的文藝沙龍後，都積極地加入了《眞美善》的編輯和翻譯隊伍中，並爲刊物貢獻了大量的法文譯著，《眞美善》也因此獲得了更大的社會影響。在這種影響的刺激下，大批不知名的作家也主動向其靠攏，形成了一個具有相同文學趣味的文學團體，從而在文壇、藝壇獲得更多的發言權，穩固位置。另一方面，沙龍在曾樸那裏成爲了一種改革的工具，是一種文化傳播的策略和手段，他希望通過沙龍爲中國文藝帶來一股清新之氣，促進文學的革新。當時在上海停留的文學家和文學社團眾多，這種多元化促成了上海文壇呈現出了一片繁榮，但同時持有不同文學觀念的作家之間難免會出現齟齬和分歧，它們會以文學論爭的形式表現出來，有時也會陷入派別分類和語言攻擊的窠臼。曾虛白談到當時的文藝界狀況時說：「踏進這小世界去看，卻居然是個世界！總共不過百十來個作者，也是五花八門的分出了數不清的派別，這一派說那一派是時代的落伍者，那一派說這一派是讀者的唾棄者：我說我是潮流的先導，你說你是民眾的呼號，一個個高興采烈地把有用的精力在攻擊，頌揚上彼此對銷掉的不知有多少。」〔註52〕他們都「摩拳擦掌像罵街村婦般專吵些無爲的閒氣」，〔註53〕而王墳也對文壇上相互攻擊的罵戰表示不滿，「要在文壇上成名的捷徑，決不是寫小說，而是罵人」，〔註54〕曾樸作爲一個自由的創作者，對文學的執著更多的是除開文藝派別之外的興趣使然，而現今文壇的某些怪象的確阻礙了文學的多向發

〔註52〕虛白：《給全國新文藝作者一封公開的信》，《眞美善》，1928年第2卷第1號。
〔註53〕虛白：《從辦雜誌說到辦日報．覆林樵民》，《眞美善》，1928年第2卷第5號。
〔註54〕王墳：《思想的花園．想說就說》，《眞美善》，1929年第4卷第5號。

展，特別是文藝上的壟斷和霸權極大地壓制了自由作家的發聲，因此曾樸力求通過創造這樣一種較爲輕鬆自由的環境，引導作家間的自由交流，讓文學呈現出更多發展的可能。所以他的出版物《眞美善》是拒絕團體派別和意識偏見的，這種包容的態度吸引了很多作家爲《眞美善》投稿，支撐這份私人刊物存活長達四年之久。正如編者所說，「我們因此聯想到這份刊物與人家不同的地方，就在他的活動性。若以水爲比仿，普通的刊物，多少總有些像一方水池，那裏面的份子免不了是固定的，而我們這份卻是無所不容的江河，一切心靈上的潮汐，該讓我們感應最靈。」〔註 55〕

上海相對包容和自由的文化環境造就了文化沙龍這種交際方式的產生和盛行，曾樸正是在這種環境中才有了實現自己理想的可能，他通過沙龍這種方式集聚了一大批作家，從而間接地促進了自己書店和刊物的發展。在曾樸的文藝沙龍裏，在同青年作家的談笑風生裏，曾樸從「時代消磨了色彩的老文人」轉變成了現代知識分子，並以其人格魅力和文學影響在上海文壇佔據了一席之地。

第四節　從《小說林》到《眞美善》

曾樸創辦《眞美善》並非一蹴而就的，在這之前，他有過投資實業和編輯刊物的經歷，這些經歷爲他後來《眞美善》的創刊和運作提供了寶貴的經驗。

1904 年，曾樸在上海的絲業生意遭遇失敗，也讓他對上海的市場有了更多的接觸和瞭解，之前三年對法國文學的廣泛涉獵使他越發認識到小說的功用。而在當時的文壇，梁啓超《小說與群治之關係》振聾發聵的呼喊以及《新小說》、《繡像小說》等雜誌的興起給小說的發展帶來了新鮮的空氣，社會翻譯風潮漸漸興起，懷著對翻譯小說的興趣，他有了第一次文學理想的實踐。這年八月，他與同鄉好友徐念慈、丁芝孫等人在上海合資創辦了小說林社，1907 年創刊《小說林》雜誌，增設宏文館、美術館、合稱爲「小說林弘文館有限合資社」，曾樸任總理，徐念慈任編輯部主任。關於小說林社的創辦背景，曾樸曾這樣說道：「那時社會上的一般的心理，輕蔑小說的態度確是減了，對著外國文學整個的系統，仍然一片模糊。我就糾合了幾個朋友，合資創辦了

〔註 55〕《編者小言》，《眞美善》，1929 年第 5 卷第 1 號。

小說林和宏文館書店。」〔註 56〕可見，他進入出版界的目的在於對外國文學譯介現狀的不滿，因此該社除了專門從事新小說的出版之外，尤其重視對西方小說的翻譯介紹。小說林社在翻譯小說方面的成就突出，它出版的翻譯小說在數量上超過了當時的大部分書局，僅次於商務印書館，而發行的《小說林》雜誌稱爲了晚清四大期刊之一，它回應「小說界革命」而起，提出了一些先進的小說觀念，發行了大量高品質的譯作和創作，對中國小說的發展做了巨大的貢獻。「經營了一年之後，果然提高了社會上欣賞小說的興趣，於是重行集股，擴大組織，在棋盤街設發行所，收買派克路福海里吳斯千所創辦的東亞印書館爲印刷所，並另於對門賃屋，辟爲編輯部，廣羅人才，作大量小說的生產，舊型的章回小說那時候雖沒有打破，可是翻譯東西洋小說的風氣卻由先生開之。」〔註 57〕曾樸在其中參與了小說林社的相關活動，並在《小說林》上發表了一些翻譯小說和創作，而他的小說《孽海花》成爲自著小說中最爲暢銷的作品，初版一個月就全部售罄，並多次再版。小說林社的工作讓曾樸第一次跨進了出版界和翻譯界，並由此開啓了他光明的文學道路。

小說林社對文學的認識和態度是對曾樸早期文學觀的強化，同時也導向曾樸走向了對文學藝術性的追求。首先，《小說林》深刻認識到了翻譯小說對促進中國小說革新的作用。《小說林社總發行啓》中自述辦社宗旨說：「泰西論文學，推小說家居首，誠以改良社會，小說之勢力最大。我國說部極幼稚不足道，近稍稍能譯著矣，然統計不足百種。本杜爰發宏願，籌集資本，先廣購東西洋小說三四百種，延請名人翻譯，復不揣檮昧，自改新著，或改良舊作，務使我國小說界，範圍日擴，思想日進，於翻譯時代而進於著作時代。以與泰西諸大文豪相角逐於世界，是則本社創辦之宗旨也。」〔註 58〕《小說林》意圖以自己的努力來促進中國小說的創作，復興中國的文學。這一觀點正是曾樸早年文學理想的延續，身處官場的曾樸深切的感受到了中國貧弱的處境，甲午戰敗更加深了他對中國命運的思考，改變時局必須從文化入手，他「覺悟到中國文化需要一次除舊更新的大改革，更看透了固步自封不足以

〔註 56〕東亞病夫：《致胡適書》，《眞美善》，1928 年第 1 卷第 12 號。

〔註 57〕曾虛白：《曾孟樸年譜》，選自魏紹昌：《孽海花資料》（增訂本），上海：上海古籍出版社，1982 年版。

〔註 58〕鄭方澤：《中國近代文學史事編年》，長春：吉林人民出版社，1983 年版，第 222 頁。

救國，而研究西洋文化實爲匡時治國的要圖。」〔註 59〕而後他的文學翻譯和創作都承載了他改良文化的理想，包括《眞美善》期刊上對翻譯文學的提倡也是基於其改良的願望。但另一方面，由於改良派對改變社會風氣和社會現狀願望的迫切，伴隨著「小說界革命」的興起，小說被提升到了「文學之最上乘」，承擔起了改良社會的重任，小說的作用被日益凸顯，並逐漸喪失了其本來的文學特質而完全淪爲了社會改良的工具，面對對小說功利性的極端化的強調，《小說林》對此進行了反駁和批評，「出一小說，必自屍國民進化之功；評一小說，必大倡謠俗改良之旨。吠聲四應，學步載途。以音樂舞踏（蹈），抒感甄挑卓之隱衷；以磁電聲光，飾牛鬼蛇神之假面。雖稗販短章，葦茆惡箚，靡不上之佳謚，弁以吳詞。一若國家之法典，宗教之聖經，學校之科本，家庭社會之標準方式，無一不傷於小說者。其然，豈其然乎？夫文家所忌，莫如故爲關係；心理之辟，尤在昧厥本來。」〔註 60〕過於誇大小說的功能會遮蔽小說的文學性，便失去了小說之所以爲小說的價值，因此文學創作應該還原它的特質，「小說者，文學之傾向於美的方面之一種也。」〔註 61〕《小說林》對文學藝術性的強調是對小說文學文本的回歸，是對當時文壇上文學載道論的反駁。可見，《小說林》對於小說的功用和價值有著較爲中肯的認識。而身處其中的曾樸也深受其影響，從《小說林》到《眞美善》，曾樸對於文學本質的認識有著一以貫之的堅持，強調文學的審美本性，他在《眞美善》的創刊期上對文學的「美」提出了要求，「什麼叫做美？就是文學的組織。組織是什麼東西？就是一個作品裏全體的佈局和章法句法字法，作者把這些通盤籌計了，拿技巧的方法來排列配合得整齊緊湊，彷彿拿著許多笨重的鍋爐機輪做成一件靈活的機器，合著許多死的皮肉筋骨質料拼就一個活的人，自然地顯現出精神、興趣、色彩和印感，能激動讀者的心，怡悅讀者的目，就丟了書本，影像上還留著醰醰餘味，這就是美。」〔註 62〕可見，文學應該在篇章佈局的合理搭配下產生一種和諧的美感，達到愉悅讀者的目的。並且《眞美善》拒絕文藝的功利性，始終抱定了「文藝至上主義」和「文藝公開主義」反抗文藝對政治的依附。但同時他也認識到文學與時代、人生的關係，提倡

〔註 59〕曾虛白：《曾孟樸年譜》，選自魏紹昌：《孽海花資料》（增訂本），上海：上海古籍出版社，1982 年版。

〔註 60〕摩西：《〈小說林〉發刊詞》，《小說林》，1907 年第 1 期。

〔註 61〕摩西：《〈小說林〉發刊詞》，《小說林》，1907 年第 1 期。

〔註 62〕病夫：《編者的一點小意見》，《眞美善》，1927 年第 1 卷第 1 號。

「藝術爲人生」，「以前戈恬及巴爾那斯派主張『藝術爲藝術』的文學已經成了過去，目前風發雲湧的是托爾斯泰『藝術爲人生』的文學，不能再像十八世紀宮邸的文學或客廳的文學，集合了貴紳名士，在高雅的文會裏，關了門討論欣賞；要重門洞開，放著大路上夾夾雜雜的群眾，大家來瞭解，大家來享樂，大家來印感，這才是眞的平民文學，眞的群眾文學，眞的『藝術爲人生』的文學。」〔註 63〕因此，曾樸在強調文學對社會現實反映的同時注重文學的藝術性，正是在這種目標的指導下，《眞美善》上的文章才呈現出了較高的文學性和現實性，既不與社會實際脫離又具有較高的文學價值。

雖然當時翻譯日盛且翻譯成果顯著，但是早期的翻譯成果不成系統，且在對翻譯內容的選擇上顯得較爲盲目，只注重迎合讀者的興趣，卻忽略了作品的思想性。《小說林》的編者針對各類小說的銷量情況指出了當時翻譯內容甄選上的弊端，「而默觀年來，更有痛心者，則小說銷數之類別是也。他肆我不知，即『小說林』之書計之，記偵探者最佳，約十之七八；記豔情者次之，約十之五六；記社會態度、記滑稽事實者又次之，約十之三四；而專寫軍事、冒險、科學、立志諸書爲最下，十僅得一二也。夫偵探諸書，恒於法律有密切關係。我國民公民之資格未完備，法律之思想未普及，其樂於觀偵探各書也，巧詐機械，浸淫心目間，余知其欲得善果，是必不能。豔情諸書，又於道德相維繫，不執於正，則狹斜結契，有借自由爲藉口者矣。蕩檢踰閒，喪廉失恥，窮其弊，非至婚姻禮廢、夫婦道苦不止。而盡國民之天職，窮水陸之險要，闡學術之精蘊，有裨於立身處世諸小說，而反忽焉。」〔註 64〕從當時的各類翻譯圖書銷量可看出讀者閱讀趣味的偏向，面對偵探、言情小說的暢銷這一情況，徐念慈認爲其對國家的政教風俗是有害無益的，因此翻譯作品的體裁內容便顯得尤爲重要，針對此他號召對發行的小說進行調整和改良，並針對不同的社會職業和階層的需求量身定制了發行目標，而這其中最重要的便是對小說旨趣和價值的要求，所刊行的「新小說」必須要符合社會各種人士的心理，且要起到開發民智、改良風氣的作用。由此可見，《小說林》十分重視讀者需求和小說的社會功用，並針對此實施了相應的打折銷售和作品調整，起到了較好的效果。而《眞美善》對於翻譯作品內容的甄選也有自己的標準。首先，注重翻譯文學的豐富性，不拘於單一的體裁和內容，只要

〔註 63〕病夫：《編者的一點小意見》，《眞美善》，1927 年第 1 卷第 1 號。
〔註 64〕覺我（徐念慈）：《余之小說觀》，《小說林》，1908 年第 9 期。

有利於提高讀者審美水準、滿足讀者精神需求的作品都可作爲譯介的內容。「在編者方面說，愛好法國文學和浪漫文學確乎是事實，然而我們決不因自己的愛好而抹殺了一切。我們以爲文學是一個廣大的園地，每個作家有他獨特的種子，開出他獨特的花卉，拿死板板的地圖來固定價值固然是可笑，就是拿人爲的派別來決定取捨也是呆人。我們是個貪嘴的饞人，不願去細細辨別這樣菜是四川菜，那樣菜是廣東菜，我們的目標但求養足自己和讀者們靈魂中吃不飽的肚子。」〔註 65〕而《眞美善》在滿足讀者精神需求的同時又保證了刊物的純淨，拒絕迎合讀者而走向低俗，注重文學作品的思想性。「我們要不要爲平民而寫呢？不，決不。我們很樂意使他們來讀，可是絕不願遷就他們。該革新他們的趣味，重造他們的教育。」〔註 66〕可見，《眞美善》在有意識的向民眾的趣味靠攏，但同時又有著積極和正確的創作導向，保持著自己高尚的審美趣味，這也代表了曾樸對文學價值的一貫認知，並從《小說林》一直延續到《眞美善》的編撰。

《小說林》的版型和內容與當時其他著名的三份刊物《月月小說》、《繡像小說》、《新小說》並無大的差別，也按小說的類別設有社會小說、偵探小說、軍事小說等專欄，但除此之外，他還特別設置了「新書紹介」欄目，集中介紹新近出版的圖書，小說林社出版之外的圖書亦包括於此，徐念慈在雜誌上發表的關於丁未年所出版的小說書目的統計爲後來的研究提供了詳實而寶貴的資料。而《眞美善》亦做了相關的工作，它也同樣設置有「新書預告」欄目，主要介紹眞美善書店的作品。同時它還設有「書報映象」欄目，主要發表最新的書評文章，可見，《眞美善》與《小說林》一樣，在文藝的介紹和推廣等方面做了大量的工作。不僅如此，曾虛白亦針對當時的譯介情況進行了一項調查，並繪製了一份統計表，此舉的目的在於說明譯者瞭解譯界成果，有利於後來的譯者將其作爲參考並進行補充。同時，眞美善書店的經營策略和《眞美善》中的翻譯價值取向也能從小說林社的成功中尋找到蹤影。《眞美善》書店堅持對譯著進行出版，先後出版的翻譯文本涉及到 6 個國家的 19 位作家的 28 部作品，另一方面則對中長篇小說進行連載，《眞美善》在刊載了《高龍巴》譯本、《三稜》、《魯男子》、《孽海花》之後，更是計劃將《娜娜》、《戰爭與和平》、《笑的人》介紹給讀者，後者由於刊物的終止而未能完成，

〔註 65〕《編者小言》，《眞美善》，1929 年第 3 卷第 5 號。

〔註 66〕〔法〕勒穆彥作，病夫譯：《民眾派小說》，《眞美善》，1930 年第 5 卷第 3 號。

但是由此可見，《眞美善》在這之上表現出了極大的勇氣和魄力，而這也使得它與當時眾多以刊載短篇爲主的刊物區別開來。可見，這兩個刊物對待文藝都有著全域觀念和系統性的認識，他們秉承著自己的文學理想，渴望通過自己的努力爲文藝的發展添磚加瓦，正是心懷著對文學的愛和崇敬，曾樸才有可能在經歷了失敗之後選擇重啓征程。

可惜由於人事紛爭、精力不足等多種關係，書店最後失敗了，「他的結果，僅僅激起了一般翻譯和流覽外國小說的興味，促進了商務書館小說叢書的發行罷了。」〔註 67〕但是這次經歷卻是他創作上和經營上的第一次實踐，他在這期間，創作的《孽海花》受到了讀者的熱烈歡迎，並一版再版，成爲了晚清社會小說的典範之一，這無疑是對其創作成果的巨大肯定。同時他通過自身的翻譯嘗試獲得了翻譯的經驗，對他以後的翻譯活動是一份有力的促進，更重要的是在《小說林》的編撰和出版活動爲以後的《眞美善》提供了經驗參考，從《小說林》到《眞美善》，這其中浸潤著曾樸執著的文藝追求，是其文學理想的一次延續。

〔註 67〕東亞病夫：《致胡適書》，《眞美善》，1928 年第 1 卷第 12 號。

第二章 《眞美善》的翻譯理論

《眞美善》提倡文學翻譯，並因此團結了一群翻譯人才，趙景深、馬仲殊等知名作家都曾在上面發表譯文，而文壇新秀王家棫、崔萬秋等人也紛紛來稿。《眞美善》作爲一個自由的寫作平臺，他帶有很強的個人辦刊的色彩，對於該刊寫作以及翻譯的規範要求也主要來源於曾樸的個人標準，因此在很大程度上，曾樸的文學觀和翻譯觀成爲了該刊理論的主導。但隨著刊物的發展以及文學沙龍影響力的擴大，在曾樸個人的核心影響力下，抱著相同文學觀念的作家會主動向其靠攏，因此也就形成了刊物較爲穩定的創作及翻譯風格。我們在對《眞美善》的翻譯理論進行考察時，曾氏父子是其主要研究對象，當然除了他們發表的討論翻譯的文章之外，「眞美善」書店出版的圖書的「譯者序」以及譯者後來在其他報刊文章上發表的關於翻譯的論點也應該作爲例證進行考察，旨在強調在曾氏父子的核心影響力下，這份刊物的翻譯作品是如何呈現出一種共性的。曾樸父子在《眞美善》期刊中針對翻譯活動，主要闡釋了翻譯的目的，翻譯的困難以及翻譯的方法等方面的問題。

第一節 翻譯的目的——「肥料說」

從中國的翻譯文學史來看，不同時期譯介活動的翻譯目的是不同的。在近代，翻譯活動主要承擔了思想啓蒙的功用，到了「五四」時期，翻譯文學則被當做中國作家進行新文學創造的範本，成爲了革新中國文學的主要動力之一。而到了 1927 年左右，「文學革命」的努力雖已初見成效，文學的範式基本定型。而同時「革命文學」的呼聲也逐漸高漲，文學從象牙塔走向十字街頭，現實政治對文學「革命化」的需求也直接影響了此時文學的走向，包括翻譯文學的傾向性。縱觀二三十年代的翻譯文學，它一方面著眼於對已漸成熟的新文學創作的促進，另一方面也包含了很多的現實政治的因素，這在翻譯文本的選擇上主要表現爲對現實主義文學的譯介。相比於「五四」時期的翻譯文本，此時的翻譯也呈現出了過渡的色彩，比如在法國文學翻譯中，由浪漫主義過渡到現實主義的作家作品，如司湯達、福樓拜等作家就大受歡迎。而同時由於革命文學的需要，蘇俄的無產階級革命文學被大量譯介進來，體現出了翻譯的功利性和實效性原則。因此受此時時代文學風氣的影響，曾樸的翻譯行爲自然也攜帶著現實的功利性目的。

前文已經論述過，曾樸對法國文學的興趣直接來源於陳季同的影響，而他將翻譯文學作爲自己文學理想的一部分更多地是出於責任感的驅使，是中國文人長久以來延續下來的對文學價值的護衛和對文學命運的承擔。作爲一個深受傳統文化涵養和薰陶的知識分子，文學更像是他們內在的一種基因，挾帶著一種天然的向心力，因此早期曾樸接觸法國文學也是出於一個文學愛好者對文學的不可免疫的興趣，曾樸在同文館裏的學習奠定了他法文的基礎，當時他只是將法國文學作爲自發的一種閱讀興趣，「那時候的讀，完全是沒秩序的讀，哲學的、科學的、文學的，隨手亂抓，一點系統都不明了。」〔註1〕直到遇見他法國文學的導師——陳季同之後，他對法國文學的源流脈絡有了清晰的瞭解，同時他對文學功用有了全新的認知。陳季同深諳法國文學，對中國文學的認識也顯現出了自己廣博的世界視野，他認爲中國文學一直妄自尊大，自命爲獨一無二的文學之邦，事實上中國文學在國外卻倍受輕視。而這種境況的發生實出於兩種原因，一是我們太不注意宣傳，文學的作品譯出的少，且品質不高；二是我們文學注重的範圍只在古文詩詞，而對其他文體都鄙夷不屑，所以彼此易生誤會。因此他告誡曾樸：「我們現在要勉力的，第一不要局於一國的文學，囂然自足，該推擴而參加世界的文學。既要參加世界的文學，入手方法，先要去隔膜，免誤會。要去隔膜，非提倡大規模的翻譯不可，不但他們的名作要多譯進來，我們的重要作品，也須全譯出去。要免誤會，非把我們文學上相傳的習慣改革不可，不但成見要破除，連方式都要變換，以求一致。然要實現這兩種主意的總關鍵，卻全在乎多讀他們的

〔註1〕東亞病夫：《致胡適書》，《眞美善》，1928年第1卷第12號。

書。」〔註2〕陳季同對曾樸文學觀的影響無疑是巨大的，刷新了他對中國文學的印象，文人長久以來所尊崇的中國文學在世界視野之下竟有如此多的局限，對文學尊嚴的維護也讓其自然地生發出了對文化建設的責任和擔當。當時社會上普遍還存在著對中國文學的自信和誇大，相反，對於西方文學更是充滿了不解和不屑，而要消除這種文化間的隔膜必然只能依靠文化的溝通，對外國文學的引進和吸收也就必然成爲了最有效的方法。然而與陳季同觀念的不同之處在於，曾樸只強調了譯入，並將其付諸實踐，而放棄了對中國文學「譯出」的這個計劃，而這與他強調譯入對文學革新的功用有關。

如果陳季同的引導使曾樸擁有了世界文學的視野，讓他從外界的影響中獲得了對中國文藝革新的認知，那麼曾樸對中國的文壇創作的頗多不滿直接促發了他對文學革新的需求，他認爲就現代文學的成績來說，中長篇小說很缺乏，而詩劇，散文詩，敘事詩，批評，書翰，遊記等很少成功之作，同時精緻的作品是發現了，只缺少了偉大。而曾虛白對新文藝的成績進行了一番細緻的調查之後對文學的印象也只有「貧弱」，「最容易發見的當然是出產物的『貧』。或者你們大家都要覺得駭怪，倘然我告訴你們，自從新文化運動開始以至今日十多年來努力的結果，稱得起有文藝性的作品，只有二百多種譯本，一百多種創作，並且這是沒有一些兒批評眼光的統計，凡是文藝作品，好的，壞的，一股腦兒搜集在一塊兒的總數。請你們想想，籠統四百多本書的一個小貢獻，卻大吹大擂的什麼界，什麼壇的在人們面前誇耀，正像一個苦叫化的在那裏做畫棟雕欄的黃金夢，我實在覺得滿身起了雞皮屑有些受不住了。」〔註3〕面對中國文學體質衰弱的現狀，曾樸認爲要改革文學就必須要引進外國文學，「自然該儘量容納外界異性的成分，來蛻化它陳腐的體質，另外形成一個新種族。這在生物學上叫做分化作用，在文學上，就是變遷的過程。主張把外潮湧進，來衝激自己的創造力，不願沉沒在潮流裏，自取滅頂之禍；願意唱新鄉調，不願唱雙簧；不是拿葫蘆來依樣的畫，是拿葫蘆來播種，等著生出新葫蘆來。」〔註4〕這個新種族也就是對文學本質和創作觀念的全面革新，曾樸反對在對外國文學進行借鑑和模仿過程中的生搬硬套和不加消化的取用，他希望通過這種來自外力的思想的刺激，解除長久以來陳舊思

〔註2〕東亞病夫：《致胡適書》，《眞美善》，1928年第1卷第12號。

〔註3〕虛白：《給全國新文藝作者的一封公開的信》，《眞美善》，1928年第2卷第1號。

〔註4〕病夫：《編者的一點小意見》，《眞美善》，1927年第1卷第1號。

想的捆綁，清除中國文學的陳腐內質，從而達到促進中國文學創造的目的。「文學的最終目的，自然要創造，但創造不是天上掉下石裏迸出的，必然有個來源。我們既要參加在世界的文學裏，就該把世界已造成的作品，做培養我們創造的源泉。」〔註5〕而要參與到世界文學裏，就必須大力宣導翻譯，引進西方優秀的文學成果。早在「五四」時期，譯界在翻譯對創作的促進作用這一問題上便已經達成廣泛認識了，到了曾樸這裡更多的進行了強化，並且上升到了改革的層面上，有了更多去舊換新的意味。而在曾虛白這裡，他的觀念相對來說比較緩和，他認爲在文學潮流的更替中，文學作品由模仿而改善，由改善而到了完備的境界。「翻開本世界文學史來看，中國仿之古，日本仿之外多不必說，就是歐洲各國，從希羅文學鼎盛數起，凡是時代的變遷，潮流的激蕩，那一次不靠著模仿來做個導線，那一次不藉重模仿來另創新紀元。」〔註6〕而現代文學提倡出新，卻忘記了繼承和模仿，因此作者提倡模仿的藝術，並希望借助翻譯來爲文學提供模仿的樣本，從模仿借鑒中促進自我的文學創造，「模仿是創作的導線，也是他的母體。新產物不能特然空中掉下來的，不過是改善的舊產物；創造不能沒有出發點，模仿就是創作的出發點。」〔註7〕這一觀點對曾樸的翻譯觀形成了一種呼應和支持，當然此時在文壇已經頗有建樹的曾樸對於文學未來的關切自然顯得更爲深沉，但在對待文學翻譯的態度上，二者所著力奮鬥的方向是一致的。

我們的文學需要通過大力引進外國文學來達到一種精神內質的刺激，但是同時，曾樸對翻譯內容的選擇也提出了要求，「翻譯是創造的肥料，肥料不充分，產生的作物絕不會有良果。」〔註8〕縱觀曾樸所選擇的翻譯文本，我們或許可以從中看到他在選擇翻譯內容上的態度。曾樸以翻譯雨果的作品而聞名，早在1912年他便翻譯了雨果的第一部作品《九十三年》，而後一發不可收拾，他之所以對雨果有如此大的興趣，與他的文學觀念不無關係。雨果作品中所呈現的政治情懷和革新精神正好與曾樸的內心期望相契合，當年的曾樸同樣有著政治革新的願望，他在政治上傾向於資產階級革命，曾經積極參與了梁啓超等人的變法活動及民眾運動，一直與地方傳統勢力作鬥爭，據《曾樸年譜》所記，「在江浙一帶，以張謇、孟昭常、許鼎

〔註5〕東亞病夫：《致胡適書》，《眞美善》，1928年第1卷第12號。
〔註6〕虛白：《模仿與文學》，《眞美善》，1928年第1卷第11號。
〔註7〕虛白：《模仿與文學》，《眞美善》，1928年第1卷第11號。
〔註8〕病夫：《覆王石樵、黃序鹿、顧義的信》，《眞美善》，1928年第1卷第11號。

霖、雷奮、湯壽潛爲中西的預備立憲公會，是全國憲政運動的首創，而先生實在就是這個團體的中堅份子！後來滬杭甬鐵路的興建，政府方面正在進行英國借款，先生等這個團體，通電反對，登高一呼，全國回應，於是在味蒓園開會，擬招集民股，以拒外資，那時候，先生與馬相伯、雷奮等，激昂慷慨的演說，轟動一時，給久伏於專制淫威下的民眾一股刺激性異常強烈的興奮劑！及一九〇七年，安徽巡撫恩銘爲革命黨人徐錫麟所槍殺，浙撫張曾敭得皖電，搜索黨人，竟派兵往大通學校，圍捕秋瑾，瑾被害，並株連許多人士，於是浙省民眾大嘩，積極進行驅張運動，政府無奈，下諭把張曾敭調撫江蘇！時先生和上海一班同志以爲浙省之所拒，豈可以蘇省爲藏垢納污的所在，也就聯名電請清廷，收回成命。風潮逐漸擴大，清廷爲之側目，曾密電捕先生等三人，先生屹然不爲動，到底還是清廷屈服了，把張曾敭調到陝西，風潮才得平靜下來！這是清末民眾運動第一次戰勝清室，先生實是主動的人物！」〔註 9〕從中可見曾樸的政治態度，因此曾樸也是借雨果的作品來表達自己的政治理想。而他在創作中也表現出了鮮明的革命精神，他的長篇小說《孽海花》以狀元郎金雯青與名妓傅彩雲的婚姻生活故事爲情節主線，前後串聯了 30 年間的社會歷史大事件，對這一段政治和文化變遷歷史進行了大致的梳理，書中對虛僞的封建知識分子以及封建制度進行了批判，並積極贊揚革命黨，體現了鮮明的資產階級改良思想。他在描寫俄國虛無黨人、波蘭民族志士和青年會時，在豐富的想像力中凸顯了革命的理想主義色彩，而這與雨果的作品風格十分類似。

除此之外，他認爲雨果文章中所呈現的浪漫主義的反抗精神正是當前文學所需要的。長久以來傳統觀念的因襲已經成爲了一種桎梏，它促使文學走向了一種既成的觀念和寫作套路中，壓抑了作家的自我表現，阻礙了文學表現的開放性和豐富性，中國急需一種精神力量去突破這種束縛，讓文學獲得解放。而在法國，在古典主義文學規範的框定下，其文學也逐漸喪失了活力，成爲了一種程序化的千篇一律的表達，而雨果所表現的浪漫主義對此造成了極大的衝擊，從而開啓了文學上的浪漫主義時代，一種新的文學範式正在重建。有鑑於此，曾樸便希望雨果的文章能夠刺激中國文壇的革新，「囂俄在他作品裏充滿了不滿腐敗昏暗的現實社會，要揮其如椽之筆發動文學與政治雙

〔註 9〕魏紹昌編：《孽海花資料》，上海：上海古籍出版社，1982 年版，第 168、169 頁。

軌齊下的革命。這正是父親一生努力的目標，因此認定了這海外知己，發狂似地要把他的作品介紹給國內同胞。父親最先譯的是囂俄以法國革命爲背景的名著小說《九十三年》。此後就把囂俄戲劇全集，差不多一集繼一集的全譯了出來。囂俄戲劇是掙脫古典戲劇規模束縛的革命運動，在法國文學史上發生了翻江倒海的作用。父親這樣努力譯介它也有在中國文藝界發生同樣影響的企圖。可惜中國社會還不能符合他所期待的那樣敏感。」〔註 10〕在曾樸這裡，翻譯成爲了革新文學、刺激創作的一種手段，而聚集在《眞美善》周圍的很多譯者也對翻譯抱有同樣的目的。比如在《眞美善》上發表了譯作連載的顧仲彝，他主要從促進創作的角度入手來肯定翻譯的作用，主張從翻譯文學中吸收營養，爲我所用。「然而，中國文藝的進展能如此突飛猛進，翻譯的功勞我們不該輕易抹殺的，雖然我們的翻譯是毫無系統的，零亂的。我們不應該輕視翻譯，在文藝運動上偏廢翻譯。我們要使翻譯爲創作的輔流，暗流使創作翻譯有互相引進的功效，使將來的中國文藝創作成爲世界的前進的一般勢力。」〔註 11〕「我一直相信翻譯跟創作一樣是偉大的工作，尤其是在這新文學運動開始感到文學形式與材料窮乏的時期，看到燦爛豐富的西洋文學的寶藏就動了儘量移植我土的野心與興趣，這野心與興趣與日俱增，到現在似乎已成了我生存唯一的重大使命。」〔註 12〕正因爲這種使命感對於作家翻譯行爲的驅使，翻譯成爲了促進中國文學未來發展的重要手段，並成爲大多數作家致力追求的文學事業。雖然依靠曾樸及《眞美善》同人的力量，他們的成果離目標的完成還相距甚遠，但是他們對於文學的摯愛和眞誠是難能可貴的，「在這文學亂絲般糾紛時代——不獨我們中國——尤其是我們中國沉睡了幾年乍醒覺惺忪的當兒，我們既有一知半解，何嘗不想做個打掃夫，明知力量脆薄，開不了新路徑，但拾去些枯枝腐葉，袪除些害菌毒蟲，做得一分是一分，或與未來文學界，不無小補。」〔註 13〕他們以個人的努力爲法國文學的輸入盡可能地貢獻出了力量，而正是因爲眾多有著如此文學追求的作家的努力，中國文學才得以從單一走向多元，從幼稚走向成熟。

〔註 10〕曾虛白：《曾虛白自傳》，臺北：聯經出版事業公司，1988 年版，第 88 頁。

〔註 11〕顧仲彝：《關於翻譯》，《搖籃》1934 年第 2 卷第 2 期。

〔註 12〕顧仲彝：《我與翻譯》，王子堅，《時人自述與人物評傳》，上海：經緯書局，第 353 頁。

〔註 13〕病夫：《覆戴望道的信》，《眞美善》，1928 年第 1 卷第 8 號。

第二節 翻譯的困難——「模仿說」

翻譯自從誕生之日起就面臨著跨文化交流中多方面的障礙，特別是在語言的轉化中涉及到文化、表達以及譯者主觀意識等多種因素的影響，這其中任意一個小細節的疏漏都足以讓譯本脫離原文本的軸心，而產生思想意識傳達上的偏離，因此翻譯是考驗一名譯者的文化修養和文辭表達的最有效的方式。希臘詩人奧爾福曾將翻譯者比作「地獄中的尋路人」，這也說明了譯者在翻譯過程中需要面臨的各種艱難的挑戰。《眞美善》的作家對這個問題亦有深刻的認識，總結下來，他們認爲翻譯之所以會對譯者帶來挑戰，主要還因爲以下幾個原因：翻譯中譯者個性的顯露、譯者文化修養的不足以及中西文化思維以及表達上的差異。

曾虛白曾在《翻譯的困難》中就這個問題作過較爲細緻的論述。他將攝影術來比作文學，創作是直接取景，而翻譯卻是翻版，所以創作的需要是獨立性，翻譯的需要是模仿性。也正是這種模仿性，決定了翻譯不可能深切地表現出眞實，它與眞實甚至原作之間都存在著巨大的隔閡，這種隔閡也就爲翻譯的自由性和靈活性留下了巨大的空間。但是另一方面由於翻譯的獨特性質，它又不得不受制於原文本內容的框定，因此翻譯家「負著充分模仿人家個性的使命，卻時時刻刻提防著自己的個性站出來胡鬧。」〔註 14〕在自由和束縛、個性與規範之間，翻譯家面臨著個性彰顯抑或個性逃避的艱難，翻譯的困難也就自然地顯現了出來，但是從他對翻譯的個性有意進行抑制的觀念中，可見他對意譯持著較爲保守的態度。除此之外，源語和目的語之間存在著文化、思維、風俗習慣等方面的差異，他們會增加譯者對源文本理解的困難，並會導致翻譯中的誤譯和錯譯等現象的發生，但是曾虛白認爲翻譯家在對映象進行忠實描繪的過程中，面對文字轉換所帶來的各方面理解的困難，譯者「應該像科學家糾正盲色感一樣，變換方法來完成它的使命。」〔註 15〕他認爲面對這種困難，譯者應認定目標，抱著糾正錯誤的心態去消除這種差異，當然這只是一種較好的理想化的狀態，在眞正實施起來，這其中各種困難的發生遠遠是譯者無法掌控和把握的。曾虛白認爲這種「絕大的困難」大體來講可分爲兩種，「第一種，因爲各種族遺傳下來的風俗，習慣，思想的不同，同樣的辭句卻能發生絕對不同的感應；第二種，因爲各種族文學上的組

〔註 14〕曾虛白：《翻譯的困難》，《眞美善》，1928 年第 1 卷第 6 號。
〔註 15〕曾虛白：《翻譯的困難》，《眞美善》，1928 年第 1 卷第 6 號。

織不同，沒有精煉的改造，決計不能充分表現創作裏邊原來的映象。」〔註 16〕這兩種困難歸結到一點即爲文學翻譯中的種族性差異。由於種族習慣和風俗的不同，從而導致了長期以來民族心理的沉澱和根深蒂固的集體無意識，兩種語言間的思維模式和表達方法的不同都使得譯者在翻譯中難以把握原作的精神內質，從而無法傳達出原作品的藝術特色。同時這種「難以言說」或者「錯誤的言說」也帶來了讀者接受的困難，這種由文化所導致的理解的差異在短時間內是難以改變的，只能依靠長時間不斷的交流來慢慢調和，獲得理解，而譯者也需要加強自己對異質文化和語言的理解力，通過自己的不斷學習和摸索，輔以適當的訓練，從而產生更純粹的作品。

顧仲彝在後來的訪談中也提到了相同的想法，「翻譯是件不容易的事。……因爲翻譯好的人對於中英文都應有相當的深造——不獨是根底——，不然囫圇吞棗，辭不達意，牽強誤會，生硬支離。至於外國語句的轉變中文，不失原意，不失原來的語氣。更需要長時間的訓練——往往爲了一小段插語的無從安置，費了許多心思去設法；往往爲了語氣的不合塗改至六七次的。所以不耐煩做細工夫的人，與其翻譯情願創作。現在中國的創作之多而且好，確是值得可喜的一件事，但在翻譯方面很少有比較可讀的作品；這一方面是因爲翻譯作品惡劣的多已失去社會上閱讀者的信仰，一方面是翻譯名家都感覺到翻譯工作太苦。轉變而去創作了。」〔註 17〕他認爲翻譯的得失與譯者的文化修養、中西文化思維的差異有很大關係，因此在表達的語句和措辭中往往會呈現出巨大的差別，而縮小或者彌合這種差距就要求譯者除了較爲熟練的掌握語言之外，還應該對原文的背景資料如原語文化、原文作者的生平、寫作環境以及寫作目有深入的瞭解，對語言所蘊含的豐富的文化內涵有著較爲清晰的把握。同時譯者要有翻譯的熱情和耐心，同時要加強平時的翻譯訓練，盡可能地克服困難，爲文壇提供更多的好的譯本。

曾虛白在《翻譯的困難》中已經提到過，翻譯一方面要模仿現實映像，但同時它的內容又不可避免的受到翻譯者主觀思想的影響，因此在模仿與主觀表現之間，翻譯者總是會存在著某些選擇的焦慮。但同時另一方面，單純的生硬模仿並不能造就一個高文學價値的文本，相反，適當的主觀情

〔註 16〕曾虛白：《翻譯的困難》，《眞美善》，1928 年第 1 卷第 6 號。

〔註 17〕顧仲彝：《我與翻譯》，選自王子堅：《時人自述與人物評傳》，上海：經緯書局，1935 年版，第 353 頁。

緒的參與會增加原文本的豐富性，因此在這種意義上，翻譯已經不再只是單純的句子間語言表達的轉換，它更多的是一種超越了單純模仿之外的再創作。但是對於譯者來說，對這種創作的「度」也是難以把握和拿捏的。「翻譯本是件難事，尤其是翻譯創作。別的只要詞達意在，即可強勉過得去。講到創作方面來，除開達意而外，還要傳神。——就在這一點翻譯上，起了絕大的困難了。我們就承認一個人的語學程度，可以翻譯無誤；然而他的環境，教育，趣味等，使他對於這篇作品的著眼點，異於別人。一方面，他的翻譯，既不能完全的客觀——我們要記著對象是創作——自然要帶了主觀的印象。主觀的印象既是不同，翻譯出來的東西，自然多少各有差異，這是不可避免的。——不過我們中國，現在的翻譯程度，恐怕還講不到這一層。能夠語學上沒有錯誤，已是上乘了。但是我們終須記著，單是語學的正當作不了翻譯創作的標準。」〔註 18〕可見，翻譯是一個客觀性和主體性的結合，這些不足都可以通過後天的實踐和學習來改善和解決，特別是對於主觀情感的流露和控制這方面，它更多的依賴於長期積累的文學素養和創作經驗。除了語言文化、思維、句法差異這些客觀因素之外，譯者的自身文化修養更會直接影響到翻譯的效果，翻譯工作是對譯者知識水準和文化認知水準的一個全方位的考察，其知識的長處和盲點都會在翻譯中一展無餘，正如朱雯（筆名王墳）所說：「『翻譯並不比隨便的創作容易』，每一個從事翻譯工作的人都能體會魯迅先生的這句話。在理解和鑽研原文的時候，往往會覺得自己的外文水準或專業知識不夠；在運用本國文字表達原作意義和風格的時候，又往往會覺得自己的漢語修養還很差。因而在一部作品的翻譯上，譯者往往要付出極大的勞動，反覆鑽研，一再查考；有時僅僅爲了一詞一語，也會再三斟酌，煞費推敲。」〔註 19〕可見，豐富的學識和修養、對文本極強的感悟力，鍥而不捨的鑽研精神都是一個優秀的譯者所必需的，任何一個部分的不足都會導致翻譯過程中的捉襟見肘，從而影響到譯本的品質。因此譯者應該不斷地提高自己的文化修養，在創作和實踐中獲得經驗，增加自己的文字敏感度，以便於自己能更深入的理解作品，從而在譯文中準確而傳神的傳達出原文的意蘊。

〔註 18〕符生：《胡適博士米格爾譯文的商榷》，《眞美善》，1930 年第 5 卷第 6 期。
〔註 19〕朱雯：《「捉螃蟹」者的腳印》，選自王壽蘭編：《當代文學翻譯百家談》，北京：北京大學出版社，1989 年版，第 164 頁。

一般來說，譯者在面對不同的文學體裁時，其在翻譯中所遭遇的困難也是不一樣的。在某種程度上，小說這一文學體裁以情節突出爲主要特點，因此它有著較爲穩定的思想內涵和表現方式，而表達中詞彙含義的穩定性也讓譯者在處理時相對變得簡單一些。與小說相比，詩歌翻譯則顯得困難和複雜得多，曾樸曾經就詩歌翻譯的困難做過論述，他認爲譯詩比譯書難到百倍，因爲譯書只需要有信、達、雅三個任務，而譯詩有五個任務：理解要確、音節要合、神韻要得、題材要稱、字眼要切。因爲詩歌與散文相比，詩的意義是恍惚而不連貫的，因此格外考驗譯者對其意義的理解能力。另外，音節是詩歌的靈魂，它往往成爲一首詩最個性的標誌，如果在譯詩過程中不注意音節的把握，而使其喪失了音樂性和音律，那麼譯出來的詩歌也就失去了其全部的美感。而神韻作爲詩歌的精神要點，深藏於文辭的背後，神秘而不可捉摸，「我們譯詩，先要瞭解詩人的個性的總和，然後再把所譯的詩細細體會，不要把它的神韻走了絲毫的樣，那才能算得了神韻。」〔註 20〕因此要把握住原作的神韻就需要譯者對字裏行間的心領神會，而這對於譯者的洞察力是一個巨大的挑戰。另外在體裁方面，外國詩歌體裁的多樣化絕對不是中國詩歌所能全部涵蓋的，按照舊式的意譯或者新式的直譯都難以把握和取捨原文的字音、格調和韻律，而關於字眼更是極其的考究，一個字可能成爲點睛之筆，而一字之差也可能讓全文的精髓盡失，因此曾樸認爲正是因爲這五種難點，「把我譯詩的勇氣，不知頹廢了多少，簡直輕易不大敢下筆。」〔註 21〕而曾虛白也表示：「譯詩這件事情，本來是頂石臼串戲的把戲，音韻節奏，中西文字根本懸殊，因此到處會遇到不可解救的困難。」〔註 22〕語言的差異性導致了翻譯中韻律呈現的艱難，因此在翻譯實踐中，譯者往往會選擇忽略韻律或者過度強調韻律，甚至爲了押韻而對詞語進行拗口的改造，因此譯文往往會在一定程度上喪失了原作的順暢和通達，並抑制了原作神韻的展現。

〔註 20〕 病夫：《讀張鳳用各體詩譯外國詩的實驗》，《眞美善》，1928 年第 1 卷第 10 期。

〔註 21〕 病夫：《讀張鳳用各體詩譯外國詩的實驗》，《眞美善》，1928 年第 1 卷第 10 期。

〔註 22〕 《編者小言》，《眞美善》，1930 年第 6 卷第 3 號。

第三節 翻譯的標準與方法

一、提倡有系統的譯介

曾樸有著豐富的文學翻譯經驗，自然對譯界的情況十分瞭解，他曾在《眞美善》上對譯界現狀表現出了極大的不滿，「一瞥我們譯事的園地裏，還是一片荒蕪；試問這幾年來，我們譯界裏，對著外國文學上偉大的作品，能代表一時代或一宗派的，能介紹到幾種呢？我覺得成績很少很少！」〔註 23〕歸結起來，他認爲現在的文壇翻譯主要存在兩大弊病：一是翻譯者由於惰性，而對翻譯作品的選擇存在著隨意性，只選擇自己所喜愛的作品進行翻譯，「只是把法國的莫泊桑，俄國的柴霍甫幾位的諾威爾，你也扯一塊，我也拉一條。這便是零星小販。」〔註 24〕這種零星散亂的譯法使得現在的翻譯成果尤其不成系統。二是由於偉大的作品耗時費力且收效遲，因此爲了引起讀者的注目以達到成名的速效，很多翻譯者對小國的作家和冷僻作品大肆吹捧。「今天跳上羅馬尼亞的文壇，明天排開塞爾維亞的筆陣，忽而摩挲猶太的舊骨董，忽而洶湧赤俄的新思潮；越是小國的作家，捧場越是高興，越是冷僻的作品，吹螺越是熱烈。」〔註 25〕可見，他認爲中國現存的翻譯的薄弱之處就在於現有的翻譯缺少系統性以及對經典作品的不重視，因此他也將這兩點作爲自己努力的目標。「第一要努力普遍的貢獻。貢獻的辦法，我想從希臘羅馬起直到如今，各時代裏，各主義下，各個作家的主要作品，凡足以表現時代傾向和文學過程，有必須介紹價值的，我們來博考愼選，彙編一個總目，詳載篇題，意義，並加說明，（出版處所和價目亦可附入）假定叫做文學譯事準繩，定翻譯的標準，備文壇的採擇。我們就在雜誌裏面，逐期發表，想諸君一定贊成。實行自己工作的辦法，我們就依據前定的總目裏，擇其中最偉大最需的作品，提出一百種；換一句話說，就是選定古今一百多個作家，一百部作品，實行我們翻譯的工作；或自己擔任，或特約請譯，或自由投稿，多不拘定，只要不出規定範圍罷了。隨時譯成，隨時出版，滿了百部，便合成一種叢書，擬稱作《見影叢書》，這樣的翻譯，比較趁高興的亂譯，似乎稍有系統。」〔註

〔註 23〕病夫：《覆王石樵、黃序龐、顧義的信》，《眞美善》，1928 年第 1 卷第 11 號。
〔註 24〕病夫：《覆王石樵、黃序龐、顧義的信》，《眞美善》，1928 年第 1 卷第 11 號。
〔註 25〕病夫：《覆王石樵、黃序龐、顧義的信》，《眞美善》，1928 年第 1 卷第 11 號。
〔註 26〕病夫：《覆王石樵、黃序龐、顧義的信》，《眞美善》，1928 年第 1 卷第 11 號。

26〕他希望通過對翻譯的內容、方法進行界定，從而爲文壇的翻譯活動制定一條可實施的標準，達到系統翻譯的目的。這裡面即包含著兩層含義：首先是擬譯作品的豐富性，涉及到了各個時代各個流派的作家，這也是對現存的翻譯的零散性的糾正。其次便是翻譯作品的經典性，「應預定譯品的標準，擇各時代、各國、各派的重要名作，必須迻譯的次第譯出。」〔註 27〕對作品進行謹愼選擇，篩選出有價値的作品來進行譯介。

曾樸一直以來都提倡有系統的譯介。最初在陳季同的影響下，曾樸將大規模的翻譯作爲自己的文學目標，此時他對翻譯的認識還停留在量的積累上。而在「小說界」革命的影響下，翻譯文學逐漸興起，雖然小說的社會地位有了較大的提高，但「對於外國小說整個的統系，依然一片模糊。」〔註 28〕當時風行一時的林譯小說亦有此不足，曾樸在看了林紓的譯作之後慶幸找到了一個文學的同情者，「以爲從此吾道不孤，中國有統系的翻譯，定可在他身上實現了。」〔註 29〕可是後來卻失望地發現林紓對文本的選擇根本就沒有標準，浪費了很多精力去翻譯了一些毫無文學價値作家的作品，而林紓所做的工作不過增多了幾篇外國材料的模仿唐宋小說，對於中國文學的前途不會發生什麼影響，對翻譯前輩林紓的成就，他也表現出了明顯的質疑，他認爲林紓對作品的選擇沒有標準，且翻譯的作家作品的價値不足：「他一生譯的小說，不下二百餘種，世界偉大的名著，經他譯出的，不在少數，對著譯界，也稱得起豐富的貢獻了。如果能把沒價値的除去，一家屢譯的減去，塡補了各大家代表的作品，就算他意譯過甚，近於不忠，也要比現在的成績圓滿得多呢。」〔註 30〕他對此深感惋惜，在與林紓會面的時候，他對其提出了自己的意見，「我們翻譯的主旨，是要擴大我們文學的舊領域，不是要表顯我們個人的文章。」〔註 31〕他勸其應重新制定譯品的標準，正是由於這種對文學系統性的認知，曾樸期望通過自己的實踐去矯正一些翻譯誤區。他在創立「小說林」和「宏文館」書店的時候，就「願想順應潮流，先就小說上做成個有統系的譯述，逐漸推廣範圍。」〔註 32〕而到了《眞美善》中，他仍舊堅持著

〔註 27〕東亞病夫：《致胡適書》，《眞美善》，1928 年第 1 卷第 12 號。
〔註 28〕東亞病夫：《致胡適書》，《眞美善》，1928 年第 1 卷第 12 號。
〔註 29〕東亞病夫：《致胡適書》，《眞美善》，1928 年第 1 卷第 12 號。
〔註 30〕東亞病夫：《致胡適書》，《眞美善》，1928 年第 1 卷第 12 號。
〔註 31〕東亞病夫：《致胡適書》，《眞美善》，1928 年第 1 卷第 12 號。
〔註 32〕東亞病夫：《致胡適書》，《眞美善》，1928 年第 1 卷第 12 號。

這樣的翻譯追求，在第 1 卷第 12 期裏，他明確表示將整理譯述，作較有系統的介紹作爲期刊未來發展的目標。可見，他對系統性翻譯的追求不僅僅在於希求擴大文學翻譯的廣度和深度，更希望通過自己的力量做一些基礎性的工作，爲參與文學翻譯的後來者提供一些有益的資料。

除此之外，曾虛白也以出版者的身份對中國文壇翻譯內容的偏狹提出了不滿，與曾樸意見的不同之處在於，他認爲中國的翻譯家多關注名家名作，而忽略了譯介對象的多樣性，「我沒有辦書店以前有一個問題總覺得奇怪；外國的名作家有好幾百，爲什麼我們只認定了幾個人譯？難道這幾個人的作品最適合中國的國民性嗎？也不見得。自從我辦了書店之後，我才明白了。這也是那神秘的『偶像』那裏作祟。你搬出托爾斯泰，易卜生，莫泊桑，法郎士等等來，大家沒有話說，也不管你翻譯如何，買回去最少可以做書櫥裏的裝飾品。你要講出中國人口頭還沒有唱慣的作家來，讀者們沒有這些閒工夫去研究他是什麼人。」〔註 33〕雖然曾樸更多的從翻譯經典入手，而曾虛白更著眼於打破文學翻譯中的「偶像崇拜」，提倡翻譯文學的豐富性，而這也是對曾樸系統性翻譯觀點的一種聲援和支持。

而到了 30 年代，有計劃、有系統地翻譯異域文學已經成爲了譯界的共識。顧仲彝、茅盾、杜若遺等人都提倡系統性的翻譯，茅盾認爲現在的翻譯「不僅求其多，還要求其精；不僅求其精，還要求其有系統。如果有好的系統的介紹，必定會有極大的影響和結果的。」〔註 34〕而作爲《眞美善》的主要供稿人顧仲彝也提供了一些系統性翻譯的計劃，他認爲系統性地閱讀文學作品才能算作眞正的研究文學，「我最初試譯的時候，是雜亂無章的，喜歡看什麼就翻譯什麼。後來知道這樣胡亂做去是不會有很好的成績的；並且年事漸長創作欲也漸漸高了起來，心想與其把精力花在翻譯次等的作品上，還不如用心在準備創作的修養上。所以在民國十八年下半年我定下兩大翻譯計劃：(一) 翻譯莎士比亞劇作全集，和（二）翻譯哈代小說全集。我當時預定二十年工夫完成，十年莎士比亞的翻譯，十年哈代小說的翻譯。那時候我二十四五歲，心想到了四十四五歲就可以完成了志願。……我有幾點意見想向全國翻譯界提議，……（一）翻譯不比創作，是需要一種有計劃的合作和提倡，我的意思最好能組織一個全國文學翻譯學會，集合全國翻譯同志，定下一個具體而

〔註 33〕虛白：《從辦雜誌說到辦日報 · 覆林樵民》，《眞美善》，1928 年第 2 卷第 5 號。
〔註 34〕茅盾：《對於「翻譯年」的希望》，《文學》，1935 年第 4 卷第 2 號。

有系統的計劃，大家合力去進行和完成。（二）整理已出版的譯本，經審查後或須重譯或須修改，佳作則褒揚之。（三）對於各國文學，個別作家，作有系統的介紹。（四）希望於不久的將來能有整套的《西洋文學名著叢刊》的出版，像《四部叢刊》樣的大規模，使西洋名著盡成中國文壇的寶藏。」〔註 35〕正是在這種不斷高漲的系統性譯介的呼聲中，大量譯者投入到了這項工作中，而當時的一些著名的出版機構如中華書局、商務印書館、開明書店等紛紛推出域外翻譯叢書，並因此帶來了翻譯事業的繁榮，成就了 1935 年「翻譯年」的繁盛。可見，曾樸對翻譯的認識在當時是極具代表性的，也是對當時的翻譯情況進行評估後提出的正確的觀念。

二、強調複譯

隨著時間的沉澱，文學經典往往會超越時空的局限，散發其恒久而獨特的魅力。每個人在閱讀文學文本時，所感知和體味到的情感與思想都是與眾不同的，每個譯者在接觸到文本後，其主觀意識會影響到他對文本思想的理解和吸收，而他將其轉換爲本國語的過程無疑是一個文本再創造的過程，因而相同的文本在不同的作者筆下會呈現出不同的風格和特色。也正是因爲複譯本所帶來的巨大的文本差異，每一次重譯都意味著文本的再創造，並給文本帶來的一次新的呈現。讀者可以從這些異同的對比中體會到不同譯者的翻譯特色，更全面地瞭解原文本，並通過不同譯者的手筆，透過不同的視角來體會經典長久不衰的魅力。而譯本也正因爲這種不斷重譯中的修正和補充，減少了疏漏和偏差，從而更貼近原作本身。

曾樸對於翻譯文本的選擇一直秉持著經典性的原則，提倡選擇能表現時代傾向的、有文學價值的作品進行翻譯，同時，爲了更好地呈現原文本的眞實樣貌，傳達其內在的精神價值，他認爲複譯也顯得尤爲重要，「我對於翻譯有一種僻見，以爲凡最好的作品，不妨大家複譯，一者可以比較譯法的優劣，二者可使作者的意義，多幾個人傳述。這一個說不明白，也許那一個說得明白些，彼此互相補助。歐美各國的名作，常常有幾種譯本，就是這個道理。然這個都是對著譯得好的說。若是譯得不好的，那更有重譯的必要。」〔註 36〕

〔註 35〕顧仲彝：《我與翻譯》，王子堅：《時人自述與人物評傳》。上海：經緯書局，1935 年版，第 354 頁。

〔註 36〕病夫：《覆王石樵、黄序龐、顧義的信》，《眞美善》，1928 年第 1 卷第 11 號。

可見，他認爲重譯有利於從各個版本的譯文比較中看出其現有翻譯成果的優劣，完善其不足，通過各個譯者對作品的不同理解，增加我們對作品認知的深度和廣度，從而有利於更好地呈現經典的魅力。而他自己也身體力行地踐行自己的這一觀點，他對現有雨果作品的幾個譯本都表現出不滿，認爲《孤星淚》、《噫有情》都譯得不好，「譯如未譯」，而他自己也繼林譯之後對《九十三年》進行了重譯。曾虛白對此也持相同的意見，「我的主張，譯外國作品不必拘定了人家譯過不譯的成見，譯重複了倒好讓讀者有一個參考。」〔註 37〕可見，曾虛白更多的關注於讀者的閱讀效果，他希望讀者在不同譯本的閱讀比較中獲得不同的閱讀感受，從而增加對作品的理解。朱雯則從提高譯者水準的角度出發，提出了翻譯過程中對多個譯文版本的比較，間接證明複譯的好處：「翻譯的時候，一定要多參照幾種文本。這有幾種好處：一是原著的疑難之處容易解決，而且也比較正確；二是人家的翻譯經驗容易吸取，而且又比較具體。……從各種譯本裏，我一方面看到了有些翻譯家的精彩的譯文，從而對原著的風格更加有所領悟；另一方面也看到了有些人翻譯時的疏誤，從而在自己的翻譯中更加知所警惕。」〔註 38〕在幾個譯本的比較中，優劣得失一眼便知，刪繁就簡，取長補短，從而讓自己的翻譯水準獲得提升。可見，對於複譯這個工作，其意義和目的是指向多個層面的，對原文本的傳播、讀者的接受和譯者的譯介水準都有不同程度的促進。

到了三十年代，隨著翻譯成果的不斷豐碩，翻譯界出現的搶譯、亂譯的弊病也越加明顯，因此當時的文壇譯者都普遍宣導「複譯」，魯迅認爲要擊退這些不足，「唯一的好方法是又來一回複譯，還不行，就再來一回。譬如賽跑，至少總得有兩個人，如果不許有第二人入場，則先在的一個永遠是第一名，無論他怎樣蹩腳。」〔註 39〕而複譯還有利於提高譯本的品質，「取舊譯的長處，再加上自己的新心得，這才會成功一種近於完全的定本。」可見，此時譯者對複譯有了更爲深刻的認知，也正是經過這種不斷重譯的過程，譯本中對原文本的疏漏和增添的內容得以逐漸修正，而文法句式也不斷趨於優美和諧，譯文才得以更眞實地展現原文本的風貌。這個翻譯過程是對譯文的修正，同

〔註 37〕虛白：《復黎錦明的信》，《眞美善》，1928 年第 2 卷第 1 號。

〔註 38〕朱雯：《「捉螃蟹」者的腳印》，選自王壽蘭編：《當代文學翻譯百家談》，北京：北京大學出版社，1989 年版，第 166 頁。

〔註 39〕魯迅：《非有複譯不可》，《文學》月刊，1935 年第 4 卷第 4 號。

時也是對譯者審美和翻譯能力的一次提升，在不斷的超越中，翻譯成果才得以推陳出新，得到不斷的發展。

三、翻譯的方法和目標

在設定了翻譯的目的、標準之後，在具體的翻譯操作中，曾氏父子較爲豐富的實踐也讓他們獲得了一些心得和經驗，他們也根據實例在刊物上進行了一些技術上的探討。曾虛白在《翻譯的困難》中認爲，在翻譯過程中，由於各種族文學組織上的不同，譯者必須經過確當的訓練，才能表現出原作裏的精髓，因此面對這類翻譯技術上的問題，譯者對翻譯技巧和方法的掌握顯得尤爲重要。

翻譯之前對作品的瞭解程度會極大地影響到翻譯文本的品質，對於所有譯者而言，大家對這個觀念已經達成了一種基本的共識。最初借助《眞美善》雜誌走向文壇的青年作家朱雯在期刊上發表了一些譯作，他強調在譯前對原文本的深入理解，「翻譯的作品，一定要是我喜愛的作品。動手翻譯之前，一定要對原著反覆閱讀，仔細鑽研，還要對原作者的生活和創作，特別是他的創作思想和藝術風格有所瞭解。一定要對這部作品發生興趣，對這個作家感到喜愛，這樣才能更好地理解這個作家，領悟這部作品，從而更順利地進行翻譯工作。」〔註 40〕可見，對原文本的仔細挑選是開始翻譯工作的第一步，它受到了譯者的審美偏好、讀者的閱讀興趣以及社會文化環境等多方面的影響，但總的來說，譯文最終都是以讀者的接受爲目標指向的。因此針對具體的翻譯步驟，曾虛白認爲首先要弄清楚譯作所針對的對象，「是爲著不懂外國文的讀者，並不是叫懂得外國文的先生們看的。」因此譯者要根據受眾的文化程度和喜好心理來制定翻譯的方針。爲了得到更爲普遍的大眾的認可，硬譯和直譯在他看來都不是最好的方式，他認爲翻譯時「就不能一手拿著筆，一手翻著字典，一字一句依樣葫蘆的描下來就算了事的了，我們應該拿原文所構造成的映象做一個不可移易的目標，再用正確的眼光來分析它的組織，然後參照著譯本讀者的心理，拿它重新組合成我們自己的文字。」〔註 41〕可見，曾虛白注重在翻譯過程中譯者的自我創造，當然這種創作是建立在對原

〔註 40〕朱雯：《「捉螃蟹」者的腳印》，選自王壽蘭編：《當代文學翻譯百家談》，北京：北京大學出版社，1989 年版，第 164 頁。

〔註 41〕虛白：《翻譯的困難》，《眞美善》，1928 年第 1 卷第 6 號。

文思想的正確的認知和理解之上的。這種自我創造的「度」局限於一個小範圍上的打破與重組，而這也就涉及到他提到的翻譯訓練上的幾個步驟，即分析、鍛鍊原子和組織整個。「分析就是用著科學的方法來研究這不同的所在，藉此就可以找出那改造的規程。」他所指的「不同」指的是表達上的差異，而如何彌補文本間的這種差異，並讓其他國別、種族的人讀懂就是分析之後需要解決的問題了，這並不是將語言變爲歐化便能化解的，他需要更爲細緻和科學性的方法。首先是鍛鍊原子即鍊字，鍊字是在充分理解源文本的基礎上，尋找到「等値」的字來予以重新表達。而「鍊字」之後更進一層便是組織整個，也就是組織句子，「我們既然精選了確當的原子，就把這一堆短句，又照樣的把它們組成整句；於是用著這個方法逐步進行，由句成段，由段成章，只要選擇適當，組織合宜，總可以一絲一毫不走原樣的吧。只是要適當，要合宜，就得要把中西文組織的方法和不同之點詳細研究，等到後來水到渠成，自然能得心應手的了。」〔註 42〕而「譯稿完成以後，一定要多看幾遍，多改幾次。對原文想當然的猜測，含含混混的語句，似是而非的說法，一定要反覆推敲，儘量訂正。」〔註 43〕可見，對於翻譯的步驟是講求循序漸進、步步深入的，好的譯文從字句的錘鍊開始，但同時又不僅僅局限於此，「一本譯本的好壞決不該在字眼上用工夫去推求，應該在他譯筆中所傳出來的風度和筆法上去攝取一個總和的映象，看他和原文所表達的風度和筆法能否吻合無間。」〔註 44〕好的譯文應該忠實於原文，但同時又不能時時受制於原文，它需要作者能「飛到空中，鳥瞰著攝取原作者靈魂的眞相」，又能以一種更獨特的視角和寬廣的視野去把握文本，從而傳達出原作中隱秘而更爲豐富的思想內蘊。

顧仲彝也十分讚同這種做法，他認爲一個好的譯作必須是對其技巧的應用，佈局的周密，文字的修飾，前後的呼應等等多方面的考察，因此這也就對翻譯的細節和步驟提出了相關的要求，「翻譯的時候，你就非一字一句的推敲，一段一節的斟酌，總觀前後和首尾，細究連接和含蓄，譯前，讀兩三遍得其神色文氣，譯後，校兩三遍使前後一貫氣勢勻稱。（對神色和文氣的推崇）所以翻譯一本書比閱讀一本書，其瞭解作者的能力，至少要

〔註 42〕虛白：《翻譯的困難》，《眞美善》，1928 年第 1 卷第 6 號。

〔註 43〕朱雯：《「捉螃蟹」者的腳印》，選自王壽蘭編：《當代文學翻譯百家談》，北京：北京大學出版社，1989 年版，第 168 頁。

〔註 44〕虛白：《論戴望舒批評徐譯〈女優泰倚思〉》，《眞美善》，1930 年第 5 卷 4 號。

加三四倍；而對於寫做法的心得更比閱讀什麼書的功效大。所以翻譯不是工作而是練習，是有志創作文藝者的最好練習。」〔註 45〕與曾虛白的意見相似，他將翻譯當做一種練習，但相比之下他更強調譯者對創作者的瞭解，也即著力於翻譯之前的步驟。這也與一般譯者的操作習慣相吻合，但是這也從另一方面說明這種方法的程序化，當然他強調的是一種熟能生巧的過程，「等到訓練成熟，分析的眼光，組合的手段多已經習慣成了自然，只要提起筆來寫，自然的不期合式。」因此譯者只要通過不斷的練習，其翻譯的水準必然會有大幅度的提高。

而曾樸對於翻譯也有類似的看法，他的關注點主要集中在譯詩方面，他認爲翻譯也是建立在理解和分析的基礎上的，而這個理解包括兩個方面，一是對詩的意義的理解，因爲詩歌常常是含混多義而不確切的，因此只有理解了才有進行翻譯的可能。另一方面便是對詩人個性的瞭解以及對詩歌風格韻味的品讀，「我們譯詩，先要瞭解詩人個性的總和，然後再把所譯的詩細細體會，不要把它的神韻走了絲毫的樣，那才能算得了神韻。」〔註 46〕而對詩歌的風格有了瞭解之後，便可以進入技術操作性的工作了，在音節的合拍、體裁的選擇和煉造字眼等多方面下工夫，盡可能地讓譯文傳達出原文的意義和韻味，顯現出美感，在此，譯文已經不再僅僅局限於對原文的複製和模仿了，它已經獨立地成爲了一件依賴於原文但又富有藝術創造性的作品了。

同曾樸一樣，曾虛白也十分注重譯文對神韻的傳達，在他後來發表的《翻譯中的神韻與達——西瀅先生〈論翻譯〉的補充》這篇文章中，他較爲詳細地論述了他的觀點。他針對陳西瀅的「神韻說」提出了自己的不同意見，陳西瀅認爲，「神似」是一個不能冀及的標的，而「神韻」是一個只可意會不可言傳的一種神秘不可側的東西。而在曾虛白看來，「所謂『神韻』者，並不是怎樣了不得的東西，只不過是作品給予讀者的一種感應。」〔註 47〕這種感應會隨著讀者所處的環境和心情的不同而呈現出不同的樣子，因此「神韻」便成了見仁見智的神秘物，每個譯者所抓住的原文的「神韻」都是不同的，他永遠都逃不了譯者的主觀色彩。所以曾虛白認爲翻譯的標準「就是把原書

〔註 45〕顧仲彝：《關於翻譯》，《搖籃》，1934 年第 2 卷第 2 期。

〔註 46〕曾樸：《讀張鳳〈用各體詩譯外國詩的實驗〉》，《眞美善》，1928 年第 1 卷第 10 號。

〔註 47〕曾虛白：《翻譯中的神韻與達——西瀅先生〈論翻譯〉的補充》，《眞美善》，1929 年第 5 卷第 1 號。

給我的感應忠實地表現出來」，當然這種感應的表達還需要得到受眾的理解，「至於翻譯的標準，應有兩重：一在我自己，一在讀者。爲我自己方面，我要問：『這樣的表現是不是我在原文裏所得的感應？』爲讀者方面，我要問：『這樣的表現是不是能令讀者得到同我們一樣的感應？』若說兩個問句都有了滿意的認可，我就得到了『神韻』，得到了『達』，可以對原文負責，可以對我自己負責，完成了我翻譯的任務。」〔註 48〕在這個翻譯——接受的過程中，譯者擔當了一個傳達者的角色，他一方面要對原文進行複製，表達自己對原文的理解和感受，另一方面這個文本需要在受眾那裏獲得理解和同情，並在一定程度上達到與譯者的共鳴。當然達到這個目標是一件很難的事情，這個目標代表了曾氏父子對翻譯效果的最高要求。

四、翻譯的民族性和個性

曾樸雖然強調對外國文學的借鑒吸收，但同時他又反對生硬的抄襲和模仿，他認爲同時代很多著作對西方文學模仿太多而失掉了民族自身的特色，這主要表現在三個方面，在性質上而言，每個民族該有民族自己的文學，帶有自己民族特有的特色，不可能被取代或者篡改。其次是在文學書寫的習慣上，新文學作品裏對男女感情和情緒的表達都趨於熱烈和張揚，「所有作品裏，不要說遇到敘說男女的相見，一上來就接吻抱腰，描寫男子的熱情，動不動便自殺決鬥，青年的煩悶，個個是維特，英雄的奮鬥，人人是克利斯多弗，」〔註 49〕這些都與中國人拘謹內斂的性格是極不相符的。第三個方面就是語體，由於受翻譯的影響，新文學作品出現了大量的歐化句式，中國文學精神表達載體的改變直接導致了受眾閱讀的障礙。

而「文學是一個種族或一個國家的背景。凡是成立一個種族或一個國家，也和一個人一樣都有它的個性，文學就是一個種族或一個國家個性的表現。」〔註 50〕因此他提倡在借鑒中維持種族的個性，針對此，他認爲「第一要發揚自己的國性，尊重自己的語言文字，在自己的語言文字裏，改造中國國性的新文學」。〔註 51 只有發揚母語才能維持自己民族的語言個性，他提倡使用通

〔註 48〕曾虛白：《翻譯中的神韻與達——西瀅先生〈論翻譯〉的補充》，1929 年第 5 卷第 1 號。

〔註 49〕病夫：《編者的一點小意見》，《眞美善》，1927 年第 1 卷第 1 號。

〔註 50〕病夫：《編者的一點小意見》，《眞美善》，1927 年第 1 卷第 1 號。

〔註 51〕病夫：《編者的一點小意見》，《眞美善》，1927 年第 1 卷第 1 號。

俗曉暢，明白易懂的白話文普通用語〔註 52〕進行翻譯和寫作，爲了讓更多群眾獲得對文學普遍的瞭解，他提倡在文字表達和內容上的易於理解，要求文學表達裏的調和一致，他認爲白話裏糅入文言會阻礙文學的普及，因此反對書面的白話而內質裏的詰屈聱牙，並針對此立下了幾條標準：「（一）在對話內，絕對不許混入文言。（二）在寫景或敘情的語句裏，不許選用文言的形容辭。（三）不模仿日本文法，在一句裏連用許多『的』字。（四）不用古小說或古典本裏已廢的俗語，如『幹鳥事』，『兀的不』等等。（五）不拿外國字攙入，做隱名的替代，如T城V鎮E君等。（六）歎詞必要有根據，不用已廢的。」〔註 53〕這個標準裏包含了對作品裏文白摻雜現象的反對，同時也對外國文法的使用提出了要求，極力戒除過於歐化的語句。這種對語言純粹化和一致化的要求同樣適用於翻譯文本中。曾虛白的意見與之相同，他認爲外國文學譯本在中國不暢銷的原因就在於歐化的直譯：「我要埋怨一般所謂歐化的直譯家把讀者對於外國作品的興味都給他們打掃乾淨了。現在中國的讀者對於翻譯作品的信仰心已經快消滅完了！」〔註 54〕可見，他提倡意譯，盡可能地將翻譯本土化，對於翻譯中的人名，「只要不是歷史上的人物，盡可譯成簡而易記的人名。」〔註 55〕而譯本也講求統一和諧，盡可能地消除譯文裏的雜合性因素，「我在翻譯的困難裏也曾說過，我們譯書的宗旨是要叫不懂原文的人看的，不是給懂的人看的。他們要把原文加在譯文裏，當然跟我的宗旨相反；那麼，要懂原文的人來看他這本譯本，他的努力的報酬是什麼呢？他所貢獻的又是什麼呢？他或者只希望人家批評一句譯得很忠實，或者只希望幾位讀外國文學的教師和學生們桌子上多一本參考書吧？咳！可憐中國的作家始終跳不出他們自己的小世界去呀！」〔註 56〕在他認爲，將歐化的文法或者句子生硬地加在文本中違背了翻譯文學的目的，並沒有消除不同語言間的閱讀障礙，對外國文學的傳播起不到好的影響，相反甚至會減弱中國讀者的閱讀興趣。對譯本中句法純粹的要求不僅僅指向於讀者的理解層面，同時也是對語言範式建設的一種試驗。

〔註 52〕曾樸曾經在《眞美善》1927 年第 1 卷第 1 號《編者的一點小意見》上提出「用各省最流行的官話，做白話文普通用語。」

〔註 53〕病夫：《編者的一點小意見》，《眞美善》，1927 年第 1 卷第 1 號。

〔註 54〕虛白：《從辦雜誌說到辦日報．覆林樵民》，《眞美善》，1928 年第 2 卷第 5 號。

〔註 55〕虛白：《從辦雜誌說到辦日報．覆林樵民》，《眞美善》，1928 年第 2 卷第 5 號。

〔註 56〕虛白：《從辦雜誌說到辦日報．覆林樵民》，《眞美善》，1928 年第 2 卷第 5 號。

當然文學語言的使用只是表達層面上的基礎，避免歐化的語言或者使用和諧一致的語言文字都只能幫讀者在閱讀中掃除文字閱讀的障礙，但是對於思想文化上的差異，僅僅依靠文字的單純轉換是無法消除的。每個國家的文學都帶有自己獨特的印記，因此如何在翻譯中既表現出原作的民族性，又能符合輸入國的文化語境則更多地依賴於精神內容傳達中的一致性。而這則需要將文本中所表現的異域文化因素進行一種「本土化」的表達，即對那些原文本中異質於中國文化表達的成分進行改造，將其「中國化」。曾樸舉過一個例子，狄西翻譯莎斯比亞（莎士比亞）的《奧德洛》（奧賽羅）劇，把歐旦孟被奧德洛刺死一場實演了，使法國許多婦女暈倒包廂裏，後來只好把刺死的情節，改了口述，把黑色的面換了黃銅色。這說明改譯在一定程度上彌合了這種文化上的差異性，減少了閱讀接受的障礙。在這一點上，顧仲彝也持有相同的意見，當然更多的是針對戲劇：「西洋習俗與中國很不相同，所以直譯的劇本觀眾總不能十分明瞭；非把它中國化一下不可。」他認為直譯的劇本即使加再多的注解也無濟於事，讀者不能從字裏行間找到與本國文化思想相契合的理解要點，而在《眞美善》上發表了文章的陳學昭也認為「一部作品，有一個國家、一個民族的語言、文字，和一個作者自己的風格。翻譯時，既要照顧這些特點，又要為本國的讀者著想，讓本國的讀者能理解上面所說的這些特點。」〔註 57〕也就是說，譯作要在盡可能展現原作品風格的同時又兼顧讀者的閱讀感受，從而達到作品中的民族共性和風格個性的統一。

〔註 57〕陳學昭：《對翻譯的一點看法》，選自王壽蘭編：《當代文學翻譯百家談》，北京：北京大學出版社，1989 年版，第 502 頁。

第三章 《眞美善》的譯介活動

通過對《眞美善》雜誌所有期次的翻譯成果進行統計得知，該刊共刊登了由 53 位譯者翻譯的 17 國 107 位作家 193 篇次（長篇連載分次計數）不同文體的作品。在這 193 篇次的譯品中，曾氏父子是譯介最努力的，曾虛白有 65 篇次，曾樸有 28 篇次，合計 93 篇，占到總數的一半。其他在《眞美善》雜誌登載譯作較多的翻譯家有：崔萬秋、張若谷、顧仲彝、趙景深、王墳、汪倜然、成孟雪、徐蔚南、王家棫、陳宀竹、季肅、味眞。而從被譯國的情況來看，其中法國文學有 93 篇次，涉及到的作家有囂俄、梅麗曼、戈蒂耶、葛爾蒙、李顯賓、顧岱林、弗勞貝、法朗士、都德、喬治桑、左拉、拉馬丁、繆塞、維尼等。英國文學有 29 篇次，俄國文學 18 篇次，美國文學 16 篇次，按篇次多少來算，以下依次是日本文學 11 篇次、德國文學 6 篇次、意大利文學 3 篇次、愛爾蘭文學 3 篇次、西班牙文學 3 篇次、新猶太文學 2 篇次、匈牙利文學 2 篇次、瑞典文學 2 篇次、挪威文學 1 篇次、暹羅文學 1 篇次、保加利亞文學 1 篇次、印度文學 1 篇次、中國文學 1 篇次，可見《眞美善》涉及的異域文學範圍較廣。

第一節 譯介對象的傾向性

從《眞美善》的翻譯情況來看，在譯文中源語爲法語的譯文佔了一半，可見法國文學是其最主要的譯介對象，具體來說，以十九世紀法國文學爲主，並主要側重於唯美主義的文學作品。對唯美主義作品的譯介涉及到法國的戈蒂耶、葛爾蒙和波德萊爾，甚至美國的愛倫·坡，英國的羅薩蒂，王爾德，喬治・摩爾，意大利的丹農雪烏（通譯爲鄧南遮）都包含在內。而譯者除了曾氏父子之外，還有林微音、王家域、味眞等人，翻譯的內容主要有戈蒂耶《慕邦姑娘》（今譯爲《莫班小姐》）、《鴉片煙管》、《春之初笑》，喬治・摩爾的《三十歲婦人的迷媚》、鄧南遮《暮靄中海邊的幻夢》等。雖然《眞美善》並沒有直接明確表明自己對唯美主義的偏好，但是從他的翻譯活動中，我們可以看到它們對唯美主義文學的關注，同時從他們的創作和文學追求中我們也可以看到刊物所表現的濃厚的唯美氣息。

唯美主義思潮在上海的再度興起讓《眞美善》作家群將目光集聚到了唯美主義文學。與十九世紀的巴黎較爲相似，政治思潮的勃興和文化經濟的迅速發展都爲唯美主義思潮在上海的發展提供了現實的基礎。三十年代左右的上海已經成爲了國際意義上的大都市，它是亞洲最大的港口城市，是遠東第一大城市，是世界上最主要的工商業和金融中心之一，經濟的迅速發展必然帶來了消費文化的繁榮，而正是這種上海文化中的商業性和消費性爲唯美主義在上海的產生提供了精神土壤。而此時政治環境的變化也導致了作家的精神狀態呈現了多樣的姿態，「國民革命」失敗後，一部分作家「向左轉」，在政治的高壓之下重新點燃了理想的激情，而一部分作家因爲「五四」的落潮而陷入了苦悶和彷徨的境地，試圖在象牙塔裏追憶美好，這以京派作家爲主。在這之外，二十世紀二十年代中後期繁榮的商業文化對藝術文化的不斷入侵，促使著海派作家追趕著時代的潮流，在燈紅酒綠的世俗享受中尋找創作的靈感，展現都市現代人瑣碎的生活和無處安放的焦慮。融合了異域文化、都市享樂以及政治變幻的上海，讓文學的發展呈現了多種可能。「民國時代上海的知識分子們其實和拿破崙戰爭以後處於法國工業發展階段的法國作家、詩人們頗有相似之處，與二十世紀二十年代那些前往歐洲尋找更適合表達自我環境的美國作家也有可比之處。考雷（Cowley）關於二十世紀二三十年代一群逗留巴黎的美國作家的描述同樣可以用於幾乎同時期居住在上海的作家們：『他們中的一些人成了革命家，另一些人在純粹的藝術中尋求精神安慰；但是他們所有人都追尋著能夠令他們滿意的現實世界，在這個世界中，儘管他們周圍是木匠們和店員們，他們仍然可以悄然地懷有貴族般的心態。』」〔註1〕在物質文化優越和相對自由的環境裏，這批擁有「貴族般心態」的作家更

〔註1〕盧漢超著，段煉、吳敏、子羽譯：《霓虹燈外：20世紀初日常生活中的上海》，上海：上海古籍出版社，2004年版，第48頁。

有餘裕去追求與商品消費所匹配的唯美的、頹廢的文學藝術。因此，三十年代的上海唯美風尚是一種在生活和文學上的全方位的展現，此時獅吼社、幻社、綠社等追求「爲藝術而藝術」的文藝社團相繼成立，其中《眞美善》作家群除了宣揚帶有濃郁異域風情、藝術化的生活方式之外，還熱衷於譯介和創作，成爲當時傳播唯美主義思潮的重要力量。

但同時，《眞美善》的翻譯也涉及了浪漫主義、自然主義流派的作品。這種翻譯選擇上的含混並非有意爲之，更多的是在於一種對文學思潮認知的偏差。「中國文壇對於『唯美主義』的接受，無論是理論批評還是作家的具體創作，從一開始就不是像接受寫實主義或浪漫主義那樣從根本上將其視爲一種獨立的文學思潮資源而吸納進來。」〔註2〕同當時的大多數作家一樣，它們對唯美主義的認知也存在著局限性，比如曾樸就將戈蒂耶歸爲浪漫主義流派中，但同時又認爲他的作品存在著區別於浪漫派文學的唯美的特徵：「平生主張，藝術不當有其他目的，藝術之目的，即是藝術，即是寫美；凡藝術家之頭腦中，一涉及道德政治，所謂有功世道，或文以載道等言說，即失其美之價值，藝術即失其獨立性矣。」〔註3〕正是由於這種認識上的偏差，他們對唯美主義的譯介總是夾雜著很多其他的因素，它們往往同浪漫主義、自然主義作品一起被引進，呈現出了一種較爲混雜的現象。

唯美主義思潮興起的背後有著較爲複雜的社會歷史原因，當我們在考察法國唯美主義的流變時，必須將其放置到整個法國文學發展史中，十九世紀是法國政治上最動盪的時代，社會政局的急劇演變也使文學觀念呈現出了多樣化和複雜性，先後出現了浪漫主義、唯美主義、現實主義和自然主義等多種文學流派。而唯美主義屬於從浪漫主義到現代主義的必不可少的過渡階段和中介環節，同浪漫主義、自然主義有一定的承前啓後的淵源關係。這些流派之間互爲聯通，構成了一個整體而多元的發展格局。「儘管這些流派的藝術表達手法不盡相同，但卻有著同一個使命，那就是通過作品表達作家個人對世界的體驗與感受。十九世紀人與世界的主題從而得以確立。」〔註4〕紛繁複雜的外部環境給作家的創作提供了豐富的素材，而物

〔註2〕賀昌盛：《在浪漫主義與現實主義之間——重審現代中國的「唯美／頹廢」文學思潮》，廈門大學學報（哲學社會科學版），2011年第3期。

〔註3〕戈恬著，東亞病夫譯：《鴉片煙管》，《眞美善》，1927年第1卷1號。

〔註4〕張彤編著：《法國文學簡史》，上海：上海外語教育出版社，2000年12月版，第115頁。

質文明的快速發展促進了文學作品的傳播，爲文學贏得了不同的各類讀者，在這樣的社會文化環境下，作家對於藝術發展的渴求以及個人價值實現的追求顯得更爲迫切。

一般以 1850 年爲分界線將法國十九世紀的歷史分爲兩個大的階段，十九世紀初，拿破崙帝國成爲了浪漫主義激情的源泉，這一時期的小說承襲了盧梭等人所信奉的人性解放、思想自由的美學原則和浪漫抒情的創作風格。到了復辟時期，封建統治的社會基礎已經動搖，對人們思想的鉗制也放鬆了，雨果和司湯達的作品得以在此時大量出版。而七月王朝時期，金錢成爲社會運轉的樞紐，這個時期的法國社會利益橫行、庸俗僞善，大部分作家通過對過去的懷念中來尋找一種解放的動力，他們滿懷著對自由的渴望，文筆大膽奔放，表現出一種絕然而熱烈的情緒，其作品大多具有強烈的浪漫主義色彩，因此 1850 年之前，浪漫主義小說取得了巨大的成績。但在這之後，第二帝國建立，物質生活的極大豐富也改變了文學的面目，浪漫主義的熱情被削弱，同時社會矛盾激化，既定價値和道德觀念都遭到了質疑，浪漫主義作家對此種情況表現出了厭惡的態度，並對科學與理性表示懷疑，但是由於他們自身的社會地位，他們不可能完全擺脫這種豐厚的物質後盾和享樂的社會生活，因此這種包含了苦悶、彷徨頹廢的「世紀末」情緒在文藝上便表現爲一種躲藏在象牙塔裏的對藝術美的追尋。因此可以說，它是浪漫主義思潮經過現實主義文學繁榮之後的延續，唯美主義和浪漫主義在審美觀念上有很多相通之處。他們都注重主觀理想和主觀情感，不同之處在於浪漫主義強調主觀和想像的創造性，強調人自身對客觀現實的反抗，呼籲理想與追求。而唯美主義強調主觀是爲了迴避客觀現實，其注重想像也是爲了創造新的形式來展示美。在積極浪漫主義和消極浪漫主義兩種傾向的分化中，前者逐漸走向了批判現實主義的道路，如雨果、拜倫等作家。後者因其自身的悲觀和厭世情緒而選擇了對現實的逃避，其追求「純美」的主張和頹廢色彩被唯美主義繼承，因此二者間有著緊密的承襲關係。而在十九世紀下半葉，隨著科學和理性觀念的深化，實證主義哲學和唯科學論在法國的興起，他們對法國文學產生了重要影響，主要表現爲現實主義文學向自然主義文學的轉變。此時的現實主義小說強調對自然科學方法的引進，而杜絕對形象、直覺的描繪，福樓拜便是此時期的代表作家之一。隨著現實主義的不斷發展，此時的寫作也逐漸向醫學、生理學等實驗科學的方法靠近，於是自然主義應運而生，龔古爾兄弟、左拉是這一文學流派的代表。而正是這種對直覺的描繪和客觀化的寫作讓唯美主義和自然主義在創作上產生了某些關聯。

但是另一方面，這種完全脫離社會現實，擺脫功利性的文學在現實生活中是無法實現的，因此唯美主義逐漸滑向消極，轉向了享樂主義和頹廢主義。一般認爲，頹廢主義、象徵主義和唯美主義都是「世紀末」的文藝思潮，他們有著共同的「爲藝術而藝術」的綱領，都表現出了反社會和反傳統的精神，但是也有著各自的藝術特色。唯美主義將美作爲最高目標的追求，對唯美主義而言，身體和精神的寫作只是其內容的一部分，但是這些到了頹廢主義那裏卻成爲了其主要表現的部分，「在唯美主義中，頹廢服從唯美，表現頹廢的目的是爲了強化唯美的重要性；在頹廢主義中，也可能有唯美眞的傾向，但唯美服從頹廢，表現唯美是爲了表現頹廢。」〔註5〕頹廢主義重主觀和幻覺，偏重於人爲的、技巧的美，同時強調從怪異、醜陋和畸形荒誕中發現美，他們喜歡陳述悲哀，善於在悲觀頹廢中發表自己的情緒。可見，他們有共同的對於美的追求，在對身體感官的描寫中難免會出現交叉，因此很多作家身上都呈現出了兼具各派的特徵，很難清楚地劃清界線，明確歸屬。正因爲此，我們時常將頹廢主義和唯美主義放在一起進行綜合考察，並將頹廢主義作爲唯美主義的一個分支來看待〔註6〕。

唯美主義思潮產生的背後是強大的社會政治文化等諸多因素的影響，因此唯美主義不僅僅是一個純藝術的文學思潮，它包含著豐富的人文情懷和生命體驗，它除了文學上對非功利和美的追求之外，更是人類身處於外界紛擾與自我需求二者交困中的一種生活方式的選擇，因此它也包含了更多深刻的精神內涵，「唯美主義首先是一種人生觀，其次才是一種藝術觀。」〔註7〕正是因爲它的豐富性，對於唯美主義的界定便顯得非常模糊，如果單純的從藝術創作手法或者精神內涵方面去闡釋都顯得很片面，從R.V·詹森的觀念中，我們或許可以對唯美主義的內涵有更爲全面的把握。他將唯美主義分爲三個

〔註5〕薛雯：《頹廢主義文學研究》，上海：上海人民出版社，2012年版，第28頁。

〔註6〕在此借用薛雯《頹廢主義文學研究》裏的觀點：「我認爲唯美主義其實是由唯美與頹廢復合而成的，這造成了唯美主義的不同表現。但如果將唯美主義中的頹廢分解出來，就形成了頹廢主義的一部分內容，這正是人們在描述唯美主義時往往涉及頹廢主義的原因所在。」薛雯：《頹廢主義文學研究》，上海：上海人民出版社，2012年版，第28頁。

〔註7〕解至熙：《美的偏至——中國現代唯美——頹廢主義文學思潮研究》，上海：上海文藝出版社，1997年版，第61頁。

方面：即「作爲一種藝術觀的」唯美主義；「作爲一種生活觀」的唯美主義和「作爲一種文學藝術（以及文學藝術批評）的實踐方向」的唯美主義。〔註 8〕借用這個觀點，我們在論述唯美主義時，除了將藝術觀和實踐上的「爲藝術而藝術」、「享樂主義」包括進去之外，還會將唯美主義的「藝術生活化」和「生活藝術化」也劃入其中。也正因爲此，我們在考察《眞美善》時，不僅探討作者創作中所展現出的唯美追求，同時還會涉及到他們帶有「異域情調」的生活方式。另外，由於唯美主義本來與浪漫主義、自然主義、頹廢主義無法釐清的親緣關係，《眞美善》作家在譯介過程中也並未對其做太明確的劃分，將風格相似的作品都納入了譯介範圍以內，因此也就出現了期刊譯文風格流派較爲蕪雜的情況。但總的來說，譯文以唯美主義文學爲主，強調所譯作品的藝術審美性，注重作品的氛圍營造，以求通過此來傳達期刊對「眞」、「美」、「善」的藝術追求。

第二節　譯介手段的多樣性

一、編者和讀者的對話

《眞美善》的編者特別注重與讀者之間的互動交流，它自創刊起便開闢了《讀者論壇》，而後又從三卷四期起增加了新欄目《文藝的郵船》，這兩個欄目主要用來刊登讀者的來信和來稿，內容多涉及到讀者對期刊內容的評價和建議，也有作者借這個平臺與編者進行文學觀念的交流，當然這種交流並不僅僅是讀者單方面的需求，在更大程度上是期刊編輯的一種宣傳策略。《眞美善》的編者深刻的認識到了報刊媒體的巨大作用，希望借助這個平臺宣傳自己的文學主張，讓自己的觀念得到更多讀者的關注和回應。編者在這兩個欄目上發表了多篇與讀者關於翻譯理論的對話與書信，其文章主要有《對〈少女日記〉譯本的商榷》（耀仲）、《論戴望舒批評徐譯〈女優泰倚思〉》（王聲、虛白）、《胡適博士〈米格爾〉譯文的商榷》（符生），《覆王石樵、黃序龐、顧義的信》（病夫）等，讀者提出了自己的觀點，而編者也會根據讀者的來信對觀念做出相應的解釋和撥正。

〔註 8〕周小儀：《唯美主義與消費文化》，北京：北京大學出版社，2002 年版，第 1 頁。

由於編者和讀者之間的良性互動，讀者會給編者提出一些關於翻譯的實質性的意見，比如在翻譯內容、選擇體裁等方面都會有較為中肯的建議，而編者也會根據讀者的喜好而相應地對刊物進行調整。從第四卷第二期開辦的《眞美善俱樂部》是一個輕鬆的與讀者談笑的平臺，它通過問卷調查和互動的方式來眞正獲得讀者的意見，並據此來對期刊進行調整，比如在第一期中就對書頁的排版、樣式、喜歡的作品的內容做了一個問卷調查：「你喜歡讀的作品，是講戀愛的，還是講社會的？是充滿了頹廢鬱悶的，還是充滿了熱情奮鬥的？是心理描寫的，還是外形描寫的？是同情的，還是諷刺的？並且編者還對俱樂部的性質提出了要求：「過份嚴重的討論要攪得我們頭暈腦脹，是絕對不歡迎的；我們所要求的是滑稽的，閒談式的，聊聊幾個字，大家感到趣味的問答。」不僅如此，刊物還對來信者給予獎勵，可見，期刊希望能夠營造一種輕鬆的氛圍，調動廣大讀者的積極性，讓讀者積極愉悅的參與到討論中，而編者能從這種互動中獲得讀者最眞實的想法，對觀點意見進行採納和吸收，從而對刊物進行改進。

另外，《眞美善》期刊開闢了《讀者論壇》這一欄目來刊登讀者的來信，其中最主要的內容就是對期刊內容的評價，也有讀者借這個平臺與編者交流文學觀念。編者會根據讀者的回饋對期刊形式進行相應的調整，比如，在一卷八期中有讀者認為為了保持期刊的高雅趣味，建議不用插圖。在一卷九期中亦有讀者提出雜誌偏重於小說，文學體裁較為單一。因此在一卷十二期中編者便對此進行了回應，決定「改良封面，改用簡潔而純藝術化的彩面；增加種類，注意登載小說以外的文學作品。」〔註 9〕從第二卷開始，刊物封面的風格和內容都作了相應的改進。而編者也會根據讀者的需求，豐富翻譯的內容，擴大譯者的隊伍。在一卷八期裏，戴望道寫信認為該刊在翻譯方面太偏重於英法方面。「我希望你們以后德奧及北歐的文學作品多譯一些。譯文希望是語體的，像《煉獄魂》這種文言的翻譯，不但右傾的氣味很重，而且使全雜誌不和諧。」而後，期刊在這方面做了調整，作品多為白話文譯作。

對於一個迥異於市民俗文學品味而倡導純文學的刊物，來自於讀者的鼓勵和支持的確給了刊物繼續下去的勇氣。讀者對《眞美善》都給予了較高的評價，「《眞美善》的發刊，在蕪雜而頹廢的中國文壇上，可算是一種新火，

〔註 9〕《結束第一卷的幾句話》，《眞美善》，1928 年第 1 卷第 12 號。

它給我們新的光和新的熱，這是我們所長久等待著，期望著的。」〔註 10〕面對讀者的熱情支持，刊物意圖增加容量，擴大影響，因此積極著手對刊物品質進行提升，在譯者方面，除了曾氏父子之外，盡可能地邀請更多的譯者加入，「本刊從今年起，一方面因讀者的激增，一方面因作者的熱心，已著手準備著使讀者們要得到意外滿意的計劃。撰稿方面除本刊病夫虛白外，已約定邵洵美，徐蔚南，綠漪，傅彥長，張若谷，趙景深，葉鼎洛，孫席珍，崔萬秋，顧仲彝，馬仲殊，謝康等諸位先生長期作稿。」〔註 11〕它促進了刊物的風格的多樣化，曾虛白也感歎改良之後的刊物增加了很多輕靈曼妙的文章，認爲由於更多年輕人的加入，「《眞美善》的局面已經完全打開了。」〔註 12〕同時，其刊物的翻譯內容也不再僅僅局限於法國文學，而變得更爲豐富。

另外，刊物還會有意識的針對當時文壇上的翻譯現象和翻譯觀點進行評述，並藉此發表自己的意見。比如曾虛白《致〈新月〉的陳淑先生》這篇文章裏就對譯介的對象這一問題提出了與梁實秋不同的意見，梁實秋認爲曾虛白在《英國文學 ABC》這本書中對英國文學史上的重要作家喬叟和約翰孫的論述太少，虛白解釋道：「喬叟差不多是英國文學的開始祖，他在英國文學史上地位的崇高是無疑的；可是我們要知道，他偉大雖偉大，只是中古時代的一個木乃伊，在我們心弦上他引不起共鳴的交響，在他的作品裏我們只聞到陳死人的氣息；他作品的美是像葛爾孟所說的：『僅供眼睛不供情感』的了。——這當然是指我們現代人的情感說。我編這本 ABC 的目的是像指示一條追尋的道路，我不願人們鑽進墳墓裏去討生活。至於約翰孫，拿他來跟狄更司和哈代比，我眞覺得差得遠哩。一個文學家的價值，據我的僻見，是要拿他的作品來估定的。」而對於梁實秋所提出的法國文學的弊端，曾虛白亦反駁道：「你說法國文學並不見得側重情感，這句話我覺得似乎有些不妥。就是在他們古典派文學中，我還覺得拉辛納和康奈依的熱烘烘的情感比英國浪漫作家要強烈得多哩——當然莎士比亞是超越一切的。」〔註 13〕由此，曾虛白也提出了自己對偉大作家的評價標準，相比於梁實秋對經典的注重，曾虛白更看重作家作品的現實意義，而這也正好映證了他對譯介作品選擇的傾向性。

〔註 10〕《讀者論壇》，《眞美善》，1928 年第 1 卷第 8 號。
〔註 11〕《編者小言》，《眞美善》，1929 年第 3 卷第 5 期。
〔註 12〕虛白：《編者小言》，《眞美善》，1929 年第 3 卷第 6 期。
〔註 13〕虛白：《文藝的郵船．致〈新月〉的陳淑先生》，《眞美善》，1929 年第 3 卷第 3 期。

不僅如此，刊物編者還針對文壇上的某些文藝觀點，積極通過交流和商榷的方式提出自己的意見，例如曾虛白《翻譯中的神韻與達——西瀅先生〈論翻譯〉的補充》即是對陳西瀅翻譯觀的一個商榷，他肯定了陳氏文章的價值，認爲其是「現代中國翻譯界一帖對症的良劑。」曾陳二人的翻譯觀有些相似之處，比如在對翻譯性質的認知上，曾虛白用攝影藝術來比作翻譯，而陳西瀅則用美術創作作比，並據此提出了形似、意似和神似之不同。但同時曾虛白對他的觀點也有不能讚同之處，陳氏提出「神似」，並認爲它是一個飄渺的目標，而神韻也「彷彿是能意會而不可言傳的一種神秘不可測的東西」，曾虛白對此提出了不同意見，他認爲「神韻」只不過是作者給予讀者的一種反應，是讀者的心靈共鳴所造成的一種感應，他特別強調翻譯中對「神韻」的注重。同時他對陳氏的「達」也作了批評，陳氏認爲「達」並不是必要的條件，而曾虛白則認爲翻譯家不獨需要「信」的條件，「達」的手腕也不可或缺。可見，二者在觀念上存在相似，但同時又互爲補充，通過這種有意識的對話和討論，曾虛白推出了自己的翻譯觀念，他的兩篇論文也被後來的研究者認爲「是將翻譯理論與文藝美學、文藝心理學初步結合的有見解的論文。」〔註 14〕這種刊物間的不斷交流和互動使得刊物的文藝觀點得以傳播，刊物的影響也由此得以擴大。

二、對作家的多維度介紹

《眞美善》除了對外國原作進行翻譯之外，還選擇了多種方式對外國文學進行評介，這其中就包括傳遞外國文壇時訊，對外國文學流派、文學發展情況、文學現狀以及作家作品進行介紹，這些不僅讓讀者建立起了對整個西方文學發展的基本認識，同時還得以從不同側面對作家作品有了更多的瞭解。

「文學介紹」這種方式最早在《新青年》上出現過，胡適就在上面介紹過易卜生的思想和生平，後來文學研究會在《小說月報》上大力提倡翻譯文學時，也嘗試通過各種方式介紹外國作家作品，開設文學評論、作品批判、文藝雜論等多個欄目，從理論創作和作家批評等多個角度對外國文學進行介紹，從而形成了一種較爲立體的文學知識框架，而這也成了《小說月報》翻

〔註 14〕陳福康：《中國譯學理論史稿》，上海：上海外語教育出版社，2002 年版，第 320 頁。

譯文學的一個突出特色。《小說月報》的成功爲後來從事文學譯介的期刊提供了一個很好的範本，因此《眞美善》在某些方面都對它進行了模仿和學習。

首先，爲了讓讀者能更好的理解這些作品，《眞美善》中有很多文章對名作家的生平、感情生活進行了相關的介紹，比如曾樸的評論文章《法國文豪喬治顧岱林誄頌》，《諾亞依夫人》，《穆利哀的女兒》，《穆利哀的戀史》，《高耐一的女兒》，《巴爾薩克的婚姻史》，《喬治桑的訴訟》，《大仲馬傳》等，這些內容都涉及到作家的生活和經歷，故事生動有趣，向讀者展現了作家在創作之外的更爲豐富的一面。對於這種作家情感生活的敘述，曾樸曾經描述了他的意圖：「我們並非讚頌他們的行爲放浪，也不是詠歎他們的身世淒清；只爲凡是賦有天才的一般賦有特性。看他們的一舉一動，佚蕩，孤僻，瘋狂，眞摯，淒婉，總帶些詩意或小說風，大可做痲痹人生的刺激劑。況且，這些經歷的幻影，多少總和他們的作品有些關係，瞭解了他們的人生，自然更能瞭解他們的作品，可以給我們研究文學上莫大的助力。」〔註 15〕這些文章豐富了期刊的內容，增加了讀者對法國作家的瞭解，同時也在一定程度上起到了引起讀者興趣的作用。《眞美善》設立了「文學家林」欄目，對單個作家進行了完整而較細緻的論述，「文學家林」總共只有四期，涉及到哈代、蕭伯納、契科夫、梅德林克四個作家，其內容由陳雪清撰寫，他在對作家生平、創作經歷進行了詳細的介紹之後，又針對其創作提出了自己較爲獨特的見解，比如他在對契科夫的文學成就進行評價時避免落入俗套的褒揚，作者將他與屠格涅夫和托爾斯泰等人相比較，正確認識到了他作品的特點和不足，「他缺少了托爾斯泰那麼驚人的能力，屠格涅夫那麼天衣無縫的完美與典麗，陀思妥耶夫斯基那麼偉大的同情心，因此，他不能和極偉大的作家並立；但他在俄國的文學地位，雖不高大，卻是永久的。他的作品，都有著很強的個性表顯，有使人不能不崇敬他的地方，雖是他的藝術是消極的，這並不能病他，要曉得他當時的時代背景，這正是他的偉大的處所。」〔註 16〕並根據契科夫的自傳，在對其進行文學定位的過程中考慮到了其科學家和文學家的雙重身份。可見，作家力求通過自己的梳理和論述，給讀者一個更爲清晰的印象，而評論文章中所涉及的名家名作譯文在《眞美善》上都有刊登，讀者在閱讀譯本的過程中輔以這些評論文章，有利於他們對作品的理解接受。

〔註 15〕病夫：《巴爾薩克的婚姻史》，《眞美善》，1928 年第 2 卷第 1 期。
〔註 16〕陳雪清：《文學家林・契訶夫》，《眞美善》，1930 年第 6 卷第 1 期。

除了對作家作品進行基本介紹之外，《眞美善》上還刊登了大量關於法國文學的評論文章，這其中一部分是外國作家評論的譯文，如曾樸翻譯了拉蒙黃南臺《雷麥克〈西部前線平安無事〉的法國批評》，拉魯的《法國今日的小說》，欒奈魯拉的《雷翁杜岱四部奇著的批評》等，在當時來講，曾樸在法國文學譯介方面成績顯著，這些文章讓讀者瞭解了外國批評家眼中的法國文學。而曾樸自己所創作的批評文章主要有《法國語言的原始》，《談談法國騎士文學》，《論法蘭西悲劇源流》，《阿弗洛狄德〈危娛絲〉的考索》，《李顯賓乞兒歌的鳥瞰》等，作者以其豐富的創見爲讀者打開了一扇理解法國文學的窗戶。

另外，《眞美善》還設立了「文藝零訊」欄目來介紹文壇動態，而這主要來源於對《小說月報》的倣仿，《小說月報》從 1921 年第 12 卷第 2 期開始設立「海外文壇消息」欄目，先後發表了將近 200 餘條外國文學動態消息，其中涉及到對文壇現狀、作家作品甚至作家生活動態的介紹，力圖對作家進行全方位的展現。而《眞美善》也從三卷六期開始有意識的運用了這種方式，主要是向讀者介紹最近國外的文壇時事動態，每期大約摘錄十多條訊息，其內容涉及到國外作家的創作出版情況、生活、人際交往等各方面情況，讓讀者不再拘泥於中國文學的視野範圍，而可以放眼世界，瞭解同時代更廣闊範圍內的文壇境況，增加對外國作家作品的瞭解。

三、對作品有意識的比較

《眞美善》的譯者有著明顯的經典意識，他們在選擇譯本的時候，總是會有意識地關注作品的意義和文學價値，對於同樣一部作品，不同讀者從中獲得的閱讀感受都是獨特的，各種多元的見解讓原本較爲單薄的文本變得更加豐富和厚重。文學接受是這樣，文學創作亦如此，即使是同樣的文學素材，也會因作家個人寫作風格的差異而呈現出不同的樣貌，而這也成了區分作家風格的最好的方式。批評家總是試圖從字裏行間來探究作者的寫作特色，而對於譯者而言，對比呈現也成了表現作家風格差異的最好方式，而《眞美善》編者也有意識的對不同作家的同一題材書寫進行對比，讓讀者在閱讀後對不同作家的寫作特色有較爲直觀的感知，從中來體味原作的獨特之處。

値得注意的是，在《眞美善》一卷八期和一卷十期上分別刊登了曾樸翻譯的福樓拜的《馬篤法谷》和曾虛白翻譯的梅黎曼（現譯爲梅里美）的《馬篤法谷》，同樣的故事主題，在兩個作家筆下卻呈現出了不同的風格特徵。福樓拜和梅黎曼雖然沒有明確的被劃分到唯美主義流派之列，但是他們的創作都不同程度的帶有唯美的色彩。梅黎曼在小說中塑造了一系列無視社會道德，反抗束縛的人物，他們的行爲有悖於理性與道德，但是梅黎曼力圖從這種看似野蠻、殘暴和荒唐的行爲中展現生命的強力和人性的本眞之美，因此他筆下的人物都是邪惡的化身，個性張揚而充滿野性，這些都與唯美主義所倡導的美超越道德善惡的觀念相接近，因爲這種相似性，梅黎曼被視爲是唯美主義作家的一份子。而福樓拜雖然一直被當做批判現實主義作家來看待，事實上，在他身上也表現出了唯美的創作傾向，他「把小說當作詩來寫」，對詞句和韻律尤爲重視，他在作品中保持著旁觀者的冷靜態度，拒絕表露感情，他寫通姦和淫樂，卻絲毫沒有對主人公進行道德上的貶低。不僅如此，他還反對功利性的寫作，「一個藝術作品（與這個名字相稱的、憑良心創作出來的）是無法定價的，它沒有商業價值，不可能買賣。」〔註 17〕而他在敘事藝術上所做的探索，如自由間接話語、具有限制性和靈活多變特點的敘述視角等都可以看出他對形式的看重和追求，正因爲此，他被認爲是「現實主義僞裝下的唯美主義者。」〔註 18〕福樓拜呈現給我們的更多的是形式上的突破，表現爲客觀化的書寫和冷靜的敘事風格，而梅黎曼的寫作則體現了一種原始野性的美，他將故事緩緩道來，灌木森林呈現出了自然的野性和濃濃的異鄉風情，「（高爾斯的農夫）收下了穀穗，留下要用不需要功作芟割的梗子。明年春天，沒有毀滅的根子從土裏長出萌芽，不到幾年就長到七八尺高了。這種糾紛的灌木叢就名叫『麥基』。那裏邊，各種樹木同灌木本，任著自然的怪性擠著，交叉著，所以一個人總要手裏拿著柄斧子才可以在這裡邊打開一條路徑，並且常有厚密的『麥基』連野羊也鑽不過去的。」〔註 19〕除此之外，對人物的動作、神情和心態進行了細緻的刻畫，馬篤法谷的嚴厲、兒子的貪欲和世故，士兵頭領的狡詐兇狠，逃犯的大義凜然，人物個性通過一系列的語言和動作得以展現。但是福樓拜卻帶給了讀者另外一種閱讀感受，他的語言大多以陳述句爲主，簡短精鍊，而絕少細緻的描繪，三言兩語便將行態、性格描摹刻

〔註 17〕福樓拜著，劉方等譯：《福樓拜小說全集・附錄》（下），北京：人民文學出版社，2002 年版，第 564 頁。

〔註 18〕王欽峰：《福樓拜：現實主義僞裝下的唯美主義者》，《中國政法大學學報》，2012 年第 4 期。

〔註 19〕〔法〕梅黎曼著，虛白譯：《馬篤法谷》，《眞美善》，1928 年第 1 卷第 10 期。

畫出來。兩相比較之下，同樣是對犯人的描寫，福樓拜簡短地對其進行了介紹，「立地來了一個人急迫地投到草堆上：他的髮是散，他的衣服是碎，他膝上的皮膚是破，流了許多血，他的腳印到處叫人看得見犯人的經過。」而梅黎曼的描寫則更多的是趨於動態而豐富的，「最後，從馬篤門口通到草原的一條小徑上發現了個人，帶著山民的尖帽，有鬍子，穿著破碎的衣服，支著他的槍艱難地拖著走。他的膝部剛受了一個槍傷。」相比較而言，福樓拜的描述更爲客觀冷靜，作家是以一個旁觀者的姿態對其進行的刻畫。而在故事的講述上，梅黎曼文中最具震撼力的情節便是馬篤法谷在殺死兒子之前頌念禱文懺悔的一段，表現出了一個忠誠的信徒在信仰和父愛之間的艱難的權衡，重點展現的是人物複雜的內心世界。而福樓拜筆下馬篤法谷則將見利忘義的兒子一槍斃命，顯現出了一個父親的果決和對道義的堅守。可以說，這兩篇小說將兩個作家的創作特色完整地展現了出來，正如虛白所說，「弗勞貝的是短警，梅黎曼的是深刻」，而曾氏父子正是通過這種對比來向讀者呈現出不同作家的差異，從而增進他們對二者的瞭解。在這裡，我們看到了曾氏父子在選擇文本過程中所呈現的一種自覺的讀者意識，正如他們所期望的那樣「盡我們的力量，給社會群眾對於世界上的文學一個眞切的認識。」〔註 20〕而從他們的翻譯中，也可看出曾氏父子的翻譯風格的差異，曾樸提倡硬譯，因此多用短句和陳述句，而曾虛白則擅長用長句子，可見，曾氏父子有著明確的文本選擇的意識，並在翻譯的過程中很好的發揮了自己的特色和優點，從而更好的展現了原著的寫作風格。

第三節 翻譯的多樣化

對於《眞美善》所譯介作品所屬的國別，前文中已經有所論及。當然，作爲一個提倡翻譯的期刊來說，雖然有著明顯的對法國文學的偏愛，但它仍然以包容的姿態容納了盡可能多的內容，而只有這樣也才能避免期刊選文的偏狹，因此《眞美善》上除了刊載有法國浪漫主義和唯美主義翻譯作品之外，還涉及到了其他國家的風格類似的作家作品，除了與刊物「眞」、「美」、「善」的標準相符合外，還與編者的編輯思想有關。《眞美善》作爲父子店，一直都由曾氏父子二人擔任編輯，進行文章的選編，在最初的第一卷我們可以看到

〔註 20〕《讀者論壇》，《眞美善》，1927 年第 1 卷第 3 期。

二人的苦苦支撐，從第二卷開始，由於曾樸的健康原因和更多作家的加入，曾樸逐漸退出了刊物的活動而主要由曾虛白打理，因此曾虛白的文學志趣在很大程度上決定了期刊內容的選擇。從曾虛白的創作和選編的作品趨向來看，他的關注點都集中於對形式的追求之上和作品的現實意義這兩方面，因此，《眞美善》上並不乏現實主義的譯作，哈代、莫泊桑等現實主義作家的作品也大量出現。

在《眞美善》譯者所介紹的諸多作家中，愛倫．坡是一個不能忽略的人物。他是最早被接受的美國作家之一，被曾虛白認爲是「一大堆美國作家中最美麗的鮮花」，〔註 21〕在創作和批評方面建樹頗多，但是其發生影響主要在歐洲，尤其是在法國。他在接受浪漫主義詩學觀的基礎上並對其進行唯美主義的改造，提出了自己具有創見性的文藝觀點，將唯美主義批評向前推進了一步。他的貢獻主要表現爲兩個方面，第一，「把浪漫主義詩學所高揚的所謂『靈感』轉變爲了一個方法問題和意願問題，同時也把爲浪漫主義所推崇的『想像』界定爲一種純粹的組合能力，剔除了其中的創造性因素。」〔註 22〕可見，他十分強調創作主題的意志自由，從而爲唯美主義的純形式追求進一步提供了理論支撐。同時他認爲文學藝術不是對外部世界的單純複製，而應該重在激發人們對神聖美的渴望，可見，在他這裡，唯美主義已經逐漸從單純的形式轉向意義的生成，「美」具有了更多超越於形式之上的更爲豐富和深刻的追求。第二，他十分強調詩歌的音樂性，「音樂通過它的格律、節奏和韻律種種方式，成爲詩中的如此重大的契機，以致拒絕了它，便不明智——音樂是如此重要的一個附屬物，誰要謝絕它的幫助，誰就簡直是愚蠢。」〔註 23〕他提倡「純藝術」，認爲詩歌應該以美爲目標，在具體的創作中，他十分注重對作品氛圍的營造，以期給讀者帶來美的享受。周作人評價他「善寫悔恨恐懼等人情之變」，因此情緒的表現和氛圍的烘託是其作品的最精彩之處。坡在中國主要作爲偵探小說家被譯介，而隨著對其認識的不斷深入，其被譯介的作品也逐漸增多，在《眞美善》雜誌中，涉及到愛倫．坡

〔註 21〕曾虛白：《美國文學 ABC》，上海：世界書局，1929 年版，第 56 頁。

〔註 22〕杜吉剛、谷晉：《唯美主義批評在法國的興起、分化和消歇》，《大連大學學報》，2008 年第 4 期。

〔註 23〕愛倫．坡：《詩的原理》，選自趙澧、徐京安：《唯美主義》，北京：中國人民大學出版社，1988 年版。

的翻譯共有 4 篇，分別是《斯芬克思》（林微因譯），詩作《鐘》、《鴉》（黃龍譯）、《意靈娜拉》（虛白譯）。

總體來說，愛倫・坡的小說場景裏總是彌漫著恐怖、陰森的氣氛，他在《怪異故事集》的序言裏有明確的表述，「如果在我的許多作品中恐怖一直是主題，那我堅持認爲那種恐怖不是日爾曼式的，而是心靈式的——我一直僅僅是從這種恐怖的合理源頭將其演繹，並僅僅是將其驅向合理的結果。」〔註24〕他所表現的這種恐懼不同於一般小說中的對於場景的血腥暴力書寫，而是在對故事的娓娓道來中傳遞一些玄妙的信息，營造一種懸疑的氛圍，讓讀者通過自己的各種想像來進行畫面的填補，對事件本身的發展保持一種高度的緊張和好奇。《斯芬克思》便屬於這一類，恐怖怪誕的情節平添了神秘感和象徵意義，引人遐想。「我」在朋友家暫住，不斷收到城市朋友過世的消息，「我」終日忐忑不安，用看書來打發時間，每天一個神秘的怪物總會出現在「我」的視野裏，而後當我向朋友講述起這個故事時，朋友也恰好從所讀的書中獲得了相同的印象，甚至在闔上書之後也看到了同樣讓人恐懼的怪物。這種虛和實的交叉，讓書中人物和讀者都分不清這種恐懼的場景是產生於自己的幻覺還是眞實的存在。而《鴉》表現的詩人喪妻後的絕望淒苦的心情，基調悽愴疑懼，「永不再有」共重複了 11 次，它是烏鴉唯一的話語，也是它對作者每一次詢問的回答，烏鴉一次次的傳達著冥界的訊息，而它的反覆吟唱無疑也加重了敘述者的痛苦與焦灼，使他的靈魂陷入了低徊沉靜的陰影中。該詩通過這種悲傷氛圍的營造來引起讀者對萬物的絕望情緒，並把一幕原本荒誕的對話推向了對生存價值的哲理敘述。因此，讀者總能從愛倫・坡的作品中獲得一種情緒上的刺激，這種緊張和恐懼的感受並隨著文本的發展而不斷加深，人們渴望從文本中獲得一種解釋，從而爲這種情緒找到一個宣洩口。但是他的作品卻不曾給讀者一個很確切的解釋性的結局，它將這種情緒延宕至文本的最後一刻，因此，愛倫・坡的作品將人類內心深處最本眞的情感做了一個全面的調動，從而眞正讓讀者的情緒得到了一次淋漓盡致的展現。另外一方面，愛倫・坡對形式的表現也極爲看重，虛白評價他說：「所以他解釋詩是『美的有韻的創造』。在他的詩裏，他能實現他的主張，所以我們讀了他的詩必定能看見極美麗的字句寫成的畫圖和極美麗的字句拼成的音樂。」〔註25〕

〔註24〕〔美〕愛德格・愛倫・坡著，曹明倫譯：《愛倫・坡集》上卷，北京：三聯書店，1995 年版，第 166 頁。

〔註25〕曾虛白：《美國文學 ABC》，上海：世界書局，1929 年版，第 59 頁。

而他的小說則「都是怪誕的、幻景的、非人的，注意在造成劇烈的刺激，叫讀者感到一陣陣的毛戴。一切一切，即就是字句的色彩，都爲了這個目的而技巧地布置著。」〔註 26〕《眞美善》對愛倫・坡作品的譯介主要突出了他作品中語言形式的美感以及對個人情緒感受的描繪，而其中所表現出的神秘的氛圍完全區別於中國的傳統小說創作，中國傳統志怪小說往往以鬼神來展現恐怖與神秘之感，而愛倫・坡小說中對人精神的這種反常性的刻畫往往會帶給讀者一種異樣的審美體驗，因此愛倫・坡在中國讀者群中有著較大的影響，但曾虛白卻認爲，「拿他們來比較十九世紀所產生的偉大小說，當然的要感覺到他們的淺薄，決不能列入到第一流作品的中間。凡是偉大的作品，決不光注意在拿讀者的情感包圍在黑霧中間，供給奇異的彩色備人類賞玩的，他們的目標是要解決人生，表現眞實的情感；那麼，濮以奇異炫人當然是一種末技了。因爲盡他的能力，所創作的只是平面的圖畫，只能供讀者耳目的享受，不能深入他們的靈魂。」〔註 27〕曾虛白對愛倫・坡的評價存在著理解上的偏差，事實上，他通過對人內心中孤獨、恐懼、絕望等情緒的關照來反映社會現實對人精神的異化，通過對黑暗面的揭示來讓人產生對崇高感和安全感的渴望，激發一種美好情緒的產生，從曾虛白對愛倫・坡作品的評價中我們也可以看到他的個人審美趨向。

除此之外，《眞美善》上面還刊載了俄國等多個國家的作家作品，這些作品都在一定程度上符合他們的文學選擇標準，有著相似的文學風格。首先，他們的作品大多文筆優美，風格情暢明達，展現出了一種美的情調。即使對於現實主義作家，他們也有意識的對其作品進行挑選，選擇符合刊物風格的作品。比如，張若谷曾將現實主義作家屠格涅夫給女友的信翻譯出來，並取名《抒情回想曲》，從而與張若谷自己之前的創作成爲了一個系列，他有意的迴避了他的批判現實主義的作品，而選擇這篇書信集是經過其細心挑選的。「在屠格涅甫的作品中，有熱情，有感傷，有異國情調，有生活的享受，完全好像是處於南歐文學作家的筆下，所以我非常愛讀他的作品。這篇東西，是從他寫給維亞陶夫人的書信集中選出來的，因爲我覺得雖則這是一封極普通的信箚，但因爲出於這位青年文學家的手筆，信中充溢著美妙情調，書寫出對於女友的高貴的思慕，對於舊日情人的戀念，對於藝術的愛好，特別是

〔註 26〕曾虛白：《美國文學 ABC》，上海：世界書局，1929 年版，第 61 頁。
〔註 27〕曾虛白：《美國文學 ABC》，上海：世界書局，1929 年版，第 61 頁。

對於幼女亞納的那種奇異的戀情，看好像是一首絕好的無韻的詩歌，文辭清潔，情思纏綿，而且都是從回想中所捉下來的，所以更使人讀了感到有說不出來的雋味。」〔註 28〕可見，在他而言，屠格涅夫作品的語言簡潔樸質、精確優美，符合「美」的標準，與《眞美善》刊物的風格相符。另外張若谷也強調「屠格涅甫曾做客法國巴黎，認識很多巴黎的文學家，深受法國浪漫派文學的影響」，對他的翻譯也正好反映了張若谷對浪漫主義風格的偏好。

而從對莫泊桑和哈代的翻譯中，我們看到了譯者對作品藝術技巧性的看重，比如莫泊桑的小說，多以冷靜的態度審視複雜的人生，從細微中體察人生百態，其中又不乏思想的睿智。我們從《眞美善》對莫泊桑的翻譯中可見，它所刊登的《愛》、《珍珠小姐》、《妻的懺悔》等作品多通過細緻的場景描寫和微小的細節來鋪展開生活的褶皺，表現不為察覺的眞實，對細節的把握和對情節的安排往往都展現了莫泊桑的創作技巧，他的結構嚴謹完備，語言簡潔凝練。而他作品中細緻的描繪主要體現在對人物心理和感受的注重和渲染，在內在情緒的表現和創作技巧上面，莫泊桑「幾乎是一位無可指責的作家」。在《愛》中，文章由回憶寫起，在文章開頭便將冬季晚上的冰冷和死寂反覆的渲染，「這挾著寒氣的風，著了人身像鋸般撕著，像刀鋒般砍著，像毒針般刺著，像鉗子般絞著，像火般燒著。」而對冬夜湖景的描寫，神秘飄渺而生動有意境，這些都展現了莫泊桑對語言的超強的駕馭能力。而《珍珠小姐》在描寫容貌時摒棄了單純的描述性詞彙，而是著重寫容貌給人的感受。「她臉的全部是細膩而深秘的，她的容華是沒有到衰老的年齡便已褪盡，生命的疲勞，重大的刺激，使她這樣。」而在故事敘述過程加入了大量的個人獨白，具有強烈的抒情色彩，讀來讓人心靈舒暢平和。另外，哈代的作品也在《眞美善》上大量出現，對於哈代作品的特色，編者在介紹譯作《人生小諷刺》時所說：「哈代的寫實小說有極深刻極永雋的回味，而他的短篇小說尤特別有一種悲痛刺激的尖酸味。他的背景雖只取材於他的本鄉，而他卻具有在芥菜子裏布置宇宙的技能，他表面上是敘述本鄉的事蹟，骨子裏裏在表現廣漠的人生。」可見，《眞美善》從他的作品中看到的更多是作品見微知著的技巧，而另一方面，哈代和莫泊桑的作品也表現出了豐富的思想內質，他們對人狹隘思想和腐朽精神的揭露直接觸及到了人性的最深處，達到了一定的思想深度。除此之外，日本的芥川龍之介、武者小路實篤等人的文章都被大量翻譯，

〔註 28〕屠格涅甫著，若谷譯：《抒情回想曲》，《眞美善》，1928 年第 3 卷第 2 號。

因爲他們的文章語言簡潔有力，但是平淡的敘述之中又蘊含著濃烈的情感，能直戳人性的深處，具有較高的藝術感染力。由此可見，《眞美善》在翻譯中雖然涉及到多種風格、多個流派的作家作品，但在對譯本的選擇上遵循著一個較爲中心的翻譯標準，也即對文章藝術特色和現實意義的看重，追求文學描寫的「眞」、佈局組織的「美」和文學目的的「善」，從而讓這些優秀的作品能眞正充實中國文學的內質，促進它的革新和發展。

第四章　翻譯與《眞美善》的文學創作

曾樸在《眞美善》上強調外國文學對中國文學的革新，其中最重要的觀念之一就是拿葫蘆來播種，等著生出新葫蘆，也就是希望利用外國文學來刺激創作，從而生發出新的文學，因此翻譯便承擔了啓發創作的功用。而曾虛白在《模仿與文學》也認爲創作必須依靠模仿才能完成，他用古今中外的文學例子來表明文學的產生非完全出於偶然和天賦，而需要通過作家後天不斷的模仿和摸索實踐獲得。在文學潮流的更替中，文學作品由模仿而改善，由改善而能達到完備的境界。現代文學提倡出新，卻忘記了繼承和模仿，因此作者提倡模仿的藝術。「模仿是創作的導線，也是他的母體。新產物不能特然空中掉下來的，不過是改善的舊產物；創造不能沒有出發點，模仿就是創作的出發點。」〔註 1〕而對於翻譯活動來說，國外優秀文學作品的譯入無疑爲中國新文學的創作提供了可資借鑒的文本，對模仿的提倡是對翻譯文學的積極肯定，在一定程度上促進了文學譯介活動的發展。《眞美善》期刊上的很多作家同時擁有譯者的身份，異域文學的營養會潛移默化的沁入創作之中，他們也肯定外國文學對其創作產生了重要的影響。張若谷在回憶的文章中寫道：「我對於法國文學發生濃厚的興味，還是在出了震旦以後，獨自一個人自己夾雜流覽各時代的作品。第一個時期，我是沉浸在十九世紀法國浪漫主義的文學思潮裏，我私淑的作家有嚣俄，繆塞，和喬治桑等；其次，我也醉心誦讀謝多布良和梅黎梅這兩個浪漫文學運動前驅作家的作品；此後，我又批閱二十世紀法郎士，羅曼羅蘭，保爾莫郎等的作品；在歐洲旅行時，我接觸到路易物郁，魏蘭納二個公教作家的作品，最近這幾年來，卻忽又對於福祿特

〔註 1〕曾虛白：《模仿與文學》，《眞美善》，1928 年第 1 卷第 11 期。

爾、葛羅德二人的作品，發生起興味來了。……總之，我對於法國文學，完全是依個人的趣味，夾雜亂讀，這種獵奇式的讀法，是不足爲訓的。但是在我這十五年來的寫作方面，我承認我是多少受到幾個法國作家的影響。『它山之石，可以攻玉，凡是學習寫作的人，如能多讀各種不同時代外國作家的作品，也是一種頗有效益的方法。』」〔註 2〕他明確的表示《都會交響曲》是在讀過了保爾・穆杭的作品之後創作的，廣泛的閱讀無形的影響了他的創作，他的作品總是充滿了法國浪漫主義的風格，其中所表現出的閒適和泰然表現了他對異域情調的審美追求，而他的生活方式也是對唯美主義所宣導的「藝術生活化」的一種模仿和實踐。另一位作家徐蔚南從外國小說中獲得了寫作上的技巧，「至於我寫小說的興趣，完全是從看近代西洋小說看出來的。從前我看過一篇小說之後，如果認爲滿意，便將小說一節一段地分析；看那敘述的途徑，描寫的方法等等。」〔註 3〕顧仲彝也從模仿入手來強調翻譯對創作的影響，不過他認爲從模仿中獲得的不僅僅是創作文藝的細節和方法，而更多是一種對人生的認知方式，從而形成一種正確的文學觀，「我常常勸人家翻譯，因爲翻譯是文藝創作最好的練習與準備。摹仿是創作的第一步；由模仿名家的傑作而模仿人生是創作家必經的歷程。創作文藝嚴格說起來是句不通的話；因爲離開了摹仿就沒有文藝；當然文藝最後摹仿的對象是人生，或者是由人生變幻出來的憧憬。不過人生是千頭萬緒千變萬化的，不知選擇整理的人是無從摹仿起的；於是乎我們研究過去的偉大作家的選擇整理方法，作我們自己選擇整理人生的榜樣參考。所以創作也是摹仿，不過摹的對象是人生，不是已成的傑作罷了。」〔註 4〕文學翻譯在爲中國輸入先進文化觀念的同時也刺激了本土文學的創作，「注重翻譯，以作借鏡，其實也就是催進和鼓勵著創作。」〔註 5〕因此，翻譯文學的產生推動了中國文學的現代化進程，每一次與傳統文學觀念的割裂和傳統文學創作的革新都有來自於西方文藝的理論和實踐的助力，我們甚至可以清晰的從字裏行間找到某種似曾相識，對於《眞美善》而言，對外國文學的大量譯介讓譯者在措辭造句、斟酌推敲的過程中潛移默化的將所譯文章的表達方式、創作技巧內化成爲自我文學儲備中的一

〔註 2〕張若谷：《十五年寫作經驗》，上海：谷峰出版社，1940 年版，第 58 頁。

〔註 3〕徐蔚南：《小說的技巧》，選自蘇雪林等著：《寫作經驗談》，上海：上海中學生書局，1939 年版，第 36 頁。

〔註 4〕顧仲彝：《關於翻譯》，《搖籃》1934 年第 2 卷第 2 期，第 12、13 頁。

〔註 5〕魯迅：《關於翻譯》，《現代》，1933 年 9 月，第 3 卷第 5 期。

部分，並在創作中表現出來。當然這種模仿和表現有時候更多的是一種無意識的行爲，因爲對於譯者而言，他所進行的翻譯活動其實屬於自己的再創作，不同之處在於文學創作增添了更多的自由性和本土性，除了創作風格和手法的靈活借鑒外，更涉及到異域文學精神在本土文學中的內化，內化的過程中必然夾帶著變異和重構，從而呈現了一種較爲複雜多樣的文學狀態。從《眞美善》的創作中，我們便能清晰的看到該期刊的法國文學翻譯對其創作的影響，尤其表現在對唯美主義的借鑒和模仿上。

第一節　對唯美主義文學觀的接受和變異

翻譯作爲一種跨文化行爲，翻譯成品與譯入國文化語境的關係是相當複雜的。「它一方面受到本土文化語境與文學規範的制約，表現爲對本土傳統和主流意識形態的某種順從，另一方面則主動地通過譯本的生產與闡釋，加入到建構本土文學和質疑主流話語的進程當中。如果，前者鮮明地表現出本土文化語境諸因素對譯本的操控，那麼後者則往往被理解爲一種輸入相異性的過程。」〔註6〕從這種相異中我們能明顯的感受到不同文化間的衝突，而對於這種衝突，文學往往能夠在這其中實施一些柔性的策略，從而在契合順從的基礎上進行一些改造。因此，也就出現了文學思潮在不同國家所產生的各種變異和發展，正因爲此，不同國別的文學才得以呈現出不同的姿態，並最終組成了世界文學的統一體。而通過這種接受和變異的考察，我們更能深切地窺探到文化差異的基因，從而爲多樣的文學形態提供一些合理的解釋。《眞美善》在翻譯活動中表現出了對唯美主義的關注，大量的譯作在一定程度上主導了刊物的風格，而它的創作也呈現出了「唯美」的傾向。

一、對唯美主義的含混理解

在西方，唯美主義有著複雜的社會歷史和文化淵源，古希臘和古羅馬文學中便有對文學華麗形式的追求，經過中古時期意大利的湯瑪斯·阿奎那、近代西班牙貢戈拉派和意大利馬里諾派的積累，到了18世紀，康德提出了審美活動的獨立性和無利害的觀念，歌德、席勒、英國的柯勒律治等人在此基

〔註6〕馬曉冬：《譯本的選擇與闡釋：譯者對本土文學的參與——以〈肉與死〉爲中心》，《中國比較文學》，2011年第2期。

礎上繼續發揮和深入，主張審美的無功利性，這些都爲唯美主義思潮的興起奠定了基礎。唯美主義思潮興起於 19 世紀後期的法國，而後以法國爲中心波及到歐美各國及東方國家，它的興起與法國當時特定的時代政治和文化背景有關。19 世紀後期的歐洲，歐洲陷入了「世紀末」的焦灼和恐慌中，而法國大革命的結束並沒有帶來政治和文化的巨大改變。第二帝國建立之後，法國的資本主義工商業迅速發展，資本的迅速膨脹也帶來了社會風氣的巨大改變，金錢社會物欲橫行，中產階級奢侈成性，庸俗貪婪、僞善道德大行其道，主流社會文化中的弊端紛紛呈現。不僅如此，物質生活的極大豐富也導致了功利主義、實用主義的價值觀，文學藝術的價值遭到了貶低和質疑，並逐漸被商品化，而這些都讓文學藝術家們對藝術產生一種深深的危機感。在遭遇了政治文化理想的破滅之後，這些精英分子被無情的捲入了一個物欲橫流、價值錯亂的社會中，他們對現狀深感不滿，苦悶而彷徨之，深陷無能爲力的絕望之中，並渴望尋找一種新的精神寄託來緩解焦慮，來爲他們的邊緣化生存狀態和孤立懸置的藝術理想賦予一定的意義。最終他們選擇躲進藝術的象牙塔裏，呼喚「爲藝術而藝術」，因此以崇尚文學的審美性、主張文學非功利性的唯美主義文學得以迅速發展。正如普列漢諾夫所說：「藝術家和對藝術創作有濃厚興趣的人們的爲藝術而藝術的傾向，是在他們與周圍的社會環境之間的無法解決的不協調的基礎上產生的。」〔註 7〕因此，「爲藝術而藝術」是藝術家對現實黑暗的一種反抗方式，是他們對現實苦悶和憂慮的發洩，但是同時，它也是對藝術獨立價值的肯定和捍衛，在一定程度上實現了藝術上的自衛。

法國的唯美主義起始於戈蒂耶，他最早將「爲藝術而藝術」的口期付諸實踐，創作了《阿貝杜斯》、《莫班小姐》、《琺瑯和雕玉》等作品。戈蒂耶的文學觀影響了法國很多作家。波德萊爾則繼承了戈蒂耶的觀點，反對藝術以道德說教爲目的，肯定詩的非功利性。他認爲現實世界是醜陋的，而眞實的美隱藏於現實世界的背後，因此提出了「詩的目的就是發掘惡中之美」的唯美主義文藝觀，並在詩集《惡之花》中進行了具體的實踐。他提出藝術家把視線從外部世界轉向內在的精神世界，將象徵、暗示的手法帶入寫作中，因此產生了早期象徵派的萌芽。而唯美主義在帕爾納斯派的創作中達到了高

〔註 7〕〔俄〕普列漢諾夫著，曹葆華譯：《藝術與社會生活》，北京：人民文學出版社，1962 年版，第 214 頁。

潮，他們反對浪漫主義的主觀傾向，主張冷靜客觀的寫作，強調詩歌語言和格律的至善至美，將個人情感隱藏在詩歌的形式中，從而將形式的完美提到了至高無上的地位。唯美主義思潮在法國興起，卻在英國走向了輝煌，唯美主義觀念的進入打破了由理性主義和實用主義思想帶來的文學創作上的濃厚的道德色彩和膚淺的媚俗氣息，佩特和王爾德是其中最重要的兩位理論家，佩特認爲藝術在於尋求美的享受和追求瞬間的快感，他認爲人生由一個接一個，不斷飛逝的印象所組成，而人生的意義就在於享受這刹那間的感受，生命像火焰，由多種力組合而成，而「能使得這種強烈的、寶石般的火焰一直燃燒著，能保持這種心醉神迷的狀態，就是人生的成功。」而要讓這種短暫的生命和瞬間得以充實和保持，就應該從藝術本身和對美的追求中去獲得，藝術能讓這些瞬間的美感體驗變成永恆，「我們都是罪人；我們都被判了死刑，但是有一個不定期的緩刑期；我們有一個短暫的期間，然後我們所待的這塊地方就不再有我們了。……最聰明的人，……把它花費在藝術和詩歌上。因爲我們唯一的機會是擴展這一段時間，在這一段時間內得到盡可能多的脈搏跳動。……這種智慧最多的是存在於詩的熱情中，美的追求中，以及對藝術本身的愛好中；因爲你從事藝術的活動中，藝術向你坦率地表示，它所給你的，就是給予你的片刻時間以最高的品質，而且僅僅是爲了過好這些片刻時間而已。」〔註8〕這也成爲了享樂主義文藝觀的宣言。而王爾德則身體力行的宣導一種藝術化的生活方式，他的奇異著裝引起了公眾的注意，一時間受到了熱烈的追捧，他認爲藝術高於生活，「生活模仿藝術遠甚於藝術模仿生活，」〔註9〕強調藝術不依賴道德而存在的獨立價值。除此之外，他亦十分注重藝術表現中的形式，形式就是一切，「形式不僅創造了批評的氣質，而且創造了審美的直覺……從崇拜形式出發，就沒有什麼你看不到的藝術的奧秘。」〔註10〕可見，到了王爾德這裡，唯美主義的內涵變得更爲豐富，其觀念也變得更爲成熟。而後唯美主義也在俄國、意大利、美國、日本等國傳播開來，獲得了文壇的積極回應。

〔註8〕〔英〕佩特：《文藝復興》，選自趙澧、徐京安主編：《唯美主義》，北京：中國人民大學出版社，1998年版，第78頁。

〔註9〕〔英〕王爾德：《謊言的衰朽》，選自趙澧、徐京安主編：《唯美主義》，北京：中國人民大學出版社，1998年版，第132頁。

〔註10〕〔英〕王爾德：《作爲藝術家的批評家》，選自趙澧、徐京安主編：《唯美主義》，北京：中國人民大學出版社，1998年版，第175頁。

唯美主義強調藝術的純粹性，對藝術和美的尊崇是對文學本體的回歸，以致於文學不被紛擾的現實所裹挾而最終淹沒於物欲和權利的追逐之中。同時，在唯美主義思想的不斷流變中，它混合著「世紀末」文學、頹廢主義、象徵主義等多種文學現象交雜成了一個相互關聯的整體。總的來說，唯美主義雖然提倡藝術的超功利，但事實上它是指向現實的，它正是以一種藝術的方式去反抗社會的墮落和虛無。無論是早期的戈蒂耶還是後來的王爾德，他們都試圖在藝術中獲得一種超脫於世俗物質的精神力量，在此，他們所述說的「美」不僅僅是形式，它是內容，是精神，是靈魂，是一種與醜陋現實相抗衡的特殊存在。

唯美主義文藝思潮產生之後，在歐美各國以及東方國家都產生了重要的影響。不同國家也因社會狀況和文化環境的不同，在接受這一文學思潮時對其藝術主張和創作特色的理解也各有側重，有的側重於其反傳統的精神，有的則注重其病態美的展現，有的側重於形式的美感。而中國對唯美主義思潮的接受也經歷了幾個過程。在「五四」時期，由於對傳統變革和思想啓蒙的需求，唯美主義同各種西方現代文藝思潮一起被譯介進來，在變革救亡的時代主題下，唯美主義反抗傳統的思想內涵被單獨抽離出來，並被作爲啓發明智，宣導變革的思想武器。1905 年 10 月《青年雜誌》上連載了王爾德的劇作《理想的丈夫》，這是對唯美主義作品的最早譯作。與當時將文學作爲促進社會改良、思想革新的觀念相一致，陳獨秀便存在著對王爾德的誤讀，他將其歸爲自然主義作家之列，並極力強調王爾德作品思想中特立獨行，反抗叛逆的一面，而這也是「五四」時期作家接受唯美主義的基本態度。同時，唯美主義思想所包含的對個體生命意識的張揚，對主體生命情感的肯定等感性話語正好契合了「五四」感性啓蒙的需求，通過此來培育健全的人格，實現人的自由解放，這也是「人的解放」主題的最好注腳。另外，唯美主義思想中對審美無功利性和藝術獨立性的主張衝破了儒家政治倫理教化對文藝審美的壓制，促成了中國美學的現代性啓蒙。可見，唯美主義給新文化運動的倡導者提供了一種思想理論資源，刺激了國人審美意識的覺醒，同時它又不僅僅作用於藝術的範疇，作爲一種與政治倫理想相對抗的思想理論，其中蘊含的啓蒙救亡的精神思想極大地推動了中國思想文化的現代性變革。而到了創造社那裏，他們對唯美主義的解讀更專注於其對文藝本體價值的追求，它將文學從傳統的功利主義價值範式中解救出來而強調其獨立的審美價值。他們首先提出了「爲藝術而藝術」的口期，反對文以載道，反抗傳統及功利主義，提倡文學的無目的性，「除去一切功利打算，專求文學的全（Perfection）與美（Beauty），有値得我們終身從事的價値之可能性。」〔註 11〕他們強調文學中的自我表現，追求情感的自然流露。但另一方面，由於特殊的時代語境，他們無法將藝術與人生現實完全分開，因此其作品在強調文學藝術效果的同時又往往帶有反傳統的思想印記，他們「借其藝術自律性的唯美外衣來包裹其反帝反封建的革命內質，將唯美主義文藝中近乎色情的描繪轉化爲對個體感性生命欲望的正視，將消極無爲自我疏離於社會現實的唯美主義者改造爲因時對現實無奈而『沉淪』但又渴望改變現狀、甚至以死抗爭的富有鬥爭色彩的社會底層人物，並在整合康德的『二律背反』美學思想與老莊『無爲而無不爲』的道家哲學的基礎上實現了對唯美主義的超越與改造，而代之以對文學藝術『無用之用』的追求。」〔註 12〕可見，創作社對唯美主義進行了一次浪漫化的改造，從而在創作中呈現了藝術上的雜糅和豐富性。新月派也對唯美主義「藝術至上」的觀念十分推崇，聞一多認爲應「以美爲藝術之核心」〔註 13〕，主張「純藝術的藝術」〔註 14〕，而梁實秋也宣導文學的非功利，「我以爲藝術是爲藝術而存在的；他的鵠的只是美，不曉得什麼叫善惡；他的效用只是供人們的安慰與娛樂。」〔註 15〕同時聞一多的「三美」主張將文學形式作了更爲理論性的規範，打破了長久以來對內容的單方面的偏重。隨著「五四」的退潮，傳統文化破裂，傳統思想文化失序，而新興文化價値體系重建仍遙遙無期，知識分子陷入了失望和悲觀的情緒中，而唯美主義的「世紀末」情緒正與之相契合。正如魯迅所說：「那時覺醒起來的智識青年的心情，是大抵熱烈，然而悲涼的，即使尋到一點光明，『徑一周三』，確更分明的看見了周圍的無際涯的黑暗。攝取來的異域的營養又是『世紀末』的果汁：王爾德（Oscar Wilde），尼采（Fr. Nietzsche），波特萊爾（Ch. Baudelaire），安特萊夫

〔註 11〕成仿吾：《新文學之使命》，《創造週報》，1923 年 5 月 20 日第 2 號。

〔註 12〕李雷：《審美現代性與都市唯美風——「海派唯美主義」思想研究》，北京：文化藝術出版社，2013 年版，第 86 頁。

〔註 13〕聞一多：《聞一多全集》第 12 卷，武漢：湖北人民出版社，1993 年版，第 128 頁。

〔註 14〕聞一多：《聞一多全集》第 12 卷，武漢：湖北人民出版社，1993 年版，第 159、160 頁。

〔註 15〕梁實秋：《讀〈詩底進化的還原論〉》，選自《梁實秋全集》第 6 卷，廈門：鷺江出版社，2002 年版，第 167～169 頁。

（L. Andreev）們所安排的。『沉自己的船』還要在絕處求生，此外的許多作品，就往往『春非我春，秋非我秋』，玄髮朱顏，卻唱著飽經憂患的不欲明言的斷腸之曲。」〔註 16〕唯美主義超脫現實的價值取向和「藝術化」的行爲方式爲失意的知識分子提供了宣洩苦悶的精神支持，促使他們對現代文明進行更爲深刻的反思。

到了三十年代左右，「京派」與「海派」之爭使得唯美主義文學得到了更大的發展。京派從中獲得了一種自由閒適的精神資源，而我們則從海派作品中讀到了都市生活中人們對肉體感官的沉迷，存在著對唯美主義感官化和庸俗化的偏頗，獅吼社，幻社的創作中都表現了靈與肉的苦悶，強調感性的生命體驗，稱頌官能之美和頹廢的享受。1940 年代前後，在抗戰救亡的時代大潮之下，以徐訏、無名氏爲代表的後期浪漫派作家渴望在文學中建構一個想像的世界來抵抗現實生活的殘酷，追求現實之外的獨立的審美關懷。徐訏認爲藝術是一種精神的娛樂。「唯其有專心於娛樂的人，方才有藝術產生，方才有藝術家產生，方才有獨立的藝術，方才有文化。」〔註 17〕他反對藝術的功利化，追求藝術的美感，他們的作品都體現出了對文學審美性的看重，注重唯美主義思想中的對現代性的批判和反思。而後隨著社會政治對文學思想性的不斷要求，唯美主義在現實主義文學的擠壓中漸漸淡出，直到 20 世紀八十年代才再度興盛。可見，面對不同時期的社會政治的要求，不同的作家和社團吸收唯美主義思想的側重點是不一樣的，因此它在現代文學中呈現出來的姿態是多樣而豐富的。

隨著社會環境的變化，唯美主義思潮在中國經歷了一段長久的旅行，經過了複雜的本土性改造，最終呈現了一種多樣化的形態。對於《眞美善》作家群而言，他們對唯美主義的借鑒和選擇超越了現實性的動機，更多是一種商品時代刺激下知識分子的自我理想的追求。《眞美善》作家群的大多數人都是親法人士，有著優越的生活環境，他們醉心於法國文學及藝術化的生活方式，極力推崇唯美主義所宣導的「生活藝術化」以及文藝獨立的審美追求，因此在他們而言，唯美主義帶給他們的是一種理想化的生活方式。而在文學觀念上，他們吸收了英法美各國多個唯美主義作家的文藝觀念及創作特色，

〔註 16〕魯迅：《〈中國新文學大系〉小說二集序》，選自《魯迅雜文全集》，北京：北京燕山出版社，2012 年版，第 1134 頁。

〔註 17〕徐訏：《談藝術與娛樂》，選自中國現代文學館編：《徐訏代表作》，北京：華夏出版社，1999 年版，第 322 頁。

使唯美主義的豐富內涵得到了更全面的展現。《眞美善》對唯美主義的學習不僅僅局限於法國，他們除了倡導「爲藝術而藝術」，主張藝術的非功利性，唯美至上，追求形式的完美之外，還從英國唯美主義作家王爾德那裏習得了唯美的生活方式，同時對佩特的刹那主義和享樂主義亦十分推崇，並且有意識地向愛倫・坡學習，注重作品的內在韻律，因此，《眞美善》眾多的作家從不同角度和側面向大家展現了唯美主義藝術的豐富性。

二、「純文學」的矛盾

對非功利和純粹美的追求是唯美主義的基本特徵之一。法國的戈蒂耶、波德萊爾到英國的佩特、王爾德，他們都主張藝術至上，認爲藝術在其自身之外沒有其他目的，否認藝術的社會功能，宣揚藝術絕對不關心現實和美的無功利性。戈蒂耶在詩集《阿貝杜斯・序言》裏寫道：「一件東西一旦變得有用，就不再是美的了；一旦進入實際生活，詩歌就變成了散文，自由就變成了奴役。所有的藝術都是如此。藝術，是自由，是奢侈，是繁榮，是靈魂在歡樂中的充分發展。繪畫、雕塑、音樂都決不爲任何目的服務。」〔註 18〕而《莫班小姐・序言》更被公認爲是唯美主義運動的宣言書，他在其中明確反對藝術的功利性和工具化，強調對純粹美的追求，「沒有什麼美的東西在生活中是必不可少的。——人們可以剷除鮮花，世界並不因此在物質方面會感到痛苦，然而誰又希望世上沒有鮮花呢？我情願不要土豆而要玫瑰花。我相信世上只有功利主義者才會把花壇上的鬱金香全部拔掉而改種大白菜。」〔註 19〕而王爾德在《英國的文藝復興》這篇文章中將文藝與道德、現實隔絕開來，「藝術表現任何道德因素，或是隱隱提到善惡標準，常常是某種程度的形象力不完美的特徵，標誌著藝術創作中和諧之錯亂。一切好的藝術作品都追求純粹的藝術效果。」〔註 20〕在唯美主義文學觀念的觀照下，文學獲得了從世俗附庸回歸本體的可能。但他們對現實主義創作原則的全盤否定也反映了他們在藝術道路上的局限性，因爲將追求純粹審美的文學觀放置於大眾文化時代中

〔註 18〕〔法〕戈蒂耶：《〈阿貝杜斯〉序言》，選自趙澧、徐京安主編：《唯美主義》，北京：人民大學出版社，1998 年版，第 16 頁。

〔註 19〕〔法〕戈蒂耶：《〈莫班小姐〉序言》，選自趙澧、徐京安主編：《唯美主義》，北京：中國人民大學出版社，1998 年版，第 44 頁。

〔註 20〕〔英〕王爾德：《英國的文藝復興》，選自趙澧、徐京安主編：《唯美主義》，北京：中國人民大學出版社，1998 年版，第 97 頁。

時，一切理論和設定都顯得十分單薄。文學從來都無法與現實脫離，文學所表現的人正是政治、經濟、文化所影響的一個綜合的存在，因而沒有一種純文學的嘗試是完全超越現實而無目的的。正因爲這種純文學理想和大眾文化接受之間存在著巨大的落差，創作中顯出的尷尬也是不言而喻的。

《眞美善》從創刊起就提倡文學的審美性和非功利性，「我們的希望是願把這份刊物貢獻給最大多數的讀者，把一切潮流所需要的思想貢獻給一切讀者，俾成爲一種全民眾的讀物。……我們不願掮著文藝的招牌唱高調，是想把它做成一切人共同的享受。我們不願分什麼界限，存什麼成見，願把這一份刊物化成老幼男女大家都覺得有趣味的讀物。因爲我們認定所謂雜誌，原只是一種高深學問的導線，學問本體不論怎樣嚴正，這導線卻非以趣味爲中心不可的。我們希望一切人有欣賞文藝的願望，先得要養成他們愛好文藝的本能。」〔註 21〕曾虛白在他的評論文章《美與醜》中也表現出了對藝術純粹美的追求，「美是藝術的動機，是藝術的靈魂，是藝術的目的。」〔註 22〕而曾樸翻譯《民眾派小說》的目的，就是爲了批評把小說當做宣傳工具的道德家，「最有害小說的，最使他受毒的，就是論文家。這些論文家，所以要不得的緣故，就爲他們常把輕蔑的眼光來看小說，只把他當做宣傳目的的工具。」〔註 23〕在這裡，《眞美善》的編者拋開了文學的現實功利目的，希望通過自己的努力來將文藝做成所有人的享受，變成一種純粹的藝術。同時，《眞美善》編者也有著強烈的文學使命感，對於文藝界所表現出來的對文藝的輕視和不屑，他們希望以己之力消除誤解，讓文藝回歸到本來的位置。「近日中國的文壇正鼓蕩著種種侮蔑文藝，利用文藝的惡風潮，誠如你所說的，我們卻始終抱定了『文藝至上主義』和『文藝公開主義』在風狂浪急的潮流中，盡我們綿薄的力量掙扎著爲文藝奮鬥至今。」〔註 24〕但是由於身處特殊的政治歷史時期，《眞美善》作家群無法眞正的脫離現實的干擾，「雖然他們對美和藝術的尊崇與西方唯美主義的影響有關，但他們不會像西方唯美主義者那樣否定美及藝術同社會人生的根本關係。」〔註 25〕文學是社會意識的產物，它不可能脫離

〔註 21〕《編者小言》，《眞美善》，1929 年第 3 卷第 6 號。

〔註 22〕虛白：《美與醜》，《眞美善》，1929 年第 4 卷第 1 號。

〔註 23〕法國勒穆彥作，病夫譯：《民眾派小說》，《眞美善》，1930 年第 5 卷第 3 號。

〔註 24〕虛白：《文藝的郵船．文學的討論》，《眞美善》，1930 年第 5 卷第 6 號。

〔註 25〕韓方方：《美的誘惑與變異——唯美主義在中國二十世紀的迴響》，廣東外語外貿大學 2009 年碩士學位論文。

現實而單獨存在。同時由於作家自身社會地位的獨特性，他們不可能完全擺脫這種豐厚的物質支持和享樂的社會生活，因此唯美主義的文學主張與創作之間就會出現一些無法彌合的矛盾，而這些在曾虛白的創作和文藝理論中表現得尤爲明顯。

1927 年，曾虛白由於父親的鼓勵而選擇文藝，通過《眞美善》進入文壇。他的文學功底主要來源於之前的閱讀經驗，因此《眞美善》的文學風格以及父親的文藝觀對他的影響更是直接而具體的，這主要表現爲對文學非功利觀念的認同和對文學藝術性的自覺追求上。伴隨著國民革命的發展，大量帶有革命色彩的文藝作品夾雜著轟轟烈烈的文學論爭讓「革命文學」一躍成爲當時文壇的主流。而跟隨「革命文學」之後，階級文學觀念興起，它們都無一例外地強調文學的功利性。曾虛白針對此提出了自己的批評意見。

首先他認爲政治的助力、革命的激情造成了文學的粗暴與粗糙。「革命潮流洶湧澎湃，激蕩得生活動搖，人心皇惑，人人裝著滿肚子說不出的苦悶，鬱勃，於是叫的叫，跳的跳，不擇手段地借著文藝來宣洩蘊藏在他們心底裏的火焰。」〔註 26〕因此此時的「革命文學」裏充斥著口期和標語，滿含著苦悶和激憤，表現得比較幼稚和粗糙。同時，「革命文學」對政治色彩的過份強調而導致了藝術性的缺乏，他對此表現出了極大的不滿：「我至今不懂什麼叫革命文學，雖然也曾看過大作家的宏文和更多些不能看完全篇的很短的短篇小說。他們不要求情感，不要求藝術，也不要求一切文學上需要的原素，只須你文字裏多加幾個吶喊哩，殺哩，群眾哩，勞工哩，這一類的字眼，那就變成了一篇哄動一時的革命文學。究竟革命文學是不是這樣的？究竟革命文學有沒有成立的可能？」〔註 27〕在他認爲，粗糙的「革命文學」實質上已經脫離了文學的審美趣味，淪爲了口號和工具。

其次他認爲「革命文學」所表現出的強勢的文學態度強行壓制了不同的發聲，而抑制了文學多樣化的發展。「革命文學」基於其明確的政治目的和奪取文藝政權的需要，從一開始便表現出了激進的色彩，並由於立場和觀念的不同而引發了文壇上激烈的文學論爭，這種論爭本來意在進行觀念的對話和傳播，但隨著事態的發展卻不料逐漸淪爲意氣之爭甚至謾罵，「他

〔註 26〕虛白：《文藝的新路——讀了茅盾的〈從牯嶺到東京〉之後》，《眞美善》，1928 年第 3 卷第 2 號。

〔註 27〕小荷：《殘柳》，《眞美善》，1928 年第 2 卷第 4 號。

們純潔的文藝的白袍上開始就染上了污濁的政治的色彩。於是而攻擊，而謾罵，引起了對方的惡感；初而壓迫，繼而封禁。這雖可以代表一般奮激青年的心理，卻實在已經是跳出了文藝之圈，投身到政治漩渦裏的犧牲品。」〔註 28〕在曾虛白看來，這種強行的政治綁定和粗暴的對話態度已經讓文學逐漸喪失了獨立的姿態，而淪爲政治的工具。他針對此專門撰文《給全國新文藝作者的一封公開的信》，對於這封信的目的，他坦言「我的那封公開信，老實說，是因爲看見人家摩拳擦掌像罵街村婦般專吵些無爲的閒氣，想站出來勸相打的。」他認爲「本來文學不必分什麼派別，不論它爲的是什麼目的，標的是什麼旗幟，凡是成功的作品，都有它不朽的價值，何必要壓低了別人才顯得出自己的高呢？」〔註 29〕文壇應該允許不同觀念，不同派別間文學的平等對話，任何政治立場的壓制都會破壞文學的多元共生，影響其良性的發展。

除此之外，不斷興起的階級文學強調對立與衝突，割裂了文學的完整性，曾虛白針對階級文學也提出了不同的意見。在《眞美善》第 3 卷 2 期上發表的《文藝的新路——讀了茅盾的〈從牯嶺到東京〉之後》這篇文章裏，他認爲茅盾在《從牯嶺到東京》裏提出的「小資產階級文藝」，是對「革命文學」壟斷性的一個有力反撥，但是同時又認爲它「實在跟革命文藝的作家犯了同樣的錯誤」，它以階級性來指導文學創作和文學批評，本質上都是一種排他的文學觀。他對「階級文學」這一觀點提出了反駁，否認階級性對文學的割裂，強調文藝的多樣性和整體性，「文藝是沒有時間性也沒有階級性的一個整個，不論它爲的是人生或爲的是藝術，永遠是一個拆不開的整個，決不能給人家雞零狗碎地切成了片段來供給某一個時代或某一部份人所獨享的。……文藝的本體固然是整個，而表現者因力量的薄弱，不妨就著自己的範圍來表現這整個的局部，各個局部的表現錯綜著，交換著，各發著異彩，各顯著特長，才可以組織成這一個燦爛光明的整個。」〔註 30〕在對文學整體性的關照下，「無產階級文學跟小資產階級文學都有存在的可能，並且都有無窮的希望，倘然作者眞能表現出這局部的光明來；若說這就是一個時代文藝獨一的趨勢，一

〔註 28〕虛白：《從辦雜誌說到辦日報．覆林樵民》，《眞美善》，1928 年第 2 卷第 5 號。

〔註 29〕虛白：《給全國新文藝作者的一封公開的信》，《眞美善》，1928 年第 2 卷第 1 號。

〔註 30〕虛白：《文藝的新路——讀了茅盾的〈從牯嶺到東京〉之後》，《眞美善》，1928 年第 3 卷第 2 號。

切作家必趨的路徑，那就變成了一個重大的錯誤。」〔註 31〕只有各種文學共同的存在才能構成文藝的整體性，才能對整個社會有全面的展現。同時他主張文學的非功利性，認爲任何「文藝不是一件工具，它的產生是大自然光明的顯露，決不存著爲那個產生的偏見；它是一盞永生不滅的明燈，可以燭照到上下古今無窮盡的期間，宇宙內一切物質纖維的內在；明瞭些說，它是無時間，無空間的光明。凡要硬給文藝規定某種目標的舉動，是錯認了文藝，不，簡直侮辱了文藝。」〔註 32〕破除了給文學所強加的「階級」和「工具」等屬性之後，文學才得以回覆到它本來的面目。

由於「革命文學」對大眾化的要求使得現在的文學過於強調讀者的接受，而忽略了作者的自我表現，很多作者多爲了適應讀者的喜好而違背了自我的才能和思想，使文學喪失了眞誠和個性。而要改變這種現狀，就必須勇於突破這種單一的表現方法，更多地發揮作者的個性。因爲在他看來，「無論那一派文學，都是『自我』的表現，所謂客觀與主觀，只可說是自我色彩明晦的分別。『自我』是思想的主體，也就是作品的泉源，世界和『自我』以外的一切，只依著『自我』所構成的思想的形態而呈露在一切作家的作品裏。並且，高尚的文藝作品之所以能超出於其他讀物之上而給人類以無上興趣的秘密，就在它能把一切枯燥的現實在神妙的靈魂裏經過一番鍛煉之後而發出異常的光芒。所以扔開了『自我』，文藝就遺失了存在。」〔註 33〕這種「自我」所呈現的獨特性的匯總就造就了文學的多樣性，所以爲了凸顯文學的豐富，「我們以爲文藝決沒有一條共同的道路，每個作家各有他最適合的路徑。現在我們該提倡的是叫一切作家去找尋他們發展『自我』的路徑，不能指定了一條路叫一切作家都跟著我們走。」〔註 34〕他提倡通過對「自我」的尋找而找到適合自己的新路，而這無數個性化的道路也就共同促成了文學的整體性。曾虛白對文學的整體性和個性的辯證的理解，是對當時氾濫的「革命文學」的有

〔註 31〕虛白：《文藝的新路——讀了茅盾的〈從牯嶺到東京〉之後》，《眞美善》，1928 年第 3 卷第 2 號。
〔註 32〕虛白：《文藝的新路——讀了茅盾的〈從牯嶺到東京〉之後》，《眞美善》，1928 年第 3 卷第 2 號。
〔註 33〕虛白：《文藝的新路——讀了茅盾的〈從牯嶺到東京〉之後》，《眞美善》，1928 年第 3 卷第 2 號。
〔註 34〕虛白：《文藝的新路——讀了茅盾的〈從牯嶺到東京〉之後》，《眞美善》，1928 年第 3 卷第 2 號。

力反撥。而據此，曾虛白對文學的藝術性、非功利性以及對自我感情表現的強調等文學觀念在一定程度上表現出了純文學的傾向。

從曾虛白對「革命文學」的批判中可看出，初入文壇的他對文學保持著較爲冷靜的態度。而他也通過不斷的模仿和學習，來逐漸完善自己的創作，其中最主要的方式便是大量翻譯外國著作，並從中吸收營養，但是在學習和內化的過程中，某些矛盾和複雜性也不可避免地在他身上得到了體現。縱觀曾虛白在《眞美善》上發表的大量作品及評論，我們發現，曾虛白雖然並不認同粗糙的「革命文學」，但是他卻也認識到了文學走向大眾的必然，認同文學的大眾化，而這與他的人生經驗和創作歷程不無相關。曾虛白出生於書香門第，在家學修養的浸潤下，他受到了傳統文化的薰陶，中國文學長久以來的載道觀深深的影響了他，從他的職業選擇中，我們可以看到他參與社會的意識。《眞美善》只是新聞事業失敗後的一個緩衝，而《眞美善》終刊之後，他又選擇重新回新聞界主編《大晚報》，可見他一直秉承著積極入世的觀念。因此他一方面認同文學的社會屬性，另一方面，他又強調文學的非功利性和自我表現，這二者的交織使他的文藝觀表現出了某些混雜。

在曾虛白看來，文藝應該是社會的，大眾的，「藝術是把感情用種種的形態組織化，爲使她發達起見，需要對於藝術關心的多數的社會人。因此，藝術由於社會所具有之藝術愛好心而定。」〔註 35〕要將文藝普及大眾化，就需要作者和讀者的共同努力，但是現實情況卻不容樂觀，曾虛白曾對法國文學的翻譯情況進行過一次盤查，而盤查的結果讓他深刻地認識到了新文藝成績的「貧」與「弱」，而「『弱』是『貧』的根，既如上說，我們再更近一層，推究這「弱」的原因。我敢武斷地說一句；這是因爲作者和讀者，各自盤踞著一個世界，彼此漠不相關地生活著發生不了同情心的緣故。」〔註 36〕他認爲讀者與作者間的隔閡阻止了藝術的大眾化，而要消除這種隔閡就必須要改變作家的創作觀念，「文學家的使命並不是關在藝術的水晶宮裏，哼著美呀愛呀，自管自作樂消遣就算了事的。他們要做群眾的先知，群眾的嚮導，指點給大家一條光明的大道；要做先知要做嚮導，對於群眾的本體就先得有一個眞切的認識。」〔註 37〕並在第一卷二期上面刊登了大量的民間歌謠，肯定民

〔註35〕虛白：《文藝的郵船・日本來的談話》，《眞美善》，1929 年第 3 卷第 4 號。
〔註36〕虛白：《給全國新文藝作者一封公開的信》，《眞美善》，1928 年第 2 卷第 1 號。
〔註37〕虛白編注：《民間歌謠》，《眞美善》，1927 年第 1 卷第 4 號。

間文學的藝術性，號召作家虛心學習。可見曾虛白首先認爲文學家應該扮演啓蒙者的角色，提供給人民大眾積極和進步的思想，努力成爲群眾藝術的引導者。而對於如何引導大眾這一問題，他認爲文學家要參與到群眾的生活中，根據民眾所提供的材料創作出貼近大眾眞實生活的作品，並積極學習民眾文學的優秀之處，完善自我的創作。可見，曾虛白強調文學應該是社會大眾的，但是他並不願意遷就大眾的口味，將文藝導向通俗，相反，他一直堅持著文學的審美性。從他所主編的期刊《眞美善》來看，其風格偏向高雅的純文學，而曾虛白的個人創作也多表現普通大眾的生活，敘述平凡人的平凡生活，還原生活本來的面目，但創作方法和描寫都極具藝術性，有效地避免了對低俗的迎合。因此可以說，曾虛白力圖通過這種普通民眾的生活來讓大眾在描寫自己的文學中獲得藝術的薰陶。

但應該注意的是，曾虛白一方面認爲文學應該成爲大眾的，但同時又認爲文學更應該表現「自我」，「文學作品是作者精神組織的表現，」〔註38〕因此在大眾和自我之間便存在著某種不調和，文學家該如何在堅持自我書寫的過程中將大眾引導至自己的審美趣味之中？基於大眾與作家之間認識上的隔閡，二者如要尋求文學審美上的統一，則需要一個更高層次的思想觀念的統攝，而這便是他所說的中心意識。在《民族主義文藝運動的檢討》中，曾虛白認爲文學家是時代精神的先覺者，因此他總能對時代潮流有著最爲敏銳的感覺，文學家要表現情感，但是在這情感的背後也同樣需要理智的推動，這種理智也便是一種中心意識，「中心意識的形成不可避免的受著時代潮流的支配，於不知不覺中取著共同的趨向得了共同的形式，合鑄成一時代一民族共同的意識。」〔註39〕這種中心意識是自然生發的，而非強制產生的，「所謂的中心意識，決不像衣服一樣可以叫裁縫定做一件去披在某個作家身上的，這是他自己受著時代潮流的鼓蕩而自然形成的。」曾虛白認爲在現時代，這種受時代潮流影響而自然生成的中心意識也即民族意識。他將文壇左翼和右翼分別提倡的階級意識和民族意識進行比較，而最終選擇了後者，他認爲階級意識並非是中國現在全民族共同的意識，根據中國的國情，中國人民困苦的禍根在於知識階級的專橫而不在資本階級

〔註38〕徐蔚南：《〈都市的男女〉小曾序》，上海：眞美善書店，1929年版，第5、6頁。

〔註39〕虛白：《民族主義文藝運動的檢討》，《眞美善》，1930年第7卷第1號。

的壓榨，而階級意識不是從社會發展從自發產生的，而是由俄國、日本輸入的，因此階級意識是僞意識。而相比之下，「五四」運動和五卅運動充分暴露了帝國主義的野心，民眾在感受到內憂外患的壓迫之後，這種困苦已成爲了全民族的創傷，對痛苦的感同身受讓人民都自發的生出了一種反抗意識，促使了民族意識的覺醒。因此他認爲「民族文學是表現目前中國最新成行的一種時代意識的東西，是自然演進到了這個程度不能不出來的東西；所以它是眞的，是眞實的一股潮流。」因而，在民族意識的統攝下，作家和民眾能眞正走向統一，從而達到審美上和認知上的一致。但曾虛白對民族文學的認同是部分而非整體的，民族主義文藝派鼓吹民族主義「中心意識」論，試圖宣導文化獨裁，將文學視爲意識形態的工具，曾虛白對此予以反對，他反對「爲」的文學，並表示：「我要爲純潔的文藝提出嚴重的抗議。文藝家除掉了他自己的意識以外，絕對不承認任何樣的權威。他意識的琴弦上感到了時代和風的吹拂發出共鳴的諧音來，這是他靈感中自然流露的天籟，決不能預先給他規定某條某項是你的『使命』，是你『應有的責任』。文藝家是一直盤旋天半的夜鶯，你捉住了它關在籠子裏，叫它那兒能唱得出悅耳的曲調？」曾虛白強調作家的自主性和文學的獨立性，並因此與民族主義文藝派產生了根本的區別。

由此可見，曾虛白在此時繼續強調文學的純粹，但同時他對純文學的認識已經不再是之前單純地表現自我與形式上的努力，他由大眾文學與個人表現的矛盾中認識到了純文學表現的局限性，因此不得不拋棄純文學的狹隘的表現論，而投向了對社會大眾的表現和關注。但需要注意的是，曾虛白文藝觀的轉變在理論上是有一定的邏輯關聯的。民族主義文學自從誕生之日起便帶有明顯與左翼文學對立的傾向，而階級論作爲左翼文學的主要理論基點也成爲了民族主義文藝的主要批判對象，也正是在對階級論的反對上，曾虛白與民族主義文藝觀存在著契合之處，而這也成爲了日後曾虛白逐漸向民族主義文藝靠近的邏輯起點。而他的這種轉變也與他的文學經歷和外界影響不無關係。在曾虛白編輯《眞美善》的過程中，他接觸到了大量的文學家，據他的回憶，朱應鵬、張若谷、傅彥長、徐蔚南等人經常會到訪家裏做客，並都在該刊上供稿很多，可見與其私交甚好，而這些人中大部分後來都投入到了右翼陣營之中，傅彥長等人還是鼓吹「民族主義文藝」的干將，不得不說這並非一個巧合。從後來他組織《大晚報》來看，汪倜然、黃震遐。張若谷等人都有參與，可見，這些人已經形成了一個較爲穩固的交際圈，他們的選擇對其文學觀的改變勢必會起到一定的影響。

從曾虛白的創作實踐中，我們看到了其在追求文學純粹性的過程中的現實主義偏向，同時他在肯定文學的「中心意識」時，又極力反對文學的功利性。對於純文學和民族主義文藝，他都表現出了某種偏離，因此無論將其劃分哪一派都是有失偏頗的。他早先對純文學的追求更多地是出於一個文壇初學者的自覺模仿，而後隨著自身認知上的不斷發展，純文學的觀念已經不能滿足自身創作和社會的需求，現實主義最終將文學從純粹中拉回了現實，曾虛白的這種轉變是有著他自己的邏輯走向的，他在創作陷入形式主義的窠臼之後去努力尋找另外一種可能的出路，雖然最後他的文學觀顯得比較含混，但是這種嘗試本來就是值得贊賞的。曾虛白的這種自我轉化有著較爲積極的意義，是作家進行自我突圍的一種手段。

但是另一方面，我們又可以發現這種所謂的轉向並不是絕然而斷裂的，二者之間的關聯就說明了純文學實踐上的尷尬。長久以來，由於對意識形態的強調，對三十年代文學思潮的敘述都停留在文學與政治的對立矛盾中，因此也就出現了對作家的評價過於單向化的現象。曾虛白的文藝觀和創作間所呈現的矛盾在一定程度上代表了當時提倡「純文學」作家們的尷尬，因此《眞美善》期刊上的文章會顯現出大眾與自我的糾纏。借助曾虛白，我們看到了政治和審美在文學上所呈現出的統一，有助於透過這個側面瞭解在意識形態高昂的三十年代裏，文學家所面臨的複雜的文學選擇。另一方面我們也看到了在文學創作走向困境之時作者努力進行的自我調試，這是一種促進文學觀念更新的力量，它異於文學潮流裹挾的被動隨從，而更多的呈現出了作家的文學自覺。

第二節　「唯美」的藝術探索

追隨著「唯美」的步伐，《眞美善》將表現文學的「美」看做是文學的重要目標之一，曾樸曾在創刊期上對「美」有過詳細的解釋：「那麼什麼叫做美？就是文學的組織。組織是什麼東西？就是一個作品裏全體的佈局和章法句法字法，作者把這些通盤籌計了，拿技巧的方法來排列配合得整齊緊湊，彷彿拿著許多笨重的鍋爐機輪做成一件靈活的機器，合著許多死的皮肉筋骨質料拼就一個活的人，自然地顯現出精神、興趣、色彩和印感，能激動讀者的心，怡悅讀者的目，就丟了書本，影像上還留著醰醰餘味，這就是美。」〔註 40〕它綜合了語言、謀篇佈局、感情等多個方面的因素，是對文字表達的最高要求。因此在他們的創作中，對文字的錘鍊，辭章的組織，篇章的組織、結構的安排等都表現出了格外的偏重。

一、辭章形式之美

在唯美主義而言，藝術的目的僅僅存在於本身形式的完美性之中，藝術的價值重在形式，重在用語言再現感官的印象。戈蒂耶認爲詞句、音韻和節奏才是詩的構成因素，「如果韻腳還不壞的話，就一句一句地押下去，如此而已。」而他在論及《琺瑯和雕玉》時也說「這個題目……表示我，計劃用非常謹嚴的形式，來處理微末的題材——如在黃金或黃銅的表面，用色彩鮮豔的琺瑯，描繪圖畫，或使用一個雕刻匠的輪盤，處理各種寶石。每一片都得精細琢磨，一似可以做寶石盒，或印章，戒指上的裝飾。」〔註 41〕只有「對形式反覆雕琢，才能產生出佳作，大理石、瑪瑙、琺瑯和詩歌」。佩特則聲稱使用語言須進行「一種嚴肅的研究權衡每個字的精確力量，想像它是一塊貴重的金屬」，或者是「紫水晶、黃金韻律、凹雕」。而愛倫・坡則認爲詩歌是「美的有韻律的創造」，主張在詩歌音樂的結合中發展詩的「最廣闊的領域」。可見，唯美主義將美作爲終極的追求目標，講究韻律和語言的精雕細鏤，以創作出一種獨特的情趣，來完美地展現人的感覺體驗，他們將文學的價值完全寄託於純粹的形式之上，成爲了形式主義的推崇者，而這也成爲了唯美主義文學最主要的特徵之一。

《眞美善》作家們對唯美主義文學形式方面最主要的借鑒便在於對遣詞造句的斟酌與推敲。曾虛白借鑒了帕爾納斯派和福樓拜對於文學語言的觀點，主張冷靜、客觀、形式的完美。福樓拜就尤其強調觀察事物的科學、冷靜和縝密，希望通過最客觀和冷峻的描述來展現事物的本來面目，反對描寫中的感受和情緒的宣洩，他認爲「我們不應該利用藝術發洩我們的情感，因爲藝術是一個自身完備的天地，彷彿一顆星星，用不著支柱。我們必須脫離

〔註 40〕病夫：《編者的一點小意見》，《眞美善》，1927 年第 1 卷第 1 號。

〔註 41〕衛姆塞特，布魯克斯著，顏元叔譯：《西洋文學批評史》，北京：中國人民大學出版社，1987 年版，第 451 頁。

一切剎那的因果，然後越少感受對象，我們反而容易照實表現它永久而普遍的性質，天才或許不是別的，是叫對象來感受的官能。物役於人，不是人役於物。藝術家表現激情，然而是描寫的，屬於一種再現的作用，具有形體的美麗，否則容易流而藝術娼妓化，甚至於情緒娼妓化。」〔註 42〕除此之外，福樓拜還特別強調形式和思想的不可分割，追求語言的精巧和準確，在經過反覆的推敲錘鍊之後達到完美的效果，只有這樣，寫不出來的詞句才不至於顯得因襲陳腐，籠統而抽象。曾虛白也極力主張描寫中的語言的客觀化，「在描寫景物時具體地將實景寫出來，眞實的映像和氛圍感覺自然就出來了。比如說醉人的春風、幽靜的臥室這類詞就顯得太抽象而不具象。」〔註 43〕可見，他強調對狀態的本眞展現而避免感情的干擾，帶有強烈的客觀化傾向。同時，在語言的選擇上，曾虛白也提倡語言的陌生化，勉力避免使用陳腐的文學慣語，同時力圖準確傳神，他認爲在創作中「每有一句絕妙的佳句，初用時是神妙的，再用時已差一點，等到看熟了完全失了它的魔力了。比仿你拿桃花的薄命來比擬人生，倘然這是你第一次的發現，一定能感人極深，不幸這種比擬已經給人用得爛熟了，所以不論你寫得怎樣深刻，決不能引起讀者的同情。……我創作的經驗教給我要做好的作品是要拼命往裏鑽的；我想表現一種思想或是感觸，最先找到的詞句一定是一般人所用得爛熟的，所以是浮泛的，不能動人的，那決計要不得！於是我一定要努力往裏鑽，直到找著了的確可以表現我這種思想而絕不能移易到別處的詞句，那才是眞正值得寫下來的東西。」〔註 44〕由此可見，曾虛白在創作中很注重錘字鍊句，力求遣詞造句新穎獨特，避免拾人牙慧。

除此之外，曾虛白也將文學的藝術性看做是文學的重要目標之一，這集中在對「美」的顯現。從曾虛白的譯作中可以看出，他對唯美主義是有自己獨特的見解的，而他的作品也借鑒了唯美主義流派的創作方法，但是他所呈現的「美」同唯美主義所宣導的「無功利的美」有區別，他將「美」當做一種表現方式而不是目的，因此也更多地表現爲細緻的描寫，他擅長進行景物的描摹和人物外貌的描寫，慣常使用大量繁複富麗的辭句表達。在對景物的描寫中，他常用物象的比喻對雲彩和光線進行重點描繪，營造出一種變幻萬千、色彩繽紛的動態

〔註 42〕李健吾：《福樓拜評傳》，長沙：湖南人民出版社，1980 年版，第 398 頁。
〔註 43〕虛白：《文藝的郵船．創作的討論》，《眞美善》，1928 年第 3 卷第 2 號。
〔註 44〕虛白：《文藝的郵船．創作的討論》，《眞美善》，1928 年第 3 卷第 2 號。

景象。比如在《鬼子》裏，「碧澄澄的天空裏散佈下東一簇西一堆的白雲，可是這些雲朵靠西的半面，映著喝得醉醺醺地在半山腰裏遮遮掩掩的落日所發出來的餘暉，都返射出亮晶晶，紅通通的光采；這半邊像積雪，像團絮，像玉石山，像銀濤浪，那半邊卻像堆錦，像春花，像珊瑚樹，像瑪瑙峰，襯托著天空中洗淨的蔚藍本色。」《徐福的下落》裏，「在草原遠遠的地平線上像雲頭般湧起一帶隱約的遠山，懷抱著它幻想中的邊緣，恰正像地毯上堆花的鑲滾。」他的文筆清新優美，對色彩和形象的展示方面表現出了高超的技藝。在景色的描繪之外，他還擅長於對場景和人物外貌進行展現，他自己十分看重的小說《德妹》即「是把他流進生活中所得的經驗而加以幻想的渲染所組成的文章。」〔註 45〕它描寫了「我」回家看望重病在床的德妹時的所見所思，以美妙的幻想描寫呈現了德妹青春的姿態，「在一堆姊妹中間她像環繞著群星的明月，微笑地發著傲慢的光輝引起多少人的羨慕和嫉妒。那一堆像點漆般黑，像走盤珠般流轉的瞳人，浮動在長睫影裏一泓秋水般的眼白上，表現出她活潑天眞的素質。泛著桃花色白玉般的雙頰，暈出兩個深深地像小錢兒大小的酒渦，只給人一種和藹可親的映象。」〔註 46〕作者將德妹的每一次出場都進行了精緻的刻畫，同樣又不斷地將讀者拉回現實，在虛與實的交錯中來呈現「美」的消亡。《德妹》中八個美麗的幻想將回憶和現實平置，過去與現在，美好與死亡變成了渾濁的交織，正如評論者所說：「他的妙處在這八個幻想，他的弱點便也在這八個幻想。因爲作者要把每個幻想都描寫得動人，反而使每個幻想都失掉了力量。好像一部戲裏都是主角，反而弄得一個也不是主角。但是作者的秀麗的文筆是我們不得不佩服的。我不相信中國現代作家中能比他更多絕美的形容字的。假使有人要說他像 Flaubert 那不如把 Gautier 來比他。」〔註 47〕在他的其他幾部小說中，他也分別呈現了情節的技巧和文字的技巧，因此他也被認爲是「一個最注重技巧的作家。」〔註 48〕這個來自於《獅吼》的評價或許在一定程度上對他的成就有些拔高，但由此可見，文字的精美已經成爲了他作品的重要特點之一。隨著他創作的不斷進步，在後來的作品中，他也嘗試著傳達技巧之外的內容，但是也一直沒有放棄過對「美」的描寫的追求。

〔註 45〕《新書推介．德妹》，《眞美善》，1929 年第 3 卷第 6 號。

〔註 46〕虛白：《德妹》，《眞美善》，1928 年第 2 卷第 2 號。

〔註 47〕《介紹批評與討論（德妹，曾虛白著）》，《獅吼》，1928 年復刊第 11 期。

〔註 48〕《介紹批評與討論（德妹，曾虛白著）》，《獅吼》，1928 年復刊第 11 期。

二、情感、體驗之美

唯美主義者對現實世界加以貶斥，他們提倡生活的審美化，反對對生活的客觀描寫。在他們的筆下，現實生活經過主觀感受的加工而變成了一種意象，而最終通過絕美的形式和印象體現出來，「對生活的體驗超越了生活的物質層面而轉向了人的情感，具體的細節爲個人情緒所渲染，從客觀世界呈現出一個感覺的主體。」〔註 49〕在他們的作品中，具體的事物常被抽象成一種觀念，種種現實事物都被賦予了一種藝術的力量，他們負責傳達出作者的感受。因此唯美主義觀念在中國作家那裏除了形式上的完美之外，更體現了一種精神的內在指向，唯美主義者所呈現的並非現實生活，而更多的是一種內心潛在的情感沉澱。在曾樸看來，「美」來自於精神和形式的調和：「藝術惟一的要點，不論精神形式，全在調和同一致。在調和同一致裏面，方能顯現出美的印象來」〔註 50〕在具體的創作中，作家們除了進行語言形式上的探索之外，更善於將筆觸直指內心的情緒，將其歸於一種內心的體驗和思考。《眞美善》作家們所宣導的對人內心情緒的挖掘在創作中的表現方法是多樣的，除開直觀的心理描寫之外，還加入了場景的渲染以及對心理獨特體驗的細緻描繪，他通過對特定場景的聲、色、形的描寫與敘述人、人物的心理相互交織，使物象獲得了表現心靈的功能，不僅如此，他們還善於通過幻覺來表現人複雜的心理狀態。

曾虛白善於運用豐富的語言來描繪物態、表達感受和體驗，作品中含有大量的心理刻畫和感官渲染。虛白的《被劫》敘述了一個偶然間發生的愛情故事，戰爭中大量軍隊入城，主人公「我」遇到一個大兵到家借宿，在短暫的相處中「我」與大兵互生好感，小說著重描寫了「我」對他的態度由驚慌到猜疑再到兩人相戀的變化過程，而「我」被他吸引後所顯現出的各種感受在文中都得到了細緻地描繪，比如最初由於心動而顯現的手足無措，「呀！這種款款柔情的樣子眞是可怕，我決沒有拒絕的勇氣。當時不知怎的，以爲總得要回答他這一番深意，實在又不曉得應該怎樣的還。倒底嘻著嘴也笑了——或者不像個笑，竟裝了個哭臉。」〔註 51〕文章中也有四目相對時的嬌羞，「(他）說時微笑著拿眼睛向我瞟過來，我嚇得趕緊低頭翻弄著衣角，好像發

〔註 49〕周小儀：《唯美主義與消費文化》，北京：北京大學出版社，2002 年版，第 123 頁。

〔註 50〕病夫：《編者的一點小意見》，《眞美善》，1927 年第 1 卷第 1 號。

〔註 51〕虛白：《被劫》，《眞美善》，1928 年第 1 卷第 6 號。

現了什麼咬人的蟲蟻似的。」以及陷入愛情時的沉醉，「那一對又深又黑的眼珠子又對著我發出神秘的吸力，深深的笑渦又把我的心靈沉醉得迷迷糊糊，鼓不起一點兒抵抗的勇氣。」「我」內心的情感天平一步步由愛人德哥滑向了大兵，故事講述層層推進，表現細膩而又情節緊湊。如果說此時對心理狀態的描寫還停留於一種傳統意義上的動作神情的表現，那《躲避》就有著心理小說的痕跡了，他用象徵的筆法描寫了一個小偷陷入恐懼中的內心波動，全篇充滿了恐怖、疑懼的映像，捉賊的叫聲，主人公精神錯亂而陷入了對身邊物體的奇妙感知中，他眼下的世界充滿著鬼魅和各種奇怪的幻象，「獰笑的夜叉頭又在黑影裏邊飄蕩過來，正像風裏的小氣球，東一堆，西一簇，搖搖惶惶的在那裏浮動。」而「遠處有一點光亮慢慢的飄過來，一點兒一點兒放大了。細看時，哪裏是什麼光亮，確實一堆白頭髮在哪裏閃動哩。」無數的人頭和黑影，還有無所不在的審視的目光，「空氣裏充滿了追賊的聲浪，四面的惡狗作威作勢的跟著他影子亂叫，街邊路角好像多埋伏下千軍萬馬，只等他去自投羅網。」內心的躁動和不安都表現爲外在物體秩序的顛覆，街道的聒噪與內心世界的慌亂相得益彰，外在世界像一張巨大的網將脆弱的個體包裹、擠壓，直至逼仄到無路可逃，因此主人公連生最終選擇了自殺，而「找到那最幽深的黑影藏身去了。」《眞美善》的另一個重要作家王墳也擅長於通過幻覺和氛圍的營造來表現人物心理。《遁逃》在兩個平置的場景中來演繹了一種時空的交錯。全文展現了兩個場景：靜月尼姑的哭、笑和死以及另外一對青年人的晚上會面、交談、相愛。通過對兩個場景的穿插講述，最終將戀愛的雯和靜月尼姑的身份達到了統一，靜月尼姑想起舊日的情誼，在哭與笑的複雜情緒中進入了幻境而死亡。全篇充滿了孤寂和陰森的氣息，「（靜月）停住腳，眼前一陣黑。黑是什樣迷漫呵！好似千萬隻手，抓向她來。倏忽，黑手不見了。一個猙獰的臉，出現在眼前。臉多可怕呵！臉上泛起一片笑，漸漸移動了；移動到自己面孔上，消失了。」通過黑影和恐懼的面目描寫，展現了她精神失常的混亂狀態，文章通過對現實和回憶的交叉敘述，主人公在花前月下和青燈古佛的對比中產生了一種強烈的悲哀和幻滅感。「遁逃」不僅僅是一種行爲狀態，更是一種心理狀態和人生狀態，即使面對菩薩救贖的微笑，主人公終究逃不過自己痛苦的內心和悲哀的命運。而葉鼎洛《沙明五之死》則將情緒物化，「思想像一隻釘，釘在他的心上，又像酒精一般，發酵地輸到他周身的每一條血管，每一條神經。黑暗像幽冥的世界，但那裏邊像有許多的團塊正在活動：是恐怖與危險，怨憤與愁傷，沒有方法可以逃遁。」

在這裡，片刻的情緒被定格爲一種具體的物象，這種固態化的呈現使感受和情緒變得更爲立體和形象。

《眞美善》的很多作家都力圖通過這種技巧性的書寫更爲形象的展現人物的情緒，讓讀者從中獲得一種區別於傳統小說的獨特的情感體驗，但是對於技巧性的過度注重相對來說會削弱作品情感的表達和文本蘊涵的呈現。就以曾虛白爲例，隨著創作的不斷進步，他也認識到情感和技巧的表達並不足以展現文學的精神，而文學的力量並不在於文字的堆砌，更多地是對社會眞實的揭露和對作者思想的高度凝練。他從個人差異的層面上去理解文學的不同表現，每個人對同一事件的感受和呈現都是與眾不同的，文學即對自我本眞情感的展現，但是社會上無處不在的各種規則和力量，卻使這種本眞遭受壓抑，「鐵錚錚的禮教，死板板的道德，嚴肅的國家，無情的社會，幸災樂禍的智者，盲從瞎鬧的庸俗，層層疊疊束縛他，形形色形恫嚇他，禁止他宣露出靈魂的本相，於是他不得不忍受著種種苦痛，在人生的劇場上扮一個不是自己的傀儡。」〔註 52〕對作品而言，作品要顯出眞實就必須要勇於表現眞實的自我，進行自我感情的抒發。這種個性與眞實表現在兩個方面：一個是作品中人物的個性化的情緒，另一個是作品所透露出的作者的情緒，而後者通過前者得以顯現。《潛熾的心》序言可以看做一個高揚文學進行自我表現的宣言，「我願一切人把蘊藏在內心的火焰暢快地宣洩出來，燒斷了一切束縛，嚇退了種種恫嚇，挺著胸，凸著肚，坦白無私地赤裸裸進行在人生的大道上。人家的贊揚，人家的譭謗，我認定是別個宇宙裏的喧嘩，他們根本不知道究竟我是那個。那裏來的煩惱，更用不著呼唬！」〔註 53〕因此這個小說集裏的文章都試圖在表現一種被壓制的感情，這種壓力的力量來自於禮教道德和社會權力，在層層禁錮之下，曾虛白通過人物自白和想像讓這種情緒得到了最好的表達。《苦悶的尊嚴》的陸知事死死抓住自己的尊嚴，層層包裹住自己的欲望，但即便如此他仍舊能聽見來自內心的熱情的呼喊，「他那飽受著禮教薰陶的靈魂只准他在這個範圍裏找尋自己悲哀的泉源。然而，在他靈魂的背影裏，他直覺地感到另有一種飄渺的呼聲，熱烈地要求著另一種說不出的滿足。他知道這並不是簡單伴侶的追求，也不是空虛生活的塡補；這是久經壓迫在他靈魂背後的火焰煎沸著心底裏熱情的聲音。他感覺這種火焰

〔註 52〕虛白：《〈潛熾的心〉自序》，《眞美善》，1929 年第 3 卷第 6 號。
〔註 53〕虛白：《〈潛熾的心〉自序》，《眞美善》，1929 年第 3 卷第 6 號。

的熱力熏醉了他的心頭，就是這種潛力的鼓蕩，使他感到了處境的淒涼，到處充滿著寂寞悲哀的空氣。」〔註 54〕而《死颸》裏這個被家庭和禮教所不容的女性內心充滿著悲憤，「我要攻擊一切，我要詛咒一切，我要揭破每個人臉上的假面具，叫他們無可掩藏地呈露出個人自私的醜相，這是我困苦了一生唯一的痛快，所以我決心把生命來做他的代價。」〔註 55〕這些小人物的呼聲是他們內心眞實的感受，也是曾虛白對這個社會中被壓抑已久的欲望和憤懣的一次釋放。在這裡，曾虛白寫作的重心由技巧轉爲情感，而最終著眼於對社會現實的批判。

曾虛白自己坦言，從《德妹》到《潛熾的心》，他一直都在進行寫作的創新，「至於我在眞美善三年半時期中自己的寫作集中在短篇小說的創新，想在心裏描寫的深入刻畫中呈現人間關係的各種現象。」〔註 56〕在這個過程中，曾虛白加入了更多的情緒表達，他慣常使用大段的獨白進行自我剖析，或者渲染一種強烈的感受，以此來反映現實中人的處境。相比於之前的創作，我們能夠從主人公熾熱的感情中探究到隱藏在後的現實原因，從而使小說具有了更多的現實意義。同時我們也應該看到，他對情感的處理過於粗暴，這種過於直露的情緒使作品顯得過於濃烈而韻味不足。但是到了他的長篇小說《三稜》中，他逐漸將主人公的情緒由外露轉爲內斂，由濃烈的感情抒發變爲平和的現實書寫，《三稜》主要講述了一段三角戀中糾纏於三者之間的各種情感，他仍舊延續了自己對精美細節的追求，運用綺麗繁複的句子對人物外貌、動作心理都進行了細緻的描繪，在靜與動之間都展現了絕妙的美感。但對人物情感的抒發卻稍顯節制，通過動作和對話來表現各種錯綜複雜的感情。同樣寫懺悔的男性，在《贖罪》中，面對懺悔的兒子，作者禁不住地從文中跳出來說話：「蒼天，蒼天，這是他儘量的慈悲，給予人們自新的生路，要不然歷盡了地獄裏的油鍋刀山也不能減輕他良心上這一道深刻的創痕。」〔註 57〕而《三稜》裏的質夫卻「呆呆地低著頭守在麗娟的床前，臉上一行行的水點，攪不清那一行是淚，那一行是汗。」〔註 58〕兩相比較，《三稜》的風格更爲冷靜眞實。同時，作者亦未放棄過對技巧和語言表達的追求，作者將《三稜》

〔註 54〕虛白：《苦悶的尊嚴》，《眞美善》，1928 年第 2 卷第 5 號。
〔註 55〕虛白：《死颸》，《眞美善》，1929 年第 3 卷第 3 號。
〔註 56〕曾虛白：《曾虛白自傳》，臺灣：聯經出版事業出版公司，1988 年版。
〔註 57〕虛白：《贖罪》，《眞美善》，1929 年第 3 卷第 5 號。
〔註 58〕虛白：《三稜》，《眞美善》1930 年第 6 卷第 5 號。

中的三個角色分別賦予了狂、妒、毒這三種情感，三個人物、三種心態糾結在一起，表現了都市現代人複雜的精神生活。但是也正如他自己所說：「若說要把思想和情感二者並重，那就彷彿一定要一滴油溶化在水裏面，這是絕對做不到的。」〔註 59〕《三稜》在對糾葛的情感進行梳理時，必然也在敘述中承載了作者的某些現實觀念，因此他的觀念意識常常會通過大量的對話表現出來。小說中的質夫和麗娟有一場關於愛情與物質，享受與佔有的辯論，篇幅長達十頁，並不能很好的融合於情節之中，因而顯得有些突兀。但作者也通過揚己之長而有效地避免了這一情況，他對語言的精細雕琢在一定程度上緩解了這種生硬感，他讓論辯式的話題變成了散文的表達，比如：「愛是超世間性的一種享受，當我們給塵世間種種物質的煩擾攪得焦頭爛額的時候，它是給我們寧息，給我們撫慰的唯一逋逃藪。它來時像波濤的洶湧，它去時像煙霧的飄忽。它是輕揚的雲，不是凝重的雨；它是潺湲的水，不是堅實的冰。任你有多堅強的理智，一跳進它的漩渦裏，也只能隨波逐流地流去，絕不容你有考量選擇的餘地。這不是意志能稱霸的地獄，卻是動盪熱情的王國。」由於作者精於對語言的駕馭，這也在一定程度上淡化了說理的枯燥，而我們在閱讀如此流暢而美麗的文字時也不禁會被深深的打動。可見，曾虛白的創作經歷了一個追求技巧到表達情感，再到情感、觀念的並重的過程，而這也是文學從封閉走向開放的過程。飄忽於概念之上而追求純粹美感的文學是不存在的，作家們在從唯美主義作品中習得技巧的同時也會不斷的對創作方法進行更正和補充，從而使其不斷完善，因此，唯美主義作品爲《眞美善》作家們提供了一種文本呈現的範例和可能，而曾虛白通過自己的突圍也說明了任何單一純粹的追求都是不完善的。

第三節　都市人的精神描繪

20 世紀二三十年代，上海成爲了全國金融、經濟、工業的龍頭，國際貿易發達，人口密度增大，商業資本在社會生活中的作用日益突出，上海的城市建設也獲得了很大的發展。中產階級的興起導致了現代市民群體的形成，也帶來了相應的物質文化需求的增大，他們擁有了穩定的職業和收入之後，大量的閒餘時間也必然要求更多的精神方面的需求。經濟的繁榮和中西文化

〔註 59〕虛白：《文藝的郵船．文學的討論》，《眞美善》，1930 年第 5 卷第 6 號。

的互動帶動了海派文化的興起，物質的滿足和生活設施的完善使得市民生活具有了更多的享樂主義色彩。此時上海的城市娛樂業也進入了高度繁榮的鼎盛時期。百貨大樓、咖啡廳、酒吧、舞廳、電影院、跑馬場等都市文化休閒娛樂場所大量出現，人們從中尋找的不僅是一種熱鬧和喧囂的刺激，更是將這種消費作爲一種享受生活的方式，「醉人的爵士樂夜夜從道路兩側的咖啡館和酒吧裏傳出來，告訴你裏面有女人和美酒，可以把你從一天的勞累裏解放出來，」〔註 60〕而「這種逍遙自然的消遣法，『外人不足道也』。」〔註 61〕燈紅酒綠、夜夜笙歌，這種強烈的商業文化刺激將上海人引入到一種都市時尚的文化氛圍中，人們的精神生活也逐漸被改變，而對於文藝來說，都市生活給其加入了新的書寫內容，並注入了一種全新的精神氣質。基於當時的社會商業文化環境，《眞美善》作家群細緻地描繪了都市人的現實生活和精神狀態，這種狀態不僅僅存在於肉體的自我放縱，還包括了都市生活逼仄下人的精神訴求，這種訴求作用於對現實的反抗，著重表現爲對人內心精神苦痛的挖掘，表現爲一種頹廢感傷的情緒。

一、「靈與肉」的傳統表達

由於文化背景的差異，中國的作家在引入唯美主義思潮時會對其產生一些誤讀和本土化的改造。他們接受了唯美主義「爲藝術而藝術」的文藝思想內核，在具體的創作中遵循著藝術美的根本要義，注重在形式和創作技巧上的表現，但是在作品的思想內容上卻呈現出了很多本土的特色，這在對唯美文學頹廢色彩的借鑒和模仿上表現得極爲明顯。正如李歐梵所說，他們的創作「似乎故意在模仿外國文學，製造一種『異國情調』，並沒有深入藝術本身。但由於文化和歷史背景的差異，雖然在表面上他們似乎在抄襲法國和英國的頹廢派，在本質上仍是不盡相同的。」〔註 62〕由唯美主義思潮產生的歷史文化背景可知，西方唯美主義思潮是一種文藝上反抗傳統的革新，唯美主義者所倡導的全新的生活方式和異樣的審美情調爲當時的社會帶來了一股清新的

〔註 60〕李歐梵：《上海摩登——一種新都市文化在中國 1930～1945》，北京：北京大學出版社，2001 年版，第 24 頁。

〔註 61〕張若谷：《現代都市生活象徵》，選自《咖啡座談》，上海：眞美善書店，1929 年版，第 4 頁。

〔註 62〕〔美〕李歐梵：《中國現代文學與現代性十講》，上海：復旦大學出版社，2002 年版，第 58 頁。

氣息，但它本身的先鋒性和革命性也遭到了當時主流文學的批評和謾罵。這種先鋒性主要表現爲一種對傳統的突破，它衝破了長久以來政治、道德倫理對文學的綁定和束縛，追求純粹的、無功利的「美」。同時它也打破了我們傳統意義上對「美」的認知和我們對藝術道德價值的追求，將一切醜陋、腐朽和邪惡的東西都作爲了藝術表現的對象。

就道德與藝術二者的關係來講，唯美主義者強調藝術的非道德性，波德萊爾認爲：「文學和藝術追求一種與道德無涉的目的、構思和風格的美於我足矣。」〔註 63〕在他認爲，藝術的「美」只關注於形式等外在表現，與內容思想的純正與否無關。而王爾德也認爲「書無所謂道德的或不道德的。書有寫得好的或寫得糟的。僅此而已。」〔註 64〕因此評價作品的好惡並不以倫理爲標準，能給人帶來美感的作品都是好的作品，而「藝術家沒有倫理上的好惡。藝術家如在倫理上有所臧否，那是不可原諒的矯揉造作。」〔註 65〕對於藝術家而言，沒有了倫理道德的束縛，他們更可以毫無顧忌的去爲了美的理想而創作，因此，各種不被社會現實所接受的題材和內容在他們筆下大量的出現，其中就包括一直以來被封建道德所不屑甚至禁錮的肉體、欲望、醜陋和罪惡。當然唯美主義作家所認爲的「不道德」並非是對作品中倫理道德因素的完全拋棄和否定，他們更多是站在一種非功利的角度去看待作品。長久以來，道德對藝術的綁架使得它喪失了自己獨立的審美價值而淪爲政治和道德的附庸，將其從中解救出來成爲了藝術獨立的迫切需求，因此唯美主義者提倡「不道德」更多是對腐朽資產階級道德價值觀的一種抨擊和反抗。波德萊爾在《再論埃德加·愛倫·坡》中說道：「我不是說詩不淳化風俗，也不是說它最終的結果不是將人提高到庸俗的利害之上；如果是這樣的話，那顯然是荒謬的。我是說如果詩人追求一種道德目的，他就減弱了詩的力量；說他的作品拙劣，亦不冒昧。詩不能等於科學和道德，否則詩就會衰退和死亡，它不以眞實爲對象，它只以自身爲目的。」〔註 66〕可見，他們所反對的是以道德爲目的的

〔註 63〕〔法〕波德萊爾著，郭宏安譯：《波德萊爾 1857 年 7 月 9 日至母親書》，選自《惡之花》，北京：燕山出版社，2005 年版，第 70 頁。

〔註 64〕〔英〕王爾德：《〈道連·葛雷的畫像〉自序》，選自趙澧、徐京安主編《唯美主義》，北京：中國人民大學出版社，1988 年版，第 179 頁。

〔註 65〕〔英〕王爾德：《〈道連·葛雷的畫像〉自序》，選自趙澧、徐京安主編《唯美主義》，北京：中國人民大學出版社，1988 年版，第 180 頁。

〔註 66〕〔法〕波德萊爾著，郭宏安譯：《再論埃德加·愛倫·坡》，選自《波德萊爾美學論文選》，北京：人民文學出版社，1987 年版，第 205 頁。

寫作，在這個意義上來說，他們所表現的情慾和醜陋等不爲傳統所接受的東西是爲了突破傳統的禁忌，在對身體、欲望等帶有享樂主義的寫作中，它們將身體物化成一件具有觀賞性的藝術品，摒棄了其內在的靈魂和思想，在商品文化的影響下更將其簡化成了一種類似於商品的符號。

唯美主義天然與傳統之間存在著一條巨大的鴻溝，也正因爲此當它被介紹到中國文壇後，長久以來都被視爲傳統文化的對立面而存在，這符合中國人的政治文化需求，因此很自然的得到了讀者的認同。同時，中國作家在接受唯美主義思潮的過程中也不自然的將「靈與肉」的主題納入了自己的寫作範圍內，在《眞美善》期刊上，我們會發現很多充滿肉欲和情色的描寫，這種「靈與肉」衝突性的描寫獲得了期刊編者的讚同和好評，可以說，在《眞美善》的作品裏，它是作爲一種獨特的文學對象而出現的。他一方面借鑒了西方唯美主義靈肉書寫的反叛性色彩，這種反叛性主要表現爲對身體「美」的表達和對自我欲望的張揚，但另一方面又不自覺地向現實靠攏，因此，介於傳統與現實之間，它呈現出了一些難以調和的矛盾性，作者正是借這種矛盾性來表現現代都市人的精神困境，也即一種被壓抑的性衝動，而這也是當時上海人精神的眞實寫照。

三十年代左右的上海已經成爲了中西文化交融的國際性大都市，西方的殖民入侵和現代文明的衝擊極大的改變了人們的文化價值觀念，經過了「五四」啓蒙精神的洗禮之後，人的主體意識逐漸覺醒，對個體生命需求的追求成爲了人張揚個性、尋求自我價值存在的最重要的組成部分，反映在現實生活中的，即是擺脫傳統道德理想的捆綁去追逐感性解放所帶來的生命快感體驗，因此對人性本眞自我毫無保留的袒露和感官體驗的描寫成爲了追逐唯美主義的作家們創作的主要內容。即便「五四」啓蒙者們破舊立新的態度如此堅決，封建傳統觀念仍不可避免的變成了阻滯的力量，根深蒂固的封建倫理道德體系仍舊在現代文明恩澤下的中國艱難地進行著最後的掙扎。雖然表面上來看，封建禮教已經被土崩瓦解，但在上海文化迅猛的現代化轉型中，在突破了長久的封建禮教禁錮後，人們表現出了一種生命的極致的狂歡，這狂歡的背後更多是一種解脫之後的快意，是一種強烈刺激下的本能的釋放，還沒達到眞正意義上的思想意識的更新和解放。唯美主義者爲了維護藝術的純粹，將道德與審美放置於不可相容的對立面，但是事實上在整個文藝活動中，道德仍不可避免地影響著這個創作過程。朱光潛曾對唯美主義中道德與審美的分裂提出過不同的意見：「形式派美學既然把美感經驗劃分爲獨立區域，看見在這片刻的直覺中文藝與道德無直接關係，便以爲在整個的藝術活動中道德問題也不能闖入，這也未免是以偏概全，不合邏輯。」〔註 67〕事實上，在創作前，作者就已經開始有意識的考慮到了道德有可能對創作造成的影響，並盡可能對其進行規避。如果在西方唯美主義作品中，作者還在有意識地排除道德訓誡對作品內容的干擾，那麼到了《眞美善》作家的筆下，道德因素早已無孔不入地浸入到了作品的字裏行間。在身體書寫方面，在藝術表達上，《眞美善》作家將其作爲「美」的顯現，體現出了對藝術審美的追求，而在思想內容上，卻又迫於傳統倫理的束縛而不可避免地走向了對世俗的描繪。正如吳福輝所說，《眞美善》的刊物風格體現出了一種「新舊過渡」的特點，即創作風格和思想觀念上的由「舊」向「新」的遞進，「刊物呈現出長篇與翻譯並重，舊小說風味與法俄小說風味並重的特點，有些不倫不類。……有從中國舊文人角度來理解西方唯美主義的傾向。」〔註 68〕而他所指的正是中國舊文人的審美趣味和道德觀念與西方唯美主義觀念的區別。

《眞美善》的作家進行身體書寫是對當時文藝頹蕩氣息的對抗。三十年代的上海，是一個摩登與革命同時並存的時代，一方面，發達的資本主義文化的進入，讓當時的上海一躍成爲國際大都市，燈紅酒綠的現代生活讓都市男女嘗試了新奇視覺和感官衝擊，消費文化帶來的是人們對於物欲和生活享受的追求，正如徐蔚南所說：「當面的時代誰都承認是個變亂的時代。在變亂的時代裏誰都免不了嘗到種種的不幸，從不幸裏就產生悲哀。不論男的和女的，老的和小的，除了權勢迷了心竅的東西，都染著了這不幸的痼疾——悲哀。」因爲這種都市情緒的影響，他們的人生觀都表現出了對欲望和歡樂的追求，他們也「要求小說家在小說裏喊著窮，喊著被壓迫著革命的口期，同時又要求描寫變態心理的，變態性欲的，頹廢的，自暴自棄的，尖刻的，諷刺的東西，來刺戟，挑撥，興奮他們的給悲哀所衰老了的神經。」〔註 69〕可見當時對肉欲的描寫確實是一種時興的潮流，也正因爲此，爲了迎合讀者勃發的欲望，帶有肉欲色彩的作品大量出現。「文藝裏充滿了接吻擁抱的字眼不

〔註 67〕朱光潛：《文藝與道德（二）》，選自《文藝心理學》，桂林：灕江出版社，2011 年版，第 109 頁。

〔註 68〕吳福輝：《都市漩流中的海派小說》，上海：復旦大學出版社，2009 年版，第 98 頁。

〔註 69〕徐蔚南：《〈都市的男女〉代序》，上海：眞美善書店，1929 年版，第 3 頁。

算，煙，酒，鴉片，麻雀牌，娼妓，花柳病，也是觸目都是了。……因爲文學家更興高采烈的去尋找肉的材料，編造肉的故事，放開喉嚨去唱肉的讚頌了！」〔註70〕對此，《眞美善》提出了自己堅決捍衛文學「美」的宣言，曾樸在創刊期上對刊物所宣導的「美」作過細緻的說明，表明了自己對縱恣肉欲那一類作品的反對，「譬如開了一爿舊貨鋪，可發賣的貨色很多，卻偏要拿些妓女，女學生，蕩婦的淫脂浪粉，破褲舊衣，一樣樣陳列出來，這未免太不美了；……人事上是如此，文學上只怕也有這種毛病，我們這個雜誌，決不占染這種氣習，這就是編者要表明的第一種意見。〔註71〕在他們認爲，當前市場上爲了迎合大眾的消費需求而出現的大量帶有頹廢色情色彩的文學是對文學「美」的一種損傷。對翻譯和寫作中所大量出現的身體和性的描寫，他們對其有著較爲正確的認識。曾氏父子曾經合譯了法國作家皮埃爾·路易的《肉與死》（作品原名爲《阿弗洛狄德：古代風俗》），對於作品中的肉體崇拜和色欲描寫，他們毫不避諱，他們意在以「肉感的平凡化」來對抗現文壇上性文學的氾濫，「我們覺得肉感的文藝，風動社會，要和解這種不健全的現象，用壓迫的禁欲主義是無效的。惟一的方法，還是把肉感來平凡化。只爲肉感的所以有挑撥性，根本便是矜奇和探秘。……無視了肉，安得有感？我們來譯它，就想把它來調和風狂的肉感。」〔註72〕同樣是描寫肉感，曾氏父子與當時社會對色欲作品理解的不同之處在於他們從身體描寫中看到了其中蘊含的美感：「我讀了之後，沒有別的感覺，只覺得一章一節，都是夢的縹緲的美，一句一字，都是醉的倘恍的美：我便常常醉它醉的美，夢它夢的美，機械地想迻譯出來和有心人共同欣賞了。」〔註73〕他甚至對作品所描寫的醜惡都報以理解和贊賞，「我們相信藝術的本身，只是美，不美的便不是藝術。不用說古典派，浪漫派固然是美，便是向來號稱專爲醜惡的自然派，試問得到成功的作品，哪一樣不是結晶到美。……你看嚇，那裏面活現著的變態性欲，賣淫雜交，狂亂，蠱惑，殺害，盜竊，仇恨，愚妄，哪一件不是人類最醜惡的事材！然而在他思想的園地裏，細膩地，綺麗地，漸漸蛻化成了一朵朵珍奇璀璨的鮮花。我們只覺得拍浮在紙面上的只是不可言說的美。我們譯這部醜

〔註70〕電光：《書報映象·病態的文藝批評》，《眞美善》，1929年第3卷第3期。

〔註71〕病夫：《編者的一點小意見》，《眞美善》，1927年第1卷第1號。

〔註72〕〔法〕比埃爾·路易，曾孟樸、曾虛白譯：《肉與死》，長沙：嶽麓書社，1994年版，第231頁。

〔註73〕病夫：《復劉舞心女士書》，《眞美善》，1928年第2卷5號。

惡美化的作品來證明我們藝術惟美的信仰，不使冒牌的眞醜惡，侵襲了藝術之宮。」〔註 74〕他們在對於身體「美」的認知上與唯美主義作家的觀念是相通的，這也使他與當時其他專注於寫性愛小說的作家們區別開來。同時他也看到了作家在對性和身體的描寫背後所表現的批判精神，「若有人譏評他不道德，據我看起來，適得其反，倒覺得他的態度太嚴肅了。它把人生虛僞的一件錦袍剝掉了：呈露在我們眼膜下的，男性只有自私，殘忍，報復，諉卸；女性也只有野心，任性，妒忌，驕縱，簡捷看不見一點好品性；眞叫人有些不寒而慄！怎會觸動肉感？〔註 75〕」曾樸洞見了這篇作品背後深刻的文化內涵和批判精神，他對唯美主義的理解是較爲準確的，也即通過對肉體的描寫來表達對社會現實的焦慮，「身體」作爲一個載體，是「形式美」的集中體現，而對「身體」的表現也是爲了達到書寫眞實的目的，以此來揭開人生的虛僞面，展現眞正的美。

基於此，曾氏父子在創作中也積極地傚仿唯美主義作品，在作品中進行了大量的身體描寫，他們對於身體的表現都最終以「美」爲旨歸，拋棄了肉感和性欲，止步於美感的營造，因此全文總是彌漫著一種熱烈的氣息。曾虛白最擅長用華麗的語言對身體的「美」進行全方位的展現，他在長篇小說《三稜》中對倩娘的裸體進行了細緻的描繪：「質夫側身細看；黃澄澄的龍鬚席上襯著倩娘半裸的肉身，像金盤中盛著的雪藕，格外覺得白皙明潤。兩條海鰻般的臂膀，蜿蜒地出沒在亮晶晶散發的雲浪裏。左右兩腋窩，墳起兩條圓致致的肌肉，環抱當胸，捧住一對鼓鼓的乳峰，隨著呼吸的起伏，微微抖動。齊腰繫一條水綠色薄紗短褲，凹陷的腰肢在紗影裏弧成豐隆的臀部。〔註 76〕」全篇並無肉欲的赤裸表現，身體所呈現的美感是對性愛小說和傳統禁欲主義的一種背離，在此，他的身體寫作帶有了反抗性的意味。但同時，我們也應注意到，作者對身體的表達是雙向的，它背離傳統，卻又最終屈服於道德，曾虛白所描寫的身體一方面呈現著無以倫比的美感，另一方面卻又承載著罪惡和欲望，《三稜》中當質夫抵擋不住倩娘身體的誘惑，沉淪於肉體之後再一次醒來看到她的身體，作者這樣寫道：「再望望那邊床上，倩娘半裸的肉身還是安靜的躺臥，可是，映著淡白的晨光，全身泛現一種屍體上見慣的黃臘色。

〔註 74〕〔法〕比埃爾·路易，曾孟樸、曾虛白譯：《肉與死》，長沙：嶽麓書社，1994 年版，第 232 頁。

〔註 75〕病夫：《復劉舞心女士書》，《眞美善》，1928 年第 2 卷 5 號。

〔註 76〕虛白：《三稜》，《眞美善》，1930 年第 5 卷第 6 號。

四肢懈弛地，疏散地弔著；一頭像茅草般的亂髮，襯著一張死灰色的臉蛋；嘴唇痙攣地在扭動，喉間嘶嘶地作響，像是塞滿了黃膩的濃痰。他禁不住又是一個寒噤。」混帶著質夫的愧疚和不安，倩娘的身體在此時寫滿了罪惡和骯髒，而左右其身體語言的即是道德。質夫一方面被強烈的個體欲望所充滿，一方面又不可避免地被道德綁架，承受著亂倫和背叛的罪責，在這二者的夾擊下，倩娘的身體同時被賦予了本眞情慾和罪惡的雙重含義。在此，身體的「美」只是作品形式的一種凸顯，它並未進入到精神層面，成爲西方唯美主義者對「美」的終極追求，文章最後的落腳點是愛與道德的糾纏，最終在道德的規訓下，倩娘被描繪成了一個有著強烈欲望且狠毒自私的女人，精神的惡最終超越了身體的美，成就了全篇對人性善惡的書寫。

虛白擅長於在作品中表現情愛的糾纏特別是亂倫的主題，但同時他的寫作都無一例外地導向了道德。《松影》描述的是父親與養女二人的情誼，文中的父親慈愛溫情，少女純潔美好，並以朝顏依戀古松這一意象作爲象徵物暗喻二者的相互愛慕，筆觸自然清新，毫無頹蕩之感。當父親還在爲年齡的差距而悲傷痛苦，爲這份不爲社會所容的愛情壓抑自責時，少女對父親的心聲袒露無疑帶有強烈的反世俗的意味，「難道青春就包括了戀愛的一切嗎？我們追求的是同情，是伴侶，不光是享樂。你滿足我這一切，我不需要青春。」二人對彼此的愛戀在此達到了共鳴，行筆至此，曾虛白看似有意來通過這份感情來達到一種突破傳統道德的效果，但是在最後的結尾處，他筆鋒一轉，父親從夢中醒來，「花瓶邊上影影綽綽還看得清朝顏的殘迹，窗簾上的月色，清晰地映著這株孤獨的松影。」夢醒之後的幻滅感將讀者拉回了現實，展現了這份感情在突破世俗中的艱難。曾虛白從唯美主義思潮習得了一種對性愛「美」的認知，在這之前，作家大多旨在通過對性愛和身體的書寫來達到批判的效果，但曾虛白他們對「美」的表現引發了我們對傳統審美觀念的變革，正如吳福輝所說：「曾虛白在當時的意義，是顯示了用外國潮流來改革中國語言文學的文人心態，不避唯美主義，專注於寫情寫性，有一定的影響。」〔註77〕除了眞虛白之外，《眞美善》上很多作品都表現了靈肉衝突，不避諱性愛主題，並著力用唯美的身體、熱烈的情緒，充盈的肉感來呈現感性與欲望，主張性愛的自由，反抗現實道德的禁錮。邵宗漢《最難熬的今宵》講述了「我」

〔註77〕吳福輝：《都市漩流中的海派小說》，上海：復旦大學出版社，2009年版，第60頁。

在旅館倍受煎熬的一夜，在膨脹的欲望和道德的防線雙重夾擊下，作者對「我」所受的這種強烈的煎熬進行了反覆的渲染，而「我」最終爲道德所屈服，選擇了半夜在湖邊自我清醒。孫席珍《失卻的丈夫》裏的福奎嫂子陷入了長久的性苦悶之中，她一直渴望從丈夫那裏得到溫存，卻總換來他兇狠的態度和不解風情的發洩。文中對福奎嫂子性壓抑的心理進行了著重的描寫，展現了女性在婚姻生活、性愛關係裏的從屬地位，但是即便她有無數次想離家出走的衝動，她最終還是選擇了繼續承受，傳統道德觀仍舊主宰著女性的命運和選擇。虛白《苦悶的尊嚴》裏的陸知事飽受著禮教的束縛，長久以來承受著性的苦悶，內心充滿著欲望欲釋放的呼喊：「來吧，我們暫時忘掉了人生的束縛，來求靈肉的快慰；就算它是片刻的，是毒性的，我也願意。」他在短暫的歡愉之後身患重病，怯於尊嚴和道德的束縛而不敢就醫，最終落寞的走向了死亡。除此之外，還有李贊華的《柳二嫂子》，王家棫的《雨夜》，徐蔚南《靜夜思》等小說都表現了性壓抑的主題，作者通過對靈肉衝突的描寫展現了現代人處於身體渴求自由和道德束縛之間的選擇困境，因此「30 年代中國的審美現代性衝動仍舊處於萌芽期，它所表現出的憂鬱和病態主要不是因爲痛感工業文明對人的物化和異化，而更多由於兩種異質文化對接過程中所產生的一定程度的不適應以及對母體文明的一種不自覺的依戀。」〔註 78〕這種對傳統的依戀，使得當時的文學作品對性的表現終究難逃觀念的束縛。

通過對性壓抑的直觀呈現和反抗，他們所表現的正是當時上海新舊文化衝突的現狀。相比於自「五四」以來的性愛解放，從《眞美善》的創作中，我們可以看到他們筆下靈肉書寫的某些超越性。長久以來，身體僅僅只是作爲表現的一種手段而出現，或者爲了凸顯個性解放的主題，或者爲了達到抨擊傳統道德的目的，但是在《眞美善》作家那裏，人的身體成爲了表現的主體，雖然最終他仍舊不可避免地服務於思想主題，但是身體與欲望本身就是作爲一種重要內容而呈現的，作者所贊美和極力表現的是身體呈現給讀者的美感，作者雖然不像唯美主義宣揚者一樣將「美」作爲寫作的唯一追求目標，但相比於大多數海派小說，他們在身體書寫的層面上已經呈現出了某些超越性。事實上，唯美主義的「美」也帶有隱形的反叛性意味，只是他的著重點在形式層面。《眞美善》的作家在強調思想的現代性的同時，對「美」的全力釋放也增加了作品的反叛力度，因此作品的批判性不再是單向度的展開，而是內容和形式的雙向展

〔註 78〕張光芒：《現代性視野中的現代都市文學》，《學習與探索》，2003 年第 4 期。

現，他在展現「美」的同時也達到了「善」的目的，從而使二者在某種程度上融合統一，而這也正好符合《眞美善》的藝術追求。但同時，身體的書寫又難以逃脫道德價値觀念的束縛，而最終在文中呈現出了某種矛盾的現象，而這個矛盾的源頭則來自於唯美主義文藝觀本身的矛盾，他們渴望以純粹的美來對抗腐朽和虛妄，這本身就帶有一定的烏托邦色彩。同時在《眞美善》作家們所處的新舊文化雜糅的時代背景下，一種強烈的文化基因牽絆著他們走向徹底的否定和暴露，但是値得肯定的是，他們的創作的確承載了一種現實關懷，是對於當時文壇作品頹靡現狀的一種反思，同時也是對現代都市人精神狀態的客觀呈現，因此可以說《眞美善》的創作是用唯美主義的方法去表現現實主義的內容，從他們身上我們也更清晰地看到了唯美主義的局限性，以及唯美主義在中國文壇從未曾大規模發展風行的眞正原因。

二、「痛苦」、虛無之美

唯美主義的產生主要是爲了反對當時的功利主義以及工業時代的醜陋風氣，藝術家們絕望於當時社會尖銳的矛盾，於是在作品中注重描寫個人的精神世界，充滿了難以抵禦現實的悲哀和幻滅感，帶有強烈的「世紀末」情緒，他們在作品表現出的頹廢感傷的特徵正是現代文明病在社會意識形態上的反應。而三十年代的上海，革命退潮之後，大量的青年陷入了革命理想破滅之後走投無路的困境中，因此當時社會上普遍存在著一種理想主義的感傷情緒。同時當時現代都市文明正在蓬勃興起，在現代與傳統的混合和交鋒中，現代文明帶來了都市物質生活的極大豐富，都市的文化氛圍直接促成了自我解放的話語，而都市各色娛樂場所給他們提供了一個進行自我釋放的空間，因此在舞廳、劇院、旅館等場所都能見到他們正在用身體體現著自我的情緒，都市生活的呈現夾帶著現代人的頹廢情緒，在文中表現爲徹底的沉淪或者是失意後的抗爭，但這二者最終都表現的是現代人的精神困境。雖然此時中國社會的某些青年所表現的失意和反抗的情緒狀態還未徹底滑入虛無和絕望，但是這種精神現狀與「世紀末」情緒有著相似的精神表徵，基於此，《眞美善》作家們借鑒了唯美主義作品的創作手法來展現感傷頹廢的精神特徵。《眞美善》作品中的大部分都帶有明顯的感傷色彩。葉鼎洛《沙明五之死》的風格冰冷沉鬱，凝固的空氣、世人的冷眼，一切都在肅靜和蕭瑟中透著陣陣寒意，字裏行間都充滿著無能爲力的悲哀與感傷。崔萬秋的《墓碑》、《邂逅》等文以別離和死亡爲結局，全篇都彌漫著憂鬱的氣息，主人公陷入了對現象的懷疑和對自我的否定中，「我有什麼前途？我不過是這麼一塊行尸走肉！我既沒有自殺的勇氣，又沒有跑進向社會去殺伐的精神，我只是活一天算一天！」充滿了理想難抒和愛情失意的痛苦。而邵洵美《莫愁之愁》以優美的行文描述了作者在莫愁湖的所思所感，他懷著失落和悲傷遊覽莫愁湖，並由此想起了與他經歷相似的莫愁，也因此喚起了他無盡的思念，「我想到這裡，我那已化作了輕雲的矛盾的過去，又凝成了雨珠，一滴滴滴進我的心坎來了。……我一想到我爲了要逞自己的無意識的欲望，而使她過著寂寞的夜晚，我就哭。……我低了頭這般地想著，眼淚於是出來了；從眼角蜿蜒至鼻尖，復躍入我左手持著而不知已在何時傾側了少許的盛著白開水的杯中。」一種顧影自憐的傷感夾帶著淚水顯現了一個男子的敏感和失意，而文中對肉感的神往使得全文在感傷之餘更浸潤著頹廢的氣息，「啊，我已感覺到我是不能有一忽離開她的了，她的溫柔，我的飲料，我的糧食！啊，我已饑渴極了。我再不能不有她的有音樂的紅唇來飽我的饞吻了。我再不能不有她的如游泳著的蝌蚪的眼睛來灌溉我枯燥的靈魂了。啊，我已饑渴極了。」〔註 79〕《眞美善》的作品中大多包含著理想破滅的悲戚和求而不得的悲哀，這種直觀的情緒抒發使得文章整體都被一種濃重的悲傷氣氛所包圍，這種悲傷混合著都市的狂歡，因而更顯現出人的絕望與孤獨。西方唯美主義者通過逃避來證明自我獨立的價值追求，通過對美的追求來達到對現實的對抗，那麼本土的作家除了直觀的情緒抒發之外，也試圖用多種形式來表現這種都市文明之下的現代情緒。他們一方面借鑒唯美主義的表現方法，通過描寫惡來展現美好凋敝的現狀，從而表現自己對現實世界的隱忍和抗爭，在藝術表現上，他們以藝術的眼光看待生活，發掘惡中之美，從怪異的題材、病態的情感以及死亡和恐怖的主題中來獲取一種異樣的美感，另一方面，則主要通過肉體的直接呈現來體現人在世俗生活中所表現的墮落與虛無。

對以波德萊爾爲代表的唯美主義者而言，醜惡與痛苦有著神奇的魅力，它們散發著獨特的美感，「醜惡經過藝術的表現化而爲美，帶有韻律和節奏的痛苦使精神充滿了一種平靜的快樂，這是藝術的奇妙的特權之一。」〔註 80〕

〔註 79〕邵洵美：《莫愁之愁》，《眞美善》，1929 年第 3 卷第 5 號。

〔註 80〕波德萊爾著，郭宏安譯：《1846 年的沙龍》，桂林：廣西師範大學出版社，2002 年版，第 75 頁。

曾虛白也曾在《美與醜》中闡釋了作家是如何通過「丑」來表現「美」的，他認爲作家「所發現的眞——那就是醜——並不見得有多大價値，而能用藝術的美來表現這種種醜相才是無限量的價値。」〔註 81〕他們用高超的藝術手法來表現醜惡，從而更好地刻畫了眞實。同時，「拿美麗的事物來做描寫的對象，對象自己已經供給了你成功的一半，這是我們所謂的『湊現成』的工作；拿醜惡的事物作爲描繪的對象，那才是藝術的獨立創造，他們創造出來的美是自己本身的，一點兒沒有假借。」〔註 82〕因此對醜陋和平凡的事物的描繪往往更能體現藝術的價値。他們通過對惡的書寫來展現美的存在，從而更好的展現藝術的美感，同時作者也往往通過描寫醜陋、表現恐懼和痛苦等情緒來展現的人生所不易被挖掘的部分，揭露人生之眞實。

在這方面，王墳的作品獨具特色，朱雯（筆名王墳）在《眞美善》上面公發表創作及譯作共 20 篇，其中包括譯作五篇，文藝評論兩篇，他是通過《眞美善》走上文壇的，因此刊物的唯美色彩毋庸置疑地影響了他的創作。他創作中最重要的一部分就是略顯憂鬱而沉重的心理小說，他主要通過對恐懼和醜陋的書寫來表現現代人的情感世界，試圖通過營造一種孤寂淒冷的氛圍，以此來展現人的絕望和痛苦。首先他在場景描寫中使用了大量恐怖的意象，給人一種沉重之感，比如他的詩作《髑髏歌舞之夜》便是代表作之一。我們知道，「骷髏之舞」是中世紀文學偏愛的主題，它反映了人對自身生存狀態的反思，帶有道德訓誡的意味，而浪漫主義興起後，特別是在帕爾納斯派那裏，它成爲了一種美的象徵，戈蒂耶、波德萊爾和法朗士都曾歌詠過「骷髏舞」，他們通過對象徵著死神的骷髏的刻畫來揭露法國社會的種種弊病，並試圖以這種美來對抗基督教的束縛和虛無的生活。而王墳也無疑受到了某些影響，他的詩作再一次呈現出了這個經典意象，並以此來闡發自己對人生的思考，表現人對抗現實的無力。他在開場便描述了一個蕭瑟的夜晚，鷲鳥、墳堆、斷碑、蛇蠍、髑髏等意象大量堆砌，營造出一片頹敗陰森之感，這是一場關於死亡的狂歡，墳堆變成死神的宮殿，「長嘯似的唏噓彈破了寂靜的琴弦，驚怖的聲息卻又變成了歌音的宛轉。原來是髑髏歌舞在墳邊奏著凱旋，祝從生的魔窟中已躍入死的深院。」在這裡，恐怖幻變出了美感，詩歌的外在韻律和內在節奏完美的調和，達到了和諧一致，且首尾兩節重疊反

〔註 81〕曾虛白：《美與醜》，《眞美善》，1929 年第 4 卷第 1 號。
〔註 82〕曾虛白：《美與醜》，《眞美善》，1929 年第 4 卷第 1 號。

覆，營造一種低徊的氛圍。狂歡化的場景讓恐懼從文中蒸發，文章最後「我才感到死才是人生的快樂的門第」，死亡的狂歡化敘述內化爲人對死亡觀念的超脫。名利富貴終成塵土，一切美好都將幻滅，而這種幻滅的悲哀只有從死中得到解脫。在此，生與死，痛苦與快樂成爲了一對辯證的組合關係，將詩歌的主題變成了對死亡的終極追問，從而將文章導向了形而上的高度。作者通過對死亡的狂歡敘述來展現現代人對生活的態度和追求，是對物欲橫流之下人的功利心的一種反思，對肉體和金錢的沉迷最終會導致人的偏執和墮落，但是將死亡作爲一切存在的終點又表現出了人反抗虛無頹廢時的絕望，因此狂歡的背後掩藏著的是難以抵抗的悲涼。而他的《在山後》亦風格類似，寫了一個盜墓者的故事，全篇迷漫著黑暗陰森的氣息，慣用墳、烏鴉、蛇、屍骨等意象，通過對環境的渲染更鮮明地襯托出了盜墓者的恐懼，第二天被偷走了衣服的屍體被鷲鳥和蛇所佔領，只剩下一具白骨。文章讓讀者在恐懼與毛骨悚然的快感中獲得了一種獨特的閱讀感受，全文侵染著一種悲涼的色彩，他亦通過這種生與死的對立來表現身體存在與靈魂虛無的對抗，凸顯人的欲望與殘忍。墳墓周圍嗜肉的動物無疑與盜墓者形成了某種呼應，人與動物的欲望和本性在此達到了統一，人在滿足欲望時的恐懼以及動物在滿足口腹之欲之後的空虛都展現了人在無休止追求之後的虛無，這種虛無感正是印證了人在渴求得到與得到之後的矛盾。正如王墳自己說的：「寫《在山後》，又想以獲得的無聊，鉤出一切世間的矛盾的現象，與夫一切詩意的虛無的悲哀，然而只有心上，刻上了更深的無聊的創痕。」〔註 83〕作者帶著這種無聊，所呈現給讀者的正是這樣一種對於人生所獲之後的無盡的蒼涼感。而由於當時社會上普遍存在著的絕望的情緒，大量的作品都試圖來對這種幻滅感予以表現。除此之外，《她的亡魂》的場景則是「在一片荒蕪的墓地上，月是沒有，星兒也是沒有」，詩人與愛人的亡魂展開了一場關於生存與死亡的對話，在生與死的對立狀態中，渴求生命的少女的靈魂和悲傷欲死的詩人二者的角色形成了一種巨大的反差，作者正是通過這種反差來闡釋絕望的死亡與絕望的生存的對立和統一，面對生存的痛苦人選擇死亡，而死亡並非一種解脫，相反它會帶來更多的虛無，人正是在這種持續性的虛無中矛盾的存在著，王墳的創作無一不表現了這種對人存在的思考。在某種程度上，作品情

〔註 83〕朱雯：《文藝的遊船．從紅燒肉說到文學再胡亂扯覆虛白先生》，《眞美善》，1929 年第 3 卷第 6 號。

節上生死的對立很明晰的表現了對人生靈魂有無的追問，通過死亡寫生存，從而更好地展現了現實生活之下人本眞的存在和內心眞實的追求。湯增敭《繚繞的幽魂》也是通過一個遊蕩的幽魂的獨白來表現自己對現實的不滿和生活的思考，作品文辭優美，音韻和諧，是一首絕美的散文詩，滿篇縈繞著一種悲戚感傷的情調，暮天的霞光、病老的年輪、陰慘的墓道、落葉的殘聲，種種意蘊低沉的意象接連呈現，生命只如曇花一現，幽魂感歎挽救這匆忙時光的無力，「在血與力暴嘯的一霎時，華嚴的宮殿在其中傾圮，象牙的寶座在其中殘坍，錦繡的幔幕在其中破裂，鮮豔的美花在其中凋謝，美麗的雲霞在其中消逝，幸運的綺紋在其中傷毀……世界上的一切啊，都淪冽於無限的空虛，沉陷於無限的幻滅，空虛！幻滅！」但就在這無盡的幻滅和徹底的絕望之後，一個新的世界開始了，這個世界充滿了美醜、善惡對立的混雜，從而呈現了一種混亂的狂歡狀態，裏面充滿了欲望和肉體的釋放，「白髮的老翁與柔膩的少女擁抱，狂吻；獰惡的蛇蠍與慈和的青蛙互慰，調情；……黑暗的地獄，陰險的陷阱，展放著明朗的異彩，污穢的溝渠，腥臭的糞坑，舒揚著濃郁的馨香。」一切醜陋的事物在此大放異彩，展現出新生的力量，面對這樣一個全新的卻又充滿混亂的世界，我的幽魂「只依然晝夜不息地在流蕩，在流蕩，呈現著勝利的苦笑。」這個被建造的新的世界並不能讓現代人的精神重獲新生，相反，幽魂的苦笑正好展現了人靈魂的落寞，在這裡，外在的狂歡和內心的空虛正好形成了一組對立關係，因此全篇就在這種巨大的張力和對比中造就了一種鮮明的反差，使讀者從這些變幻多姿而極具跳躍性的物象中獲得了強烈的感官衝擊。可見，在作者的筆下，醜陋的事物已經超越了其表象的意義而呈現出了更豐富的內涵，甚至成爲了抽象意義的負載者，作者通過此拓深了對人內在精神的挖掘，從而使作品表現出了更多複雜的內涵。

除此之外，《眞美善》期刊中也不乏通過肉體表現現代都市人頹廢感傷的情緒。如果說靈肉衝突中的身體書寫還帶有反抗性色彩，它通過打破傳統來指向現代，帶有積極的意義的活，那麼對於沉迷肉體的現代人來說，他們更多表現的是都市奢靡浮華中的自我放縱和迷失。從反抗性壓抑到主張性自由，《眞美善》的作家將身體作爲重點直觀呈現，通過「美」來展現生命本能的力量，在這裡性附帶著文化批判的意義，成爲了一種宣導自由的方式。但是當它僅僅成爲一種生命體驗而超負荷的透支時，它便成爲了世俗社會頽廢的寫眞。《眞美善》一些作家在創作中表現出了對官能的頌歌和迷戀，寫性愛，寫靈肉結合，迷信感官、耽於聲色，顯示出了對欲望的貪戀，彌漫著頹廢的氣息。在他們的筆下，流連於各種交際場合的人們在肆意地搜索著獵物，男女之間充滿著性的暗示和計謀，他們在曖昧和情愛糾葛中展現著人性最本眞的欲望。女子欲擒故眾的計謀，男子因愛而恨的痛苦都在舞廳昏黃的燈光下一一展現。（夢殊《跳舞廳前》）舞女的身體作爲所有男性追求的對象展現出了其類似商品的屬性，而男子迷戀她美的外表，並爲其心生痛苦和怨恨。但是，男子在對身體原始欲望的追逐之中又存在著本眞的感情，原以爲這個舞女會同大多數文學中所表現的一樣同於流俗而成爲薄情的角色，但文章最後，男子得知舞女原來只是在巧妙的用喬裝的方式試探男子的眞情時，男女之間的這種微妙的情感在文中盡顯。在舞廳裏，感情與欲望，計謀與眞情已經難分眞假，現代都市人便在這虛實之間釋放著猜忌、懷疑和魅惑。而《被劫》講述了「我」與偶然到家借宿的大兵相生愛慕的故事，二人在短暫的時間裏便陷入了男女間的曖昧與幻想中，文中蠢蠢欲動的情慾、熱烈的衝動都在眼神、輕言細語和肢體語言中得到了充分的展現。宏大的戰爭主題完全被愛情敘事所消解，最後都歸於欲望的主題。對軍人強健身體的書寫使這種愛帶有著強烈的原始性色彩。文章最後，「哎呀，貞妹呀！我到底被劫了」的呼喊象徵著常規愛情規則的淪陷，在肉感和官能刺激下的性衝動更接近於都市人對於速食愛情的理解。徐蔚南《都市的男女》同樣描寫了都市男女的愛情計謀，女子以色騙錢，男子逢場作戲，在這其中還夾雜著對肉體感性而強烈的欲望，「那一對踏在綢摯上的腳呵，像塗上玫瑰液般的，雪白的皮膚，薄薄的腳背，長長的腳趾，腳趾上配著的趾甲活像瑪瑙來做的，閃著落霞色的光亮。四少爺看著時，不禁驚歎了，他簡直想把這對豔麗的腳來吻抱一回呢。」〔註 84〕對肉體美色的崇拜消弭了愛情的神聖感，而融入了都市性愛消費的主題中。葉秋原《復活》裏的平崗爲了塡補失業之後精神的空虛，在舞廳過著放浪形骸的生活，最後在身體和精神的雙重痛苦中走向了絕望，邵宗漢《煩悶時候的回憶》表現的也是經受事業和愛情雙重挫折的青年在城市的奢靡墮落的生活，其間充滿著享樂主義的色彩，「我勸你鼓足男性的勇氣，不稍懷疑地發射出強烈的男性的誘惑力，在極短促期間抓住一個心滿意足的對象，燃起愛情之火花，實現愛情之享樂。」在此，愛情成爲了一種消極避世的方式，

〔註 84〕徐蔚南：《都市的男女》，《眞美善》，1928 年第 2 卷第 4 號。

它已經喪失了兩性精神交流的實質而單一的指向了肉體的享樂。可見，《眞美善》對這種超越傳統的男女情愛的書寫充滿著享樂主義、頹廢主義色彩，表現出了一種病態的審美情趣，他們也藉此向讀者展現了大上海都市的浮華生活，以及人處於欲望刺激之下的奢靡頹蕩的自我釋放。

三、未達成的批判

西方的唯美主義直指現代化的弊病，唯美主義作家在社會頹敗境況下產生的幻滅感在作品中得到體現，文中無處不彌漫著頹廢、悲觀和傷感，因而他們對痛苦的體驗來的尤爲深刻，這是一種難以化開的鬱結，並最終向讀者呈現了滿篇放縱的情緒。因此，西方唯美主義作品從內向外都呈現出了一種力量，在作者非理性的書寫中我們看到一個近乎自戕的反叛者的聲音，而它以一種標新立異的方式成爲了整個社會文化的異類。在中國，唯美主義很早就經歷了政治化和世俗化的改造，它與啓蒙主義合流而最終指向對人個體性的呼喚，同時，對於文學本身而言，作家們就試圖從美和藝術獨立性中挖掘反抗傳統文學觀的力量。雖然在不同時代，對於唯美主義的理解有不同的側重點，但總體來說，唯美主義在法國乃至整個歐洲國家所掀起的風潮卻沒能在中國延續，中國作家對唯美主義文學創作方面的借鑒遠遠超過了精神資源的攝取。這一方面源於傳統文化的根深蒂固，作家們不可能擺脫傳統的束縛而走向徹底的決裂和絕對的自由，因而他們的創作不具有西方唯美主義作家的大膽和勇氣，而顯得綿延而糾纏，雖然他們也嘗試對醜陋和頹廢的美進行刻畫，但最終只止步於形式美。另一方面，中國的唯美主義作家缺少深刻的現代性體驗，對於唯美主義者而言，都市文明是它們現代性思考的源頭，奢靡、頹蕩、放縱等都市文化衍生下的時代體驗讓他們更容易反觀內心，回歸本眞，因此他們筆下的矛盾和緊張才會顯得深切和深刻。就現代文學作家們而言，他們雖然也在都市環境中有過焦慮和壓抑，但是他們大都將此歸結爲時代的弊病，而最終匯入了社會政治的宏大主題之中，因此個人體驗已經完全成爲了時代情緒中的一部分，因而在一定程度上影響了作品的深度。

從《眞美善》作家的創作中，我們可以看到他們對西方唯美主義作品的多維度的借鑒，因而他們的作品呈現出了不同的創作風格和寫作特色，他們對純文學以及「爲藝術而藝術」的審美追求也呈現出了一些本土性。介於傳統與現代的交融，他們更多的關注於美的形式，同時在對情緒的表達中表現出了一種傳統的剋制，但是他們已然超越了早期創造社、新月社等團體的對文學藝術性的主張，試圖通過變換「美」的形式來達到對精神更爲細膩多樣的呈現，並且也嘗試著去表現現代人的情感生活，展現欲望都市下的複雜人性，從而對文明進行反思。但與西方唯美主義者相比，他們的反思表現得有些保守。法國唯美主義誕生於政治動盪、物欲橫流、文化凋敝的時期，這些倡導藝術獨立性的作家們都試圖用文學藝術來抵抗物欲的侵蝕，維護人思想精神的價値，因而字裏行間充斥著的頹廢和虛無更是一種絕望中的反抗，而《眞美善》的作家雖然也觸及到了精神層面，但是他們所書寫的欲望、所表現的頹廢更多的是一種現實的再現。在二三十年代，這種憂鬱和感傷本就是年輕人的時代病症，而新興都市文化給人的生活和精神樣態帶來的改變也是時代環境下的必然，因此在《眞美善》作家筆下所蔓延的痛苦、病態和狂亂是一種對現實的重現，他們從中所展現的「美」正是對現實描摹的一種方式。相比於現實主義作家而言，他們呈現世界的方式顯得更爲獨特和標新立異，即使存在著對現實的批判和反思，也最終屈於傳統觀念的束縛而終止，從而導致了新與舊的交纏和不調和。相對於法國唯美主義所產生的歷史背景而言，三十年代的社會歷史境況遠不如十九世紀的法國那般沉重，而藝術家對於社會和自我價値的認知還未能從舊的時代情緒中完全擺脫出來，這種纏綿的姿態阻礙了激進思想的迸發，因此不足以達到徹底批判的力度。

第五章 《眞美善》法國文學譯介的影響

縱觀《眞美善》對法國文學的譯介情況，它對法國文學在中國的傳播起到了一定的推動作用。在現實主義文學佔據主要地位的三十年代文壇，唯美主義文學因其自身審美特質與現實的某些不統一，它的傳播廣度在一定程度上受到了限制，其文學接受也相對小眾化，因此《眞美善》的翻譯成績長久以來沒有引起足夠的重視。但是當我們將他們的翻譯行爲放置於整個文學界來看，其譯作、創作以及整個刊物的審美追求、經營運轉都具有積極的意義。

第一節 對法國文學的系統性譯介

當我們把目光聚焦到20世紀的中國譯界，法國文學在中國的譯介整體上表現出了較強的功利性色彩。在「五四」新文學的發生期，面對思想啓蒙和文學啓蒙的需求，因此十分注重所譯作品對中國社會文化改良的積極促進作用。在主題思想方面，強調揭露社會黑暗、衝破藩籬和束縛，崇尚自由解放的作品被大量引進，這其中就包括浪漫主義、現實主義和自然主義等流派的諸多作家，如雨果、巴爾扎克、大仲馬、小仲馬、福樓拜、羅曼・羅蘭、左拉等人的作品都被介紹進來。而到了二三十年代，左翼文藝運動興起，文藝的政治功能和社會作用被過份強調，法國大量帶有現實主義傾向的作品同蘇聯的無產階級革命文學一起被譯入。而到了40年代，在文藝大眾化運動的風氣下，大量古典作品在這時被翻譯進來，因此，法國文學在中國的被選擇帶有很強的功利導向。此時，對所譯作品思想意義的重視超越了對其藝術性的追求，法國文學給深處黑暗，渴望自由和變革的中國青年一代提供了精神營養，在推動中國的思想啓蒙運動方面具有深遠的意義。雖然從「五四」至四十年代，法國文學各個時期的作品都有不同程度的亮相，但是鑒於中國現實的需要，相對於整個大的文學指向來說，現實意義較弱的作品都屬於較爲邊緣的選擇，但是在促進文學風格多樣性的發展方面，它卻意義重大，《眞美善》對唯美主義文學作品的譯介是對之前相同題材作品翻譯的一種補充，同當時很多唯美主義社團一起在上海刮起了一陣唯美風潮，豐富了三十年代的上海文壇。

《眞美善》的翻譯成果雖然涉及到法國文學之外的作品，但是就大量的翻譯成果來說，他對法國文學在中國的翻譯和傳播的影響是巨大的。首先它是第一個將法國文學作爲主要翻譯對象的文學期刊，他對法國文學的發生發展有著較爲準確獨到的認知，並提出了相關的翻譯理論和翻譯目標，在他這裡，法國文學第一次得到了如此的重視。雖然《眞美善》在創刊期上並沒有明確表明自己對法國文學譯介的偏好，但從他的刊物內容上來看，期刊涉及到十九世紀法國文學的諸多流派和作品，並發表了大量對法國文學的介紹和評論，其對法國文學的看重是顯而易見的。在這之前，雖然也有文學期刊和文學團體傾慕於法國文學並做了相關的翻譯嘗試，但是他們的翻譯就較爲零散和隨意，尚未將法國文學翻譯活動系統化和規範化，可見《眞美善》第一次對法國文學進行了有系統的譯介，他對浪漫主義、唯美主義、現實主義、自然主義、象徵主義等代表作家的作品都有涉及，對皮埃爾·路易的翻譯就填補了翻譯文學的空缺。《眞美善》十分注重浪漫主義文學的翻譯，其中最顯著的就是對雨果的翻譯。曾樸一直對雨果的作品情有獨鍾，早在《小說林》時，他便開始發表雨果小說的譯作，在《眞美善》上更翻譯了雨果的長篇小說《笑的人》，詩歌《我的戀書》、《憤激》、《童》，散文《〈歐那尼〉出幕的自述》和《戀書的發端》，這些作品完善了我們對雨果的認識，有助於我們瞭解他作品的全貌。而就曾樸的翻譯來看，除了雨果之外，他還對大仲馬、喬治·顧岱林、喬治桑等法國浪漫主義文學作家作品進行了譯介。基於曾樸對法國文學的系統性譯介所做的貢獻，李青崖曾評價說：「病夫先生於繼續撰著《孽海花》之外，還把禹戈（雨果）的作品，翻譯了許多到中國的讀者跟前，初期是禹戈的小說，後期是禹戈的戲劇，以及法國其他的浪漫主義作家作品——當然我還沒有說到翻譯的莫利哀的喜劇，這樣地從系統上翻譯西洋文學書，到這幾年還是不多見的！然而當日倡這種議論的，卻是我們這位年近花甲的病夫先生。」[註1] 另外,《眞美善》還出過《法國爛漫運動百年紀念期》,對法國浪漫主義文學運動的主要人物拉馬丁、維尼、梅麗曼、大仲馬、喬治桑、繆塞等作家的作品都做了相關的譯介。新譯文豐富了法國文學的翻譯成果,而對部分作品的重譯讓讀者在對比中深刻地領略了原文本的魅力,爲經典文學的傳播起到了促進作用。

除此之外,《眞美善》上的其他譯者也不遺餘力的進行了大量法國文學的譯介,並在中國翻譯史上佔據了一席之地。李青崖受曾樸的影響,也決心以他爲榜樣致力於法國文學的系統性譯介,計劃翻譯出版 20 卷的莫泊桑作品全集,最後由於經濟糾紛,截止到 1931 年共出版了 9 卷《莫泊桑小說集》,另外,他還翻譯過福樓拜的《包法利夫人》和巴比塞的《火線》。而徐蔚南也翻譯了莫泊桑的《一生》,法朗士的《泰綺思》,出版了《法國名家小說集》等,可見,《眞美善》網羅了當時一些有志於法國文學翻譯的譯者。雖然《眞美善》並非他們創作發展的唯一平臺,但是在當時的文壇上,以曾樸爲引導者的《眞美善》作家群卻是一個有著明確翻譯目標,並身體力行的從事於法國文學翻譯的群體,這個群體的氛圍和成績無疑對他們的成長和發展起到了促進作用。

第二節 對文學現代性的推進

我們所感知的文學現代性總是多個層面的,它包括了作家作品、文學思潮甚至整個大的文化空間等多個方面。從個案到整體,從內向外,乃至從上海放眼到全世界,遵循著這個邏輯演變,我們在更廣闊的範圍內討論中國文學的現代性。它不是一個孤立的存在,促使其發生發展的是整個時代政治經濟文化的脈動,它牽引的也是我們對於文學文化甚至整個社會發展的思考,因此文學只是一個視窗,讓我們從中看到更爲豐富的世界。也正是在這個意義上,我們所討論的文學便不再僅僅是狹義上的文學作品,而是以期刊創作爲中心引申出去,從整個期刊運作、發展、文化關係等多個方面來對文學的發生發展進行考察。曾氏父子通過商業資本的運作,構建起文化交際網路,打造了屬於自己的、擁有獨特文學品味、以期實現自我文學理想的平臺,並得以在文壇上發聲,獲得了文學文化的公共話語權。《眞美善》作家群只是三

[註1] 李青崖:《嗚呼,東亞病夫先生》,選自《曾公孟樸紀念特輯》,1935 年 10 月。

十年代紛繁眾多的文學團體中其中一支，而《眞美善》亦只是進行外國文學譯介，宣導唯美主義文學的眾多期刊之一，但是從它的創辦發生發展再到消亡的過程，我們可以從這個個案身上窺測到整個三十年代的文化生產環境的轉變，同時也可以從文學的發展大潮中看到它對新文學發展所起到的獨特的作用。

一、文壇新秀的聚會

上世紀 20 年代後期，隨著北方政治的焦灼，大批知識分子來到文化環境較爲寬鬆的上海追尋文學的夢想，而上海金融產業的振興和各種西方消費場所的興建，使得這座城市成爲了大批留學生歸國落腳的首選，因此上海一時成爲了現代中國的文化中心。大批知識分子在這個繁榮的文化場域內建立起自己所屬的交際圈。而文人「派別」和「集團」的形成，「不外是這幾個因素：一是文學觀念的分化，導致了現代文人的『聚合』，在此基礎上出現了一個新的作家群體；二是相近的『大學』、『籍貫』和『留學』背景，也容易形成相同的社會意識、審美觀念，孕育出一個個『文學圈子』；三是政治、市場、文學的運作和傳播方式，也會促發一個文學流派、文人集團的生成和發展。」〔註2〕《眞美善》以曾樸爲中心，形成了一個較爲穩定的作家交際圈。從曾樸去世之後的紀念文章以及《宇宙風》專門爲其開闢的紀念專刊來看，他在當時文壇的影響力是不容小覷的，很多文學愛好者慕名而來，並在他的寓所聚會，這其中有很多在當時已經大有名氣，比如郁達夫、邵洵美、趙景深等，他們在曾樸的客廳談論文藝，組成了文學沙龍的氛圍，並成爲了《眞美善》作家群的中堅力量。他的聲望也吸引了很多常熟老鄉的拜訪，這種同鄉之誼在民國時期的文壇是很重要的，它是一種最基本的交際圈子和交往模式，對於常熟的文學青年來說，曾樸的文藝圈也成爲了他們走進文壇的途徑之一。因此以曾樸爲中心，《眞美善》的作家群成爲了一個有著相同文學主張和文學創作傾向的文學團體，《眞美善》翻譯團體的形成也是相同的翻譯文學觀念、相近的籍貫、友朋關係的結識以及有著穩定的文化傳播媒介等多方面因素共同作用的結果。而其中《眞美善》這個刊物陣地的作用顯得尤爲重要，正如劉納所說，在「五四」新文化運動以來，「幾乎每一位新文學人物都屬於某個『圈

〔註 2〕陳光偉：《多元共生的時代——試論四十年代的文人集團》，《海南師範學院學報》，2003 年第 4 期。

子』，而空頭的圈子幾乎是沒有意義和意思的——它只能通過刊物產生影響力。同時，如果圈子裏的主要人物抱有造就『統一中心』的目標，這目標也只能借助刊物來實現。〔註 3〕」在曾樸的影響下，《眞美善》爲大批初入文壇的年輕作家提供了一個發展的平臺，他們的文學夢想在此啓程，借助這個刊物他們的創作不斷成熟，並最終在文壇獲得了一席之地。

由於文學家各自文學見解和主張的不同，當時的文壇普遍存在分門別派的現象，爲了宣揚自己的文學主張各自爲陣，甚至互相攻擊，編者和讀者都曾在《眞美善》上對此種現象表達過批評和不滿。曾樸自己抱著實現個人的文學理想和發展文藝的目的，並無意讓自己捲入到文壇是非中，因此對刊物的編輯和選文都以文學性爲標準，並不執著於對名家作品的追捧。它採用了很多當時在文壇上名不見經傳的小作家甚至是文學初學者的著作，展現出了它包容的胸懷。曾虛白在給讀者覆信中表達過此種觀點:「你說大家看熟，聽熟的作家的作品都是好的吧；確乎有幾位，名字我是看得多，聽得爛的了，他們的作品卻不敢恭維，應該送到糖果店裏去包花生米的。你說不知名的作家一定沒有好作品的吧；可是投稿到我們本刊裏的幾位俗不見經傳的作家,(這絕不是自己標榜的話,)確乎有些及不來的特長。」〔註 4〕這種寬容的姿態和對文學藝術性的追求使得「眞美善裏的作品，——當然包括連創作帶翻譯——篇篇是這樣：既不以作者個人私見限制背景；更不爲以廣招徠而附和讀者的趨向；這才是作文的正軌，這也就是邀得大多數具文藝興趣的人熱烈同情與歡迎的 Factor（基點)。」這種不拘一格的選文要求給了當時有志於文學創作的青年們很多展示才氣的機會，他們的作品經由這個宣傳媒介讓大眾熟知。同時《眞美善》作家群這個龐大的文學團體爲他們提供了更多文學交際的機會，從而更好的促進了他們文學事業的發展。很多作家通過《眞美善》進入文壇並逐漸成名，這其中有曾樸的常熟老鄉，有留日學生，更有很多不被重視的女作家，他們從《眞美善》這裡獲得了大量的支持和鼓勵，而後其中很多人都成爲了現代文壇上重要的組成部分。

〔註 3〕劉納：《社團、勢力及其他——從一個角度介入「五四」文學史》，《中國現代文學研究叢刊》，1999 年第 3 期。

〔註 4〕虛白：《讀者論壇．從辦雜誌說到辦日報覆林樵民》，《眞美善》，1928 年第 2 卷第 5 號。

《眞美善》包容的態度吸引了很多作家的關注和投稿，顧仲彝由翻譯哈代而接觸了《眞美善》，「在一本《眞美善》雜誌上發現一位翻譯哈代的同志——虛白先生，我被好奇心所驅便跟他通了一封信，虛白先生立刻回了一封很長很懇切的信，並且很願意，和我合譯哈代的《人生小諷刺》。一暑假把它譯完，就由眞美善書店承印，這是完全以文字相結合而從未謀面的合作翻譯，的確很值得紀念的事。」〔註5〕而後他在期刊上大量的發表作品，並成爲了曾樸客廳的常客。另外一個常熟老鄉王家棫則是由曾虛白一手提拔起來的，他對中英文皆有較好的造詣，是翻譯能手，起初常向《眞美善》投稿並多次被錄用刊登，從而開啓了他的文學之路，而後曾虛白在編撰《大晚報》時也將其作爲得力助手。可見，曾氏父子和《眞美善》在提攜新人方面是不設門檻，不遺餘力的。另外，一些日本留學生也加入了《眞美善》的翻譯和創作隊伍中，他們向中國的讀者介紹了日本的生活和日本文學，如崔萬秋對武者小路實篤和夏目漱石作品的翻譯，特別是對夏目漱石的介紹，除了周作人兄弟在《現代日本小說集》上及陳望道在《小說月報》上介紹過他的兩三則小品之外，還沒有系統的東西出現，因此崔萬秋的翻譯也塡補了日本文學譯介的某些空白，趙景深曾回憶道：「崔萬秋這個名字似乎該與曾樸父子所辦的眞美善書店連在一起的。也就是說，我從這時起，開始注意這個人。他曾經譯過武者小路實篤的不少作品，在該書店出版。例如，《母與子》便是很厚的一本書。夏目漱石的《草枕》他也全譯出來了。眞美善月刊上他也常寫文章。當時恐怕是他最努力於文藝的年代。他還把巴金、廬隱、曾樸、曾虛白，虞琰等人的詩文譯成日文，連同這些作家的照片畫像在日文雜誌《詩與人生》上刊登，還寫了一篇文章介紹中國新文藝運動的概況。」〔註6〕崔萬秋遠在日本時，《眞美善》便爲其築起了一些聲譽，而回國之後，他更成爲了曾虛白《大晚報》的得力助手之一。朱雲影也是當時爲《眞美善》投稿較多的作家之一，他主要以日本的見聞爲主，通過描寫國人在日本的生存處境來表現弱國子民的悲戚，由於他們的創作受到了白樺派的影響，因此文中迷漫著濃厚的異域色彩以及人道主義的光輝。可見，《眞美善》對日本文學的譯介增進了我們對日本文學的瞭解，而他們的創作是對「五四」時期創造社諸人的日本體驗的延續和發展，豐富了中國現代文學的異域書寫。

〔註5〕曾樸紀念委員會編：《曾孟樸訃告》，《曾公孟樸紀念特輯》，1935年版。

〔註6〕趙景深著：《崔萬秋》，選自《文壇憶舊》，上海：光華書局，1928年版，第114、115頁。

雖然《眞美善》的編者曾表示自己「一沒有團體，二沒有偏見」〔註 7〕，但是在實際的創作過程中，相同文學理想和相似創作風格的作家總是會不自覺的建立起一種友朋的關係，從而形成一個志同道合的圈子。《眞美善》作家群有著較爲廣泛的社會關係和文學交際，這其中的參與者會經過這種人脈的互動來擴大自己的影響，同時將其納入到自己的組織之內，正因爲作家相互間的這種關聯和交際，他們得以相互聯繫從而建立了同人間的情誼。白華文藝研究社就是一個例子，1929 年秋，朱雯與陶亢德，邵宗漢，嚴良才、毛一波、汪錫鵬、崔萬秋等人成立了白華文藝研究社。當年 11 月 11 日，《白華》旬刊創刊，《眞美善》第 5 卷 1 期對此進行了報告和評價，曾虛白認爲這一舉動打破了蘇州文壇沉寂的空氣，而白華文藝社與《眞美善》友善關係的建立都來源於朱雯。朱雯筆名王墳，1928 年考入蘇州東吳大學文學院，並非常迷戀廢名的小說，當時廢名在江浙滬一帶也有一定的影響，而毛一波也非常喜歡廢名，他的兩篇關於廢名文章的評論對廢名的文學趣味給予了很高的評價，毛一波的創作引起了朱雯的注意，由於相同的文學愛好，毛一波將其引爲文學上的知己。在現實中，除了毛一波之外，對其進行文學引導的好友還有曾氏父子以及他的老師蘇雪林，在東吳大學，朱雯常去聽蘇雪林的「宋詞研究」課，並經常在課外向其請教新文藝創作，而假期時朱雯從蘇州回上海，也總是往眞美善書店去看望曾氏父子，並經常在書信中交流文藝。他最初的作品多在《眞美善》期刊上發表，1929 年 4 月，他的處女短篇小說集《現代作家》也由眞美善書店出版印行，可見，《眞美善》爲其進入文壇提供了很好的平臺。也由於朱雯的關係，更多的文藝青年得以加入《眞美善》的創作。而白華文藝社也得到了當時很多知名作家如郁達夫、鄭伯奇等人的關注和支持，前輩的幫助和兩個文藝社團間的密切聯繫讓這些初入文壇的青年有了更多施展才華的空間，之後《白華》的主要成員如汪錫鵬、崔萬秋、嚴良才等人的作品在《眞美善》上經常出現。《眞美善》給予了白華文藝社很多的支持，《白華》旬刊共有 8 期，在它的活動終止之後，《眞美善》仍陸續發表了其社員的很多作品，因此《眞美善》對他們文學創作的影響是不容小覷的。

《眞美善》包容的態度吸引了大批作家的投稿，而《女作家專期》更是爲了專門針對女作家的創作而開闢的，這也表現了其有志於文壇建設和

〔註 7〕編者：《文藝的遊船·從本刊說到麵包問題》，《眞美善》，1929 年第 4 卷第 6 號。

發掘新人的美好願望。曾虛白在談到出版的動機和意圖時說：「中國荒涼紊亂的文壇上，幾年以內卻已有好多位天才的女作家向著我們發出異常可羨的光輝，這是我們簡短的新文化歷史上最可自傲的一點。然而，感覺十分靈敏的群眾對於這種現象卻淡漠得很；這也是我們老大民族的老脾氣，沒有人大聲叫嚷，他們的耳朵永遠是聾的，眼睛永遠是瞎的！因此，我們想趁著本店週年的機會發行一本《女作家專期》，給中國文藝界的鮮花，讀者界的天使做一個搖旗吶喊的先鋒，讓聾盲的群眾認識她們（指女作家）全體整個的偉大。」〔註 8〕《女作家專期》的出現在當時的文壇掀起了一陣波瀾，引發了很多批評和質疑的聲音。據張若谷統計，涉及到批評《專期》的文章共有三十餘篇，「豈僅是出版界，還有作界，讀書界，批評界、教育界，宗教界甚至於政治界都莫不冰冷冷地板起來臉說著話，不是冷嘲，便是熱罵，也有肉麻的捧場，也有無聊的污蔑。更有言辭斥責。」〔註 9〕例如 1929 年 2 月 25 日的《大公報》上，張蔭麟認爲「女作家專期」中「言作家而特標女子，而必冠以作者之照相」這種對「才女」身份的標明讓「女士」成爲了一種商標，使文學淪爲了一種娛樂工具，而喪失了文學本身的嚴肅性。更有批評者認爲《女作家期》打起性別的招牌來宣傳文藝是刊物品味低俗的表現，「從把女性爲最璀璨的鮮花和渴盼著的慰情天使的出發點來出女作家專期是女性的仇敵，和斗方名士捧坤伶逛窯子有什麼區別！就這一件事情上，我們戳穿了他們的假面具，證明他們完全沒有瞭解所謂文藝和蔑視了女子的人格；一方面也暴露了他們色情狂的變態性欲的醜態！」〔註 10〕《女作家期》所引起的軒然大波反映了《眞美善》在對女作家作品認識上的先鋒性，這些批評者很少從作品本身來對刊物進行批評，而僅僅譁眾取寵的停留於對性別和人身的攻擊之上，這也反映了當時文壇上部分批評者文藝觀念的陳舊。事實上，《女作家專期》的出現是對女性文學的推進，曾樸早年就曾對蘇雪林的作品予以過贊賞，而且在組織文藝沙龍時還曾有意讓其擔任女性組織者的角色，除此之外，他在回覆劉舞心的書信時也表現出了對女性及女性讀者的尊重和贊賞，這些都是對女性作家的獨立地位和女性文學的獨特價值的肯定。因此，《眞美善》的初衷是讓更多的讀者瞭

〔註 8〕曾虛白：《眞美善女作家號徵文啓事》，《眞美善》，1928 年第 2 卷第 6 號。
〔註 9〕張若谷：《關於女作家號》，《眞美善》，1929 年第 4 卷第 1 號。
〔註 10〕不謙：《發洩變態性欲的女作家專號》，《新女性》，第 4 卷第 1 號。

解女作家和女性文學。在專期上，除了發表了冰心、盧隱、蘇雪林、白薇等在當時頗具影響的女作家的作品外，還刊登了一些不知名的作家的文章。《眞美善》積極的對女性文學進行聲援，爲女作家作品的發表和出版提供了實際的鼓勵和支持，同時其刊物的通俗性爲很多缺乏學校教育的女性提供了更多創作發表的可能性。《眞美善》期刊尤其是「女作家期」的文學主張和文學成績對整個女性文學的發展都起到了積極的促進意義。

二、「積極」的唯美姿態

《眞美善》對當時的譯介成果和不足有著清醒的認知，因此它有著較爲明確的翻譯目標和自覺的翻譯意識，《眞美善》對唯美主義作品的譯介是有選擇性的，從翻譯成果中，我們看到其主要涉及到戈蒂耶、波德萊爾、王爾德等人的作品，並且在對其作品的選擇上主要看重作品形式的美感，而表現頹廢肉欲的作品卻相對較少，這也可以看出他們對於唯美主義的態度。他們意在對文學進行健康的引導，希望通過對這些形式優美的作品的借鑒來激發文學的創造力，從而增加中國文學的表現力。

從《眞美善》作家的創作中，我們可以較爲清晰地看到唯美主義文學對其創作技巧和思想內質的影響。雖然他們沒有明確的標榜自己的「唯美」態度，但是他們對文學藝術性的追求也表明了其與唯美主義文學精神的相契合，他們在創作中也體現出了鮮明的流派特色，《眞美善》的翻譯和創作形成一個整體，表現出了刊物對唯美主義文學的集中關注。當時的上海擁有著繁榮的物質生活環境和興盛的海派文化思潮，唯美主義所包含的「唯美」的、頹廢的精神內質正好與當時的文化氛圍相契合，因此二三十年代的上海湧現了一批宣導唯美主義的社團，而這其中以獅吼社、綠社爲主要代表，他們都積極的宣導和倣仿唯美主義的寫作，形成了一股極具特色的唯美潮流。邵洵美、葉鼎洛、葉靈鳳等作家在創作中大肆描寫感官生命的享樂，他們主張藝術的非道德化，展現了人對肉體的欲望，性愛場景、性心理以及各種身體意象在文中大量出現，在追求純粹感官的快感中將原本嚴肅的個性解放的主題帶入了低俗的個體欲望的釋放、展現了一幅極致病態、色情的景象。在他們筆下，身體的表達和感官的放縱成爲了他們表現的主要內容，《幻洲》裏充滿了對肉欲的沉迷，特別開闢了「靈與肉」專期，主張性愛中靈與肉的統一，將「肉」看成是戀愛的本質，而「靈」也是因了「肉」的存在而存在，這種對「肉」的看重導致了他們對傳統身體觀念的完全摒棄。邵洵美則用豔麗的辭藻展現出了肉欲的狂歡，他對肉體和欲望進行了細緻的描繪，「那樹帳內草褥上的甘露，／正像新婚夜處女的蜜淚；／又如淫婦上下體的沸汗，／能使多少靈魂日夜醉迷。」（《花一般的罪惡》）「啊欲情的五月又在燃燒，／罪惡在處女的吻中生了；／甜蜜的淚汁總引誘著我，／將顫抖的唇親她的乳壕。」（《五月》）邵洵美的詩句裏充滿了乳房、唇、躶體、肌膚等身體意象，他的描寫極其細膩和逼眞，每一個特寫都透露著性感。不僅如此，他還擅長於用各種色彩對身體進行修飾，同時使用形象的比喻來襯託身體的美感和香豔。在邵洵美的筆下，身體的每一個部分都盡情展現著情慾，女性的身體成爲了欲望傳達的表象和載體，詩人意圖通過這種本能欲望的宣洩來獲得自我的釋放和心靈的解脫。但是由於其詩歌的感官性極強，並帶有強烈的頹廢色彩，它也因此遭受了很多讀者的批評，認爲「詩歌有很多地方只是火、肉、吻、毒、蛇、唇、玫瑰、處女等字眼的堆砌。」〔註 11〕可見，詩歌對肉體過於細膩的描繪讓讀者的目光集中到了對肉欲感官的書寫上。除此之外，綠社的朱維琪的詩歌裏也充滿了對女性身體的贊美，「生命的漿汁漲滿了你的母性的乳峰，／好像兩支熟得甘蜜橫溢的果子，／是比處女的兩塊突起的堅硬／使我更醉，像果汁的芳醇使我醉一樣；」（《重欲》）甚至將其作爲人生的全部追求，「唉，我們的旅途的終點，／是你的陰戶，銷魂的莊嚴」。（《色的懷鄉病》）全篇裸露的肉欲已經全然遮蔽了詩歌本身意義的傳達，從而消解了西方唯美主義身體話語中的反叛色彩，不可避免的走向了膚淺和庸俗。在這些海派作家筆下，身體成爲了欲望宣洩的工具，性愛變成了遊戲，病態的性饑渴以和性行爲隨處可見，對色情和肉感的追逐成爲了都市人墮落的寫眞，海派唯美主義的頹廢書寫和對欲望的過度張揚對當時的文藝產生了較大的影響，「對感性生命的張揚和情感欲望的肯定雖體現了海派唯美文人覺醒了的主體性意識，但將個體生命解放等同於感性生命的無限度擴張而置理性和社會性於不顧的激進做派，勢必使其所彰顯出的人文情懷的積極意義大打折扣。」〔註 12〕除此之外，如果將海派唯美主義作品置於當時民族矛盾異常尖銳的社會環境

〔註 11〕邵洵美：《關於〈花一般的罪惡〉的批評》，《獅吼》復活號第 1 期，1928 年 7 月 1 日。

〔註 12〕李雷：《審美現代性與都市唯美風——「海派唯美主義」思想研究》，北京：文化藝術出版社，2013 年版，第 182 頁。

中，它體現出的頹廢色彩是對當時民眾萎靡精神的一種表達，在一定程度上產生了消極的影響，消磨了民眾的鬥志，誘導了他們對醜惡的沉迷。

相比於這些頹廢氣息濃厚的海派唯美主義作品，《眞美善》則保持著較爲高尙和純淨的審美趣味，他們的作品內容雖然也有涉及對欲望的表達，並出現了大量的身體意象和對肉體享樂的描寫，但是總的來說，這種對肉體的描繪最終都指向一種對美的追求和世俗的反叛。一方面，《眞美善》的諸多作品期望通過身體來展現本眞的美感，無論這種美是攜帶著罪惡還是呈現著眞實，它的表現形式都是美的。另一方面，身體在作品中只是以一種概念化的具象而存在，是表現而非目的。即使文中有對於身體的著重描繪，它也最終停留於傳統文人的審美情趣，止步於傳統觀念的束縛，比如《荒唐的夢》裏的「吻」、「肉」、「紅唇」都是一種概念化、符期化的呈現，詩歌所表現的重點不在於對身體的渲染，他旨在通過此來表現人的身體欲望以及人性的複雜。與其他唯美主義的作品相比，《眞美善》中的作品對身體的書寫顯得浮光掠影而停留於表面，身體描繪作爲情節的穿插只是作爲點綴而出現，這樣的情節安排使作品的風格整體上會向現實主義偏離，因此，《眞美善》的唯美呈現吸收了西方唯美主義的核心特質，同時又難以逃避的受到了傳統觀念的制約，顯示出了一種混雜的情況。但是總的來說，面對當時的社會文化氛圍，過於直觀的身體呈現和過於開放的性愛觀還難以得到讀者的普遍認同，因此，《眞美善》這種折中的文學表現在某種程度上顯得積極而穩健，對唯美主義思潮的傳播而言，也是一種循序漸進的推進。

三、傳統期刊傳播模式的終結

在現代文學的發生和發展過程中，作家和文學社團都懂得依靠現代媒介傳播文學。相對於傳統文學而言，商業性出版發行和文學的結合，不但刺激了文學作品產量的增加，同時使文學生產由文人雅興的雕蟲小技轉變爲商品，文學傳播流通中以商業化模式也導致了文學傳播方式的變革，並隨之引起了作家創作觀念和文學呈現方式等多方面的改變。所以，期刊傳播改變了傳統意義上文學發展的軌道，並參與了傳統文學的變革和新文學的建設。縱觀近代以來文學社團的發展情況，它自興起便與文學雜誌的聯繫非常緊密，影響較大的文學研究會、創造社、新月社、語絲社等無一不擁有著一個或多個專屬的期刊陣地，他們依靠刊物宣傳各自的文學主張，並形成了一種百家爭鳴百花齊放，自由平等的交流傳播模式。但是就新文學期刊發展的情況來看，文學刊物和出版社以及社團之間的關係是十分複雜的，現代傳播效果的好壞直接決定了刊物和社團的影響力，因此高效有力的利用媒介來促進刊物的發展、奪取文學傳播的主動權成爲了促進社團發展的重要手段。從近代的社團發展史來看，即便是處於新聞管制較寬鬆和出版發行相對自由的「五四」時期，文學社團自身刊物的編輯、出版和發行都需要耗費的人力和財力，這不僅包括刊物本身的創作、採稿和編輯，還包括與出版機構、文化市場的溝通與交流。由於個人財力和能力的局限性，期刊的生產和傳播則需要同人間的互助合作以及強勢出版機構的鼎力支持，社團的凝聚力、作家的實力以及報刊出版的影響力這多個因素的統一最終才能造就一個文學社團的崛起。

在以社團爲主導的現代傳播秩序中，《眞美善》所遵循的是社團——刊物——出版社這一模式〔註 13〕，即由社團創辦和編輯刊物，然後由出版社負責出版發行，我們所熟知的社團如：文學研究會，創造社、淺草社、語絲社等都是如此，當時的文學社團大多爲同人性質，社團人數不等，大家由相同的文學理想而組織到一起，共同進行刊物的編排，他們與出版社之間是合作聯姻的關係，從而達到雙方文學影響和經濟利益的共贏。但是《眞美善》卻表現出了某些獨特性，首先，《眞美善》的組織完全憑藉的是曾樸個人的力量，他爲了實現自己的文學理想而動用積蓄開辦書店、創辦雜誌，書店和雜誌都屬於曾樸的個人資產，這樣也爲刊物的出版發行提供了便利。同時，書店還會將部分譯作和創作結集出版，其中包括很多不知名作家的作品，《眞美善》包容的姿態和書店出版這種便利的條件也吸引了不少創作者的投稿，從而形成了一條便捷的文學生產和傳播的管道。另外，在刊物的創作方面，《眞美善》的作者隊伍顯得十分單一，其中曾氏父子的文章佔據了絕大多數，特別是在第一卷中，父子二人幾乎是在勉力支撐，而後來隨著刊物的發展，更多的作家得以加入，但曾氏父子仍然是刊物創作的主力，無論是在翻譯還是在創作方面都貢獻了重要的力量。在曾樸而言，《眞美善》承載著他個人的文學理想，因此是他的個人成果，在《編者的一點小意見》裏，他聲明了刊物的風格，

〔註 13〕參見胡鵬林、彭萬榮：《文學的現代傳播秩序：學校、社團、辦刊出版和知識階層之眾生喧嘩》，《湖北師範學院學報》，2011 年第 4 卷，作者將以社團爲主導的現代傳播秩序分爲三種最基本的模式：社團——刊物——出版社、社團——出版社和社團——副刊——報紙。

並制定了辦刊標準，「我選這三個字來做我雜誌的名字，是專一取做文學的標準。」正是這種強烈的主導和私有化意識，其他人的創作在他而言都是出於一種朋友間的幫助和私人情誼。

曾樸抱著一種實現理想的初心嘗試性的創辦了《眞美善》，四年多的苦心經營顯現出了他們的堅持和勇氣。在創立之初，他便沒有將此作爲一種獲利的手段，也沒有絲毫的功利企圖心，因此，《眞美善》的生產和經營都表現得較爲隨性，並始終未能被納入到市場競爭體制中加以考察和改良。《眞美善》的參與者李青崖談到這段經歷時，曾經作過這樣的評價：「我們從初幾期的眞美善雜誌抽繹一番，可以知道此老當時原抱著一種壯志，想在中國掀起文學上的浪漫主義的狂潮的，結果雖未能如願以償，可是在中國，竟開了一條以少數人辦雜誌的新路，這件事，在中國的文學史上，也留下了不磨的遺跡。」〔註 14〕可見，《眞美善》的失敗一方面來源於財力不支和刊物編者的有心無力，另一方面，這種個人出版模式在現代出版機制中也喪失了競爭力，因此難免走向了終結之路，但是它的存在卻有著十分重要的意義，放置在現代傳媒語境下，在文人向商人、文學向商品的轉化中，《眞美善》更多的保留了一些純粹，它傳達了一箇舊市文人著述立言的渴望，充盈的文學理想之花在此安然綻放，而在現代傳媒界它也成爲了一種獨特的存在。

〔註 14〕李青崖：《嗚呼東亞病夫先生》，《曾公孟樸紀念特輯》，1935 年 10 月。

結 語

《眞美善》在曾氏父子及其友人的合力貢獻下，支撐了四年之久，對於一個私人性質的期刊來說，這樣的成績已經很可觀了。《眞美善》凝聚了曾樸的理想和心血，承載了他對文學至誠的熱愛。當我們回首再重新審視這份刊物，在傾慕這種文藝氛圍，感歎文學的魅力之餘，也更加理解了這份刊物長久以來的沉寂。刊物所表現的無功利性和對階級文學的反對都使他與主流文學保持著一定的距離，而這也導致了它只能在主流文學史上的空缺，即使翻開厚重的外國翻譯文學史，它的出現也只是寥寥數筆，它翻譯的成就一直未得到重視。但另一方面，拋開刊物本身的風格和價值取向不看，刊物本身的偏狹也的確局限了其走向大眾的道路。

由於《眞美善》的私人性質，曾樸在晚晴文學上的突出成就使得對他的關注也停留於《孽海花》的創作上，而忽略了其譯者的身份，《眞美善》自然也被忽略。《孽海花》的連載吸引到了一批讀者，而這個較爲穩定的讀者群也主要來源於對曾樸文學成就的肯定，曾樸是刊物的核心和靈魂，但同時，曾氏父子對刊物的主導性也在一定程度上遮蔽了其他作家的成績，雖然也有部分知名譯者加入到翻譯隊伍中，但是更多的是以友情供稿的身份出現，數量有限，影響也有限。另外，一個刊物影響力的來源在於文章的品質，而《眞美善》缺乏名家意識，它更多的是爲大眾提供一個自娛自樂的平臺，號召大家一起加入到文學的隊伍中，因此很多年輕作家藉此平臺進行練筆訓練，甚至爲了湊集文章，在最初幾期中還加入了讀者的習作，因而文章品質也良莠不齊，這在很大程度上削弱了刊物的文學價值。因此在刊物沒落之前，長篇連載成了維持刊物吸引力的主要手段，但是憑藉著曾樸和少數幾位作家的努力，這種頹勢也是難以改變的。

《眞美善》意在促進中國的翻譯事業，並確立了刊物對「眞」、「美」、「善」的文學追求，但對這個寬泛的標準缺乏具體細微的說明。《眞美善》作家群的翻譯觀雖然暗含著某些共通和相似之處，但仍舊缺乏一個核心觀念的指導，因此譯者們各自的習慣和興趣在翻譯活動中佔了主導地位，這就不可避免的導致了刊物風格的駁雜。雖然期刊中唯美主義風格的譯作和作品所佔比例較大，但是相比之下，其他諸如現實主義、浪漫主義的文學作品也佔有很大的分量。因此，《眞美善》更多的帶有自娛自樂的性質，曾氏父子並沒有對刊物的影響力心生期待，他們面對讀者的誇讚和鼓勵也只是多次強調自己對於文學的追求。對於一個市場企圖心不強的刊物來說，在三十年代上海文壇的眾聲喧嘩裏，它的沉寂也不可避免。

私人辦刊的個人化色彩會在一定程度上影響刊物的多樣性，導致其發展的偏狹，但另一方面它在作者的組織構成、刊物的內容形式方面會顯得相對自由，民間自由的發聲和主流文學共同構成了大眾期刊的豐富和多元。《眞美善》秉承著改良文學的目標，創造了一系列的翻譯實績。他們對翻譯的功用有著深刻的認識，有著較高的文學譯介的自覺，並希望通過自己的努力，讓讀者對外國文學有系統的認識和瞭解，因此法國文學的譯介在《眞美善》上已成體系且頗具規模。而在理論上，他們的討論涉及到了目的、標準、效果以及方法等多方面的問題，是對現有翻譯理論的豐富和補充。《眞美善》作家將唯美主義作爲翻譯的重點，他們對唯美主義思潮的認識是獨到而深刻的。同時，譯文對他們的創作也產生了潛移默化的影響，他們吸取了「唯美」的形態，卻置以中國本土人文精神的內核，在中西文化元素混雜的包裹下，文本呈現出了某些獨特性。但與其他提倡唯美的團體相比，《眞美善》對唯美主義本土化的改造更加貼近源頭本身。因此，《眞美善》最大的意義在於，它較爲準確的把握了法國唯美主義思潮的精神內核，將唯美主義的精神氣質、文化指向、社會影響通過作品的譯介作了較爲全面的展現，文學的藝術化、生活的藝術化都在《眞美善》及作家身上得以體現。在此，唯美主義在經歷了漫長的旅行之後，第一次在此綻放出了完整的容顏。《眞美善》的翻譯爲讀者提供了不同的審美體驗，刺激了作家的文學創作，從對唯美主義的譯介到「都市男女」主題的寫作，譯與作完美契合，它拓寬了都市寫作的表現領域，拓深了都市文學的精神內涵。

介於語言認知的阻礙，對《眞美善》的研究終究不能深入原文本，而只能從文化的角度入手，停留於對譯文表象化的感知。如果能夠跨越語言的障礙，通過中西文本的比較來分析其譯文，對《眞美善》的挖掘將會更進一層，對它成果的認知自然也就擺脫了單純的現象描述，而能深入到文字的肌底，呈現文本成長的脈絡。對《眞美善》成就的考察豐富了我們對法國文學譯介領域的認知，還原了一些被我們長期忽略的歷史細節。本文簡單的敘述將只是一個引子，借助此類小刊物的研究，文學的複雜褶皺被層層撥開，一些被掩藏在細節之下的歷史眞實得以逐漸的呈現。因此，我們可以通過《眞美善》這扇小小的窗，看到更爲宏觀的三十年代文學，甚至窺探到整個民國文學的豐盈與充實，這些點滴呈現正是歷史留給我們的待續的驚喜。

參考文獻

一 民國圖書及期刊雜誌

1.《眞美善》

2.《新青年》

3.《宇宙風》

4.《小說林》

5.《小說月報》

6.《獅吼》

7.〔法〕邊勒魯意著：病夫、虛白譯：肉與死〔M〕，上海：眞美善書店，1929年。

8.〔法〕囂俄著：東亞病夫譯：呂伯蘭〔M〕，上海：眞美善書店，1927年。

9. 李一鳴：中國新文學史講話〔M〕，上海：世界書局，1943年。

10. 徐蔚南：都市的男女〔M〕，上海：眞美善書店，1929年。

11. 王墳、羅洪：從文學到戀愛〔M〕，上海：文華美術圖書印刷公司，1931年。

12. 張若谷：十五年寫作經驗〔M〕，上海：谷峰出版社，1940年。

13. 張若谷：咖啡座談〔M〕，上海：眞美善書店，1929年。

14. 張若谷：異國情調〔M〕，上海：谷峰出版社，1929年。

15. 曾虛白：美國文學ABC〔M〕，上海：世界書店，1928年。

16. 曾樸紀念委員會編：曾公孟樸紀念特輯〔M〕，1935年。

二 專著

1. 陳伯海、袁進主編：上海近代文學史〔M〕，上海：上海人民出版社，1993年。
2. 陳福康：中國譯學理論史稿〔M〕，上海：上海外語教育出版社，2000年。
3. 程光煒主編：都市文化與中國現當代文學〔M〕，北京：人民文學出版社，2005年。
4. 陳勁松：歐洲音樂沙龍文化的興起與發展〔M〕，昆明：雲南大學出版社，2012年。
5. 陳平原：二十世紀中國小說史〔M〕，北京：北京大學出版社，1989年。
6. 陳平原：中國小說敘事模式的轉變〔M〕，北京：北京大學出版社，2003年。
7. 陳平原、夏曉虹編：二十世紀中國小說理論資料〔M〕，北京：北京大學出版社，1989年。
8. 陳曉蘭：文學中的巴黎與上海——以左拉和茅盾爲例〔M〕，桂林：廣西師範大學出版社，2006年。
9. 董明 翻譯：創造性叛逆〔M〕，北京：中央編譯出版社，2006年。
10. 范伯群、朱棟霖：1898～1949中外文學比較史〔M〕，南京：江蘇教育出版社，1993年。
11. 方華文：20世紀中國翻譯史〔M〕，西安：西北大學出版社，2005年。
12. 郭延禮：中國近代翻譯文學概論〔M〕，武漢：湖北教育出版社，1998年。
13. 郭延禮：文學經典的翻譯與解讀——西方先哲的文化之旅〔M〕，濟南：山東教育出版社，2007年。
14. 郭延禮：近代西學與中國文學〔M〕，南昌：百花洲文藝出版社，2000年。
15. 郭延禮：中西文化碰撞與近代文學〔M〕，濟南：山東教育出版社，2000年。
16. 韓子滿：文學翻譯雜合研究〔M〕，上海：上海譯文出版社，2005年。
17. 賈植芳：中國現代文學社團流派（上、下）〔M〕，南京：江蘇教育出版社，1989年。
18. 江夥生、肖厚德：法國小說論〔M〕，武漢：武漢大學出版社，1994年。
19. 柳鳴九：法國文學史〔M〕，北京：人民文學出版社，2007年。
20. 柳鳴九：雨果論文學〔M〕，上海：上海譯文出版社，2011年。

21. 劉欽偉編：中國現代唯美主義文學作品選（上、下）〔M〕，廣州：花城出版社，1996 年。
22. 李歐梵：上海摩登〔M〕，北京：人民文學出版社，2010 年。
23. 李天綱：文化上海〔M〕，上海：上海教育出版社，1998 年。
24. 羅新璋、陳應年編：翻譯論集〔M〕，北京：商務印書館，2009 年。
25. 龍泉明等著：跨文化的傳播與接受：20 世紀中國文學和外國文學的關係〔M〕，北京：人民文學出版社，2010 年。
26. 盧漢超著，段煉、吳敏、子羽譯：霓虹燈外：20 世紀初日常生活中的上海〔M〕，上海：上海古籍出版社，2004 年。
27. 李雷：審美現代性與都市唯美風——「海派唯美主義」思想研究〔M〕，北京：文化藝術出版社，2013 年。
28. 孟昭毅、李載道主編：中國翻譯文學史〔M〕，北京：北京大學出版社，2005 年。
29. 馬長林主編：上海市檔案館編.租界裏的上海〔M〕，上海：上海社會科學院出版社，2003 年。
30. 馬祖毅：中國翻譯簡史（五四以前部分）〔M〕，北京：中國對外翻譯出版公司，2004 年。
31. 眉捷：現代文學史料探微〔M〕，上海：上海遠東出版社，2009 年。
32. 歐陽健：曾樸與孽海花〔M〕，瀋陽：遼寧教育出版社，1992 年。
33. 彭建華：文學翻譯論集〔M〕，杭州：浙江大學出版社，2012 年。
34. 忻平主編：城市化與近代上海社會生活〔M〕，桂林：廣西師範大學出版社，2011 年。
35. 忻平：從上海發現歷史——現代化進程中的上海人及其社會生活 1927～1937〔M〕，上海：上海大學出版社，2009 年。
36. 上海市歷史博物館等編：中國的租界〔M〕，上海：上海古籍出版社，2004 年。
37. 蘇雪林：中國二三十年代作家〔M〕，臺北：純文學出版社，1983 年。
38. 施蟄存：沙上的腳跡〔M〕，瀋陽：遼寧教育出版社，1995 年。
39. 施蟄存主編：中國近代文學大系翻譯文學集〔M〕，上海：上海書店出版，1990 年。
40. 時萌：曾樸研究〔M〕，上海：上海古籍出版社，1982 年。
41. 時萌：曾樸及虞山作家群〔M〕，上海：上海文藝出版社，2001 年。
42. 唐沅、韓之友、封世輝等編著：中國現代文學期刊目錄彙編（第 2 卷）〔M〕，北京：智慧財產權出版社，2010 年。

43. 譚載喜：西方翻譯簡史〔M〕，北京：商務印書館，2004年。
44. 魏紹昌：孽海花資料（增訂本）〔M〕，上海：上海古籍出版社，1982年。
45. 伍蠡甫：歐洲文論簡史〔M〕，北京：人民文學出版社，1985年。
46. 伍蠡甫：西方文論選〔M〕，上海：上海譯文出版社，1979年。
47. 王壽蘭編：當代文學翻譯百家談〔M〕，北京：北京大學出版社，1989年。
48. 王宏志：翻譯與文學之間〔M〕，南京：南京大學出版社，2011年。
49. 王寧：文化翻譯與經典闡釋〔M〕，北京：中華書局，2006年。
50. 王學鈞：劉鶚．曾樸〔M〕，昆明：雲南大學出版社，2007年。
51. 王克非：翻譯文化史論〔M〕，上海：上海外語教育出版社，2000年。
52. 吳福輝：都市漩流中的海派小說〔M〕，上海：復旦大學出版社，2009年。
53. 吳嶽添：法國小說發展史〔M〕，杭州：浙江大學出版社，2004年。
54. 謝天振、查明建：中國現代翻譯文學史（1898～1949）〔M〕，上海：上海外語教育出版社，2004年。
55. 謝天振：譯介學導論〔M〕，北京：北京大學出版社，2007年。
56. 解志熙：美的偏至：中國現代唯美——頹廢主義文學思潮研究〔M〕，上海：上海文藝出版社，1997年。
57. 蕭立明：新譯學論稿〔M〕，北京：中國對外翻譯出版公司，2001年。
58. 薛雯：頹廢主義文學研究〔M〕，上海：上海人民出版社，2012年。
59. 許鈞、宋學智：20世紀法國文學在中國的譯介與接受〔M〕，武漢：湖北教育出版社，2007年。
60. 薛家寶：唯美主義研究〔M〕，天津：天津社會科學院出版社，1999年。
61. 嚴家炎：中國現代小說流派史〔M〕，武漢：長江文藝出版社，2009年。
62. 楊聯芬：二十世紀中國文學期刊與思潮1897～1949〔M〕，南昌：百花洲文藝出版社，2006年。
63. 應國靖：現代文學期刊漫話〔M〕，廣州：花城出版社，1986年。
64. 袁進：中國文學的近代變革〔M〕，桂林：廣西師範大學出版社，2006年。
65. 楊義主編：二十世紀中國翻譯文學史〔M〕，天津：百花文藝出版社，2009年。
66. 楊劍龍主編：上海文學與二十世紀中國文學〔M〕，上海：上海文藝出版社，2012年。

67. 楊劍龍主編，林雪飛著：世界潮流中的海派文化與海派小説〔M〕，上海：上海文化出版社，2012 年。
68. 楊劍龍主編，梁偉峰著：文化巨匠與上海文化〔M〕，上海：上海文化出版社，2012 年。
69. 葉中強：上海社會與文人生活 1843～1945〔M〕，上海：上海辭書出版社，2010 年。
70. 趙澧、徐京安：唯美主義〔M〕，北京：中國人民大學出版社，1988 年。
71. 朱光潛：西方美學史〔M〕，北京：人民文學出版社，1987 年。
72. 張澤賢：民國出版標記大觀〔M〕，上海：上海遠東出版社，2008 年。
73. 鄭克魯：繁花似錦：法國文學小史〔M〕，武漢：武漢大學出版社，1986 年。
74. 鄭克魯：法國文學史〔M〕，上海：上海外語教育出版社，2003 年。
75. 鄭方澤編：中國近代文學史事編年〔M〕，長春：吉林人民出版社，1983 年。
76. 張彤：法國文學簡史〔M〕，上海：上海外語教育出版社，2000 年。
77. 曾虛白：曾虛白自傳〔M〕，臺灣：聯經出版事業出版公司，1988 年。
78. 曾虛白：曾虛白自選集〔M〕，臺灣：黎明文化事業股份有限公司，1981 年。
79. 鄒振環：20 世紀上海翻譯出版與文化變遷〔M〕，南寧：廣西教育出版社，2001 年。
80. 鄒依仁：舊上海人口變遷的研究〔M〕，上海：上海人民出版社出版社，1980 年。
81. 周儀、羅平：翻譯與批評〔M〕，武漢：湖北教育出版社，2005 年。
82. 朱德發：魏建.現代中國文學通鑒（1900～2010）〔M〕，北京：人民出版社，2012 年。
83. 朱一凡：翻譯與現代漢語的變遷：1905～1936〔M〕，北京：外語教學與研究出版社，2011 年。
84. 周小儀：唯美主義與消費文化〔M〕，北京：北京大學出版社，2002 年。
85.〔愛爾蘭〕奧斯卡・王爾德著，汪劍釗編譯：王爾德唯美主義作品選〔M〕，昆明：雲南人民出版社，2011 年。
86.〔德〕康德著，鄧曉芒譯：康德三大批判合集〔M〕，北京：人民出版社，2009 年。
87.〔丹麥〕勃蘭兑斯著，張道眞譯：十九世紀文學主流（法國的反動）〔M〕，北京：人民文學出版社，1997 年。

88.〔英〕威廉·岡特著，肖聿、淩君譯：美的歷險〔M〕，北京：中國文聯出版公司，1987年。

89.〔法〕波德萊爾著，郭宏安譯：波德萊爾美學論文選〔M〕，北京：人民文學出版社，1987年。

90.〔法〕維克多·雨果著，李玉民譯：雨果文集〔M〕，南京：譯林出版社，2013年。

91.〔法〕梅朋、傅立德著，倪靜蘭譯：上海法租界史〔M〕，上海：上海譯文出版社，1983年。

92.〔法〕白吉爾著，王菊、趙念國譯：上海史：走向現代之路〔M〕，上海：上海社會科學院出版社，2005年。

93.〔美〕費正清主編：劍橋中華民國史〔M〕，上海：上海人民出版社，1991年。

94.〔美〕李培德著，陳孟堅譯：曾孟樸的文學旅程〔M〕，臺灣：臺灣傳記文學出版社，1977年。

三 論文

1. 陳敏傑：轉型時期的上海文學期刊〔D〕，華東師範大學2008年博士學位論文。

2. 陳夢：論曾樸與雨果小説創作中的寫史意識〔J〕，惠州大學學報（社會科學版），2001（2）。

3. 杜吉剛：西方唯美主義詩學研究〔D〕，四川大學2005年博士學位論文。

4. 胡悦晗：日常生活與階層的形成——以民國時期上海知識分子爲例（1927～1937）〔D〕，華東師範大學2012年博士學位論文。

5. 韓方方：美的誘惑與變異——唯美主義在中國二十世紀的迴響〔D〕，廣東外語外貿大學2009年碩士學位論文。

6. 冷川：民族主義的窄化：從時代精神到文藝政策——《眞美善》與《前鋒時報》的爭論和曾虛白的文藝思想體系〔J〕，中國社會科學院文學研究所學刊，2009年。

7. 李永東：租界文化與三十年代文學〔D〕，山東大學2005年博士學位論文。

8. 李廣平：世紀末的唯美主義狂——論王爾德對唯美主義的繼承〔D〕，湘潭大學2003年碩士學位論文。

9. 馬曉東：作者與譯者的對話：曾樸的《魯男子》與法國小説《肉與死》〔J〕，延邊大學學報（社會科學版），2008（3）。

10. 錢林森：「新舊文學交替時代的一道大橋樑」——曾樸與法國文學〔J〕，中國文化研究，1997（2）。
11. 彭建華：現代中國的法國文學接受〔D〕，福建師範大學 2009 年博士學位論文。
12. 任小瑋：一個讀書唯美主義者的淪陷——論都市文化背景下邵洵美唯美主義歷程的常識性與局限性〔D〕，上海社會科學院 2006 年碩士學位論文。
13. 冉彬：30 年代上海文學與上海出版業〔D〕，上海師範大學 2007 年博士學位論文。
14. 孫德高：唯美的選擇與轉換——日本文學與中國現代唯美主義思潮〔D〕，武漢大學 2005 年博士學位論文。
15. 石彤喆：唯美的中國姿態——論邵洵美在中西文化交流中的唯美主義立場〔D〕，上海外國語大學 2006 年碩士學位論文。
16. 沈潛：近代社會變遷與曾樸的文化選擇〔J〕，《蘇州大學學報》（哲學社會科學版），2008（1）。
17. 湯奇云：中國現代浪漫主義文藝思潮史論〔D〕，華東師範大學 2001 年博士學位論文。
18. 吳舜華：孽海情天 會通中西——論曾樸對法國文學的借鑒極其意義〔D〕，暨南大學 2007 年碩士學位論文。
19. 吳萍：從唯美主義到消費主義——王爾德的現代性解讀〔D〕，上海師範大學 2005 年碩士學位論文。
20. 徐蒙：曾樸的編輯出版活動〔J〕，山東圖書館學刊，2010（2）。
21. 徐雁平：曾氏父子與眞美善書店〔J〕，編輯學刊，1998（3）。
22. 袁荻湧：曾樸對法國文學的接受與翻譯〔J〕，貴州師範大學學報，2001（4）。
23. 朱壽桐：論中國現代文學社團的研究方法〔J〕，文學理論研究，2005（3）。
24. 張正：論曾樸文學活動的價值取向〔D〕，揚州大學 2008 年碩士學位論文。
25. 趙瑞：東方視野中的「唯美」風——論 20 世紀 20 年代中國劇壇對唯美主義思潮的認同與接受〔D〕，浙江師範大學 2005 年碩士學位論文。
26. 趙鵬：海上唯美風：上海唯美主義思潮研究〔D〕，上海師範大學 2010 年博士學位論文。
27. 祝宇紅：「老新黨的後裔」——論蘇雪林《天馬集》與曾虛白《魔窟》對神話的重寫〔J〕，現代中文學刊，2011（2）。

附錄 1：《眞美善》文學譯介篇目

1 卷 1 期　1927 年 11 月 1 日出版

碧莉娣牧歌（詩歌）法國邊勒魯意譯，病夫重譯

鴉片煙管（小說）法國戈恬原作，病夫譯

煉獄魂（一）（小說）法國梅黎曼作，虛白譯

女性的交情（短劇）法國顧岱林作，病夫譯

1 卷 2 期　1927 年 11 月 16 日出版

色・黃（小說）法國葛爾孟作，虛白譯

煉獄魂（二）（小說）法國梅黎曼作，虛白譯

1 卷 3 期　1927 年 12 月 1 日出版

希臘碧莉娣牧歌（續）（詩歌）法國邊勒魯意譯，病夫重譯

燕（詩歌）法國 Pierre de Ronsard 作，病夫譯

煉獄魂（三）（小說）法國梅黎曼作，虛白譯

色・黑（小說）法國葛爾孟作，虛白譯

意靈娜拉（小說）美國濮愛倫作，虛白譯

1 卷 4 期　1927 年 12 月 16 日出版

戈雄特曼大（短劇）法國顧岱林作，病夫譯

窗（散文詩）法國薄臺萊作，虛白譯

煉獄魂（四）（小說）法國梅黎曼作，虛白譯

一個末日裁判的幻夢（小說）英國威爾斯作，虛白譯

1卷5期　1928年1月1日出版

歐美名人書簡（書信），虛白譯

法國賽維妍侯爵夫人致柯侖樹侯爵書

愛爾蘭史帝爾的一封情書

英國濟慈給他妹子的信

英國約翰孫與卻斯脫飛特侯爵書

走失的斐貝（小說）美國德蘭散著，虛白譯

1卷6期　1928年1月16日出版

希臘碧莉娣牧歌·赤腳（詩歌）法國邊勒魯意譯，病夫重譯

色·藍（小說）法國葛爾孟作，虛白譯

內助（小說）俄國柴霍夫作，萬孚譯

1卷7期　1928年2月1日出版

莎蘭綺（小說）法國大仲馬作，夏萊蒂譯

考戴惹，再見！（小說）西班牙阿拉斯作，虛白譯

母與子（小說）日本小路實篤作，崔萬秋譯

門徒（詩歌）英國王爾德作，虛白譯

1卷8期　1928年2月16日出版

希臘碧莉娣牧歌·香頌（詩歌）法國邊勒魯意譯，病夫重譯

馬篤法谷（小說）法國弗勞貝作，病夫譯

大除夕的懺悔（小說）德國蘇特門作，虛白譯

看不見的傷痕（小說）匈牙利卡羅萊稽斯法呂提作，虛白譯

母與子：亡友（小說）日本小路實篤作，崔萬秋譯

1卷9期　1928年3月1日出版

親昵集·花月（詩歌）法國李顯賓作，病夫譯

親昵集·輪圖（詩歌）法國李顯賓作，病夫譯

師父（詩歌）英國王爾德著，虛白譯

色·玫瑰（小說）法國葛爾孟作，虛白譯

鎮上有一家酒店（小說）愛爾蘭司帝芬士作，虛白譯

被棄者（小說）新猶太阿盧作，虛白譯
母與子：拜訪（小說）日本小路實篤作，崔萬秋譯

1 卷 10 期　1928 年 3 月 16 日出版

馬篤法谷（小說）法國梅黎曼作，虛白譯
別一個人（小說）法國浦萊孚斯作，病夫譯
橘子（小說）日本芥川龍之介作，行澤譯
母與子：野野春之遺稿（小說）日本小路實篤作，崔萬秋譯

1 卷 11 期　1928 年 4 月 1 日出版

母與子：掃墓（小說）日本小路實篤作，崔萬秋譯
夢耶（小說）法國莫泊桑作，小瑟譯
沼池（小說）日本芥川龍之介作，行澤譯

1 卷 12 期　1928 年 4 月 16 日出版

馬奇的禮物（小說），美國奧亨利作，虛白譯
輓歌（詩歌）英國湯瑪斯・格雷作，虛白譯

2 卷 1 期　1928 年 5 月 16 日出版

色・橘黃（小說）法國葛爾孟作，虛白譯
乞兒歌（詩歌）法國李顯賓作，病夫譯
取媚他的妻子（小說）英國哈代作，虛白譯
沉默（小說）德國安特烈夫作，虛白譯
巴底隆的美女戲弄審判官（小說）法國巴薩克作，虛白譯

2 卷 2 期　1928 年 6 月 16 日出版

妻的懺悔（小說）法國莫泊桑作，小瑟譯
西路巡審（小說）英國哈代作，虛白譯
讀物博物館（文論）中國陳季同作，病夫譯

2 卷 3 期　1928 年 7 月 16 日出版

爲良心故（小說）英國哈代作，虛白譯

2 卷 4 期　1928 年 8 月 16 日出版

法國的女詩人與散文家（評論）法國 Le Maitre 作，張若谷譯
報復（獨幕劇）法國莫泊桑作，沈小瑟譯
色・血牙（小說）法國葛爾孟作，虛白譯
德國隊裏鬱悶的騎兵（小說）英國哈代著，虛白譯

2 卷 5 期　1928 年 9 月 16 日出版

《色》的原敘（序文）法國葛爾孟作，虛白譯
法國的女詩人與散文家（續）（評論）法國 Le Maitre 作，張若谷譯
珍珠小姐（小說）法國莫泊桑作，杜芳女士譯
一個誠實的賊（小說）俄國陶斯屠夫斯奇作，古魯譯

2 卷 6 期　1928 年 10 月 16 日出版

九封信裏的小說（小說）俄國陀思妥耶夫斯基作，古魯譯
叫化子（小說）法國莫泊桑作，子京譯

3 卷 1 期　1928 年 11 月 16 日出版

樂園（散文）法國法郎士作，顧仲彝譯
葬禮進行曲（小說）法國巴比塞作，虛白譯

3 卷 2 期　1928 年 12 月 16 日出版

百老匯之夜（小說）美國約翰里德作，林微音譯
抒情回想曲（小說）俄國屠格涅甫作，張若谷譯
南國佳人（小說）亞甘當作，張若谷譯
巡警與聖歌（小說）美國奧亨利作，揚毓溥譯

女作家號　1929 年 1 月 1 日出版

萊加米兒夫人（評傳）聖德伴物作，方於譯
創作與批評（文論）日本與謝野晶子作，張嫻譯
賢良的母親（戲劇）法國 Florian 作，續新譯

3 卷 3 期　1929 年 1 月 16 日出版

樂園（散文）法國法郎士作，顧仲彝譯
意外事（小說）亞甘當作，張若谷譯

婦德（小說）英國高斯華綏作，競文、蓋疏譯
愛（小說）法國莫泊桑作，杜芳女士譯
蘋果樹（小說）英國曼殊菲爾作，汪倜然譯

3卷4期　1929年2月16日出版

諾亞伊夫人的詩（詩歌）法國諾亞伊夫人作，病夫譯
仁慈（詩歌）法國囂俄作，懷瑾譯
樂園（散文）法國法郎士作，顧仲彝譯
匆促底再嫁（小說）英國哈代作，蓋疏競文譯
斯芬克斯（小說）美國哀倫坡作，林微音譯

3卷5期　1929年3月16日出版

印度女詩人（文論）英國麥克涅孤爾作，謝落譯
述萬爵士（小說）暹羅猜越特作，陳毓泰譯

3卷6期　1929年4月16日出版

樂園（散文）法國法郎士作，顧仲彝譯
時下女學生（小說）Philips作，競文蓋疏譯
敬愛你的（小說），英國瑪麗衛勃作，虛白譯
有四十八顆星的房間（小說）匈牙利約卡伊·莫爾作，汪倜然譯
相思（英吉利戀歌）（詩歌），趙景深譯

4卷1期　1929年5月16日出版

旅俄雜感：目睹的新俄（遊記）美國德蘭散著，虛白譯
樂園（散文）法國法郎士作，顧仲彝譯
青年文學家費鐸葛拉特哥佛Fedor Glabkov自傳（傳記）俄國Fedor Glabkov作，病夫譯
黑玫瑰（散文）保加利亞伊林潘林作，趙景深譯
詩人的歌（詩歌）英國Tennyson作，王墳譯

4卷2期　1929年6月16日出版

蘇俄今日的婦女（遊記）美國德蘭散作，虛白譯
秋（小說）瑞典史特林堡作，楊毓溥譯

4卷3期　1929年7月16日出版

托爾斯泰派的素食館（遊記）美國德蘭散作，虛白譯
憶柴霍甫（散文）俄國高爾基作，王墳譯
鴉（詩歌）美國歐倫濮作，黃龍譯

4卷4期　1929年8月16日出版

旅俄雜感：目睹的新俄（遊記）美國德蘭散作，虛白譯
恭士丹瞿那（小說）法國李顯賓作，虛白譯
再次的改善（小說）美國奧亨利作，高建華譯

4卷5期　1929年9月16日出版

憶安特列夫（散文）俄國高爾基作，王墳譯

4卷6期　1929年10月16日出版

一個黑人底死（小說）美國 Michael Gold 作，葉秋原譯

5卷1期　1929年11月16日出版

鞋匠葛式拉（小說）英國高爾華綏作，顧仲彝譯

5卷2期　1929年12月16日出版

一次火車的遇險（小說）德國湯麥司曼作，虛白譯
知縣下鄉（小說）法國都德作，炎德譯
成吉思汗的馬（小說）法國保爾穆杭作，虛白譯

5卷3期　1930年1月16日出版

民眾派小說（評論）法國勒穆彥作，病夫譯
最近的蘇俄普魯文學（文論）日本米川正夫作，查士驥譯
詩人與英雄（散文）英國蓋賴爾作，虛白譯
屠格涅夫散文詩選（詩歌）俄國屠格涅夫作，沈默、潘修相譯
野獸（小說）德國瓦塞門作，虛白譯
男朋友（小說）俄國契訶夫作，王家域譯
醜小鴨（童話）丹麥安特孫作，文益重譯
給愛好音樂者（小說）孟德作，瀟雨譯

5 卷 4 期　1930 年 2 月 16 日出版

柏拉圖與共產主義（文論）法國蘇爾培、克洛斯合作，虛白譯

絕望的姑娘（小說）法國 Pierre Louys 作，成孟雪譯

黑貓（小說）新猶太賓斯基作，虛白譯

雷麥克西部前線平靜無事的法國批評（評論）西班牙 Ramon Fernandez 作，病夫譯

鐘（詩歌）美國愛倫坡作，黃龍譯

5 卷 5 期　1930 年 3 月 16 日出版

渡海（小說）意大利魏爾嘉作，王墳譯

船泊南摩灣（小說）法國 Pierre Louys 作，成孟雪譯

5 卷 6 期　1930 年 4 月 16 日出版

最近日本文壇底 Nonsense 的傾向及其他（文論）日本大宅壯一作，查士驥譯

夕陽（小說）西班牙伊本納茲作，沉默譯

愛情與麵包（小說）瑞典史特林堡作，陸貞明譯

三十歲婦人的迷媚——《一個青年男子的懺悔》第五章（小說）英國喬治摩阿作，虛白譯

6 卷 1 期　1930 年 5 月 16 日出版

甘地的無暴力主義（文論）C.F.Anderson 安德列作，虛白譯

變相的革命（文論）俄國德洛斯基作，蕭牧譯

法國今日的小說（文論）法國拉魯作，病夫譯

美國黑人文學底起源（文論）美國 John Chamblain 作，汪惆然譯

牡蠣（小說）俄國柴霍夫作，趙景深譯

牧羊者的求愛（詩歌）英國 Marowe 作，龍朱譯

暮靄中海邊的幻夢——《死之勝利》第五卷第五章（小說）意大利丹農雪烏作，虛白譯

秋夜（小說）俄國高爾基作，陳宀竹譯

6 卷 2 期　1930 年 6 月 16 日出版

國家主義與自由（文論）意大利尼蒂作，虛白譯

歌德的生活藝術（文論）德國 Dr.W.bode 作，沈來秋譯
墨索里尼之政治思想（文論）日本高橋清吾作，姜蘊剛譯
雷翁杜岱四部奇著的批評（評論）法國 Rene Lalou 作，病夫譯
好厲害的妹子——《高龍巴》第十五章（小說）法國梅麗曼作，虛白譯
愛神之箭——平原故事之一（小說）英國 Rudyard Kipling 作，懷瑾譯
旗手（小說）法國都德作，盧世延譯

6 卷 3 期　1930 年 7 月 16 日出版
歐那尼出幕的自述（評傳）法國 Victor Hugo 作，病夫譯
歐那尼研究（文論）法國格拉孫奈作，虛白譯
諾潔的泡廠裏的客廳記（散文）法國大仲馬作，李青崖譯
雷利亞序文（序文）法國喬治桑作，虛白譯
戀書的發端——在給未婚妻的書翰（書信）法國 Victor Hugo 作，病夫譯
我的戀書（詩歌）法國 Victor Hugo 作，病夫譯
激憤（詩歌）法國 Victor Hugo 作，病夫譯
童（詩歌）法國 Victor Hugo 作，病夫譯
良心（詩歌）法國 Victor Hugo 作，虛白譯
孤寂（詩歌）法國拉馬丁作，邵洵美譯
狼之死（詩歌）法國維尼作，虛白譯
春之初笑（詩歌）法國 Theophile Gautie 作，病夫譯
十二月之夜（詩歌）法國繆塞作，虛白譯
劊子手（小說）法國巴爾扎克作，虛白譯
翁梵琍——一篇舊貨堆的故事（小說）法國戈恬作，虛白譯
一隻白鸜的歷史（小說）法國繆塞作，成孟雪譯
方形堡之役（小說）法國梅麗曼作，盧世延譯
白里絲蓋的狗（小說）法國 Ch.Nodier 作，楠萊晏譯
母親講的故事（散文）法國拉馬丁作，徐蔚南譯
硬殼蟲（散文）法國 Jules Michelet 作，徐蔚南譯
燕子（散文）法國 Jules Michelet 作，徐蔚南譯

6 卷 4 期　1930 年 8 月 16 日出版
郊遊（小說）德國凱西林作，沈來秋譯
叛逆者（小說）俄國阿爾志跋綏夫作，張璿銘譯

6 卷 5 期　1930 年 9 月 16 日出版

另一個人（小說）英國吉百林作，懷瑾譯

父（小說）挪威 Bjoumlrnst jerne Bjornson 作，章石承譯

灰衣執事（戲劇）美國懷爾特作，王墳譯

6 卷 6 期　1930 年 10 月 16 日出版

愛人（小說）愛爾蘭史蒂芬斯作，王家域譯

當我死了（詩歌）英國羅薩蒂作，王家域譯

7 卷 1 期　1930 年 11 月 16 日出版

藝術家的地位（文論）英國彌爾恩作，季肅譯

滾石（小說）俄國高爾基作，陳宀竹譯

7 卷 2 期　1930 年 12 月 16 日出版

機器與情感（文論）英國羅素作，虛白譯

滾石（續）（小說）俄國高爾基作，陳宀竹譯

克拉荔芒（小說）法國 Gautier 作，王家域譯

7 卷 3 期　1931 年 1 月 16 日出版

俄國革命後的初期文壇（文論）J.Lavrin 作，儲安平譯

克拉荔芒（續）（小說）法國 Gautier 作，王家域譯

季刊 1 卷 1 期　1931 年 4 月出版

慕邦姑娘（小說）法國 Gautier 作，味眞譯

笑的人（第一部 發端兩章）（小說）法國 Victor Hugo 作，曾樸譯

娜娜（第一章）（小說）法國左拉作，虛白譯

高龍巴（1～6）（小說）法國梅麗曼作，虛白譯

玖德（小說）英國哈代作，季肅譯

戰爭與和平（續）（小說）俄國托爾斯泰作，崔萬秋譯

季刊 1 卷 2 期　1931 年 7 月出版

慕邦姑娘（小說）法國 Gautier 作，味眞譯

笑的人（第一部 第一卷）（小說）法國 Victor Hugo 作，曾樸譯

娜娜（第二章）（小說）法國左拉作，虛白譯
高龍巴（7～11）（小說）法國梅麗曼作，虛白譯
玖德（續）（小說）英國哈代作，季肅譯
戰爭與和平（續）（小說）俄國托爾斯泰作，崔萬秋譯

附錄 2：純文學的矛盾與轉向
——以曾虛白的文學觀及創作爲例

摘要：曾虛白的創作發生了由重文到文質並重的改變，而這與他文學觀的轉變有關。他由傾向純文學到成爲民族主義文藝的「同路人」，其中存在著政治認識上的轉變，而更多的是一種對自我文學認知矛盾的突圍，面對文藝大眾化和文學自我表現的矛盾，曾虛白將文學的表現對象擴大，並用中心意識來統攝作家和大眾認知上的差異。但由於其明確的反功利觀念，其文藝觀與民族主義文藝觀又存在著偏離。曾虛白的這種轉向是作家自我突破的一種有效嘗試，是作家文學自覺的一種體現。

關鍵字：曾虛白；文學觀；《眞美善》

中國現代純文學觀的確立經過了複雜的過程，而最終界定了純文學以摹寫感情爲主，重視表達技巧，表現人生但又強調文學的審美性的特徵〔註 1〕。同時它又強調文學的非功利性，「純文學的概念，它的意義基本是從批判的方面表現出來的，即是對現存的過於功利化的文學的批判（無論是對西方的宣揚宗教觀念、經院哲學或古典價値觀的文學的批判，還是對中國的宣揚儒家人格理想、注重社會教化功能的文學的批判）中表現出它的價値來。」〔註 2〕因此在純文學概念的關照下，文學獲得了回歸本體的可能。但如果將純文學追求純粹審美的文學觀落入大眾文化時代中時，一切理論和設定都顯得十分

〔註 1〕參見付建舟：《中國現代純文學觀的發生》，《文學評論》，2009 年第 4 期。
〔註 2〕陳國恩：《「純文學」究竟是什麼》，《學術月刊》，2008 年 9 月。

單薄。文學從來都無法與現實脫離，文學所表現的人正是政治、經濟、文化所影響的一個綜合的存在，因而沒有一種純文學的嘗試是完全超越現實而無目的的。正因爲這種純文學理想和大眾文化接受之間存在著巨大的落差，創作中顯出的尷尬也是不言而喻的，很多作家在面對這一情況時往往會對矛盾避而不談，而在這其中，曾虛白較爲特殊地從純文學的弊端中獲得了另外一種可能，從而將自己的寫作進行了一次轉向。

曾虛白在二三十年代以《眞美善》爲陣地，譯介、創作了很多作品，並針對當時文壇上的文學思潮發表了自己的一些具有創見性的觀點，在對他文學觀的考察上，很多學者將其視爲唯美主義文學的實踐者，認爲他的作品帶有濃厚的純文學的色彩，而朱雲鵬認爲他是「民族主義文學」作家的同路人，爲什麼在他身上體現出了兩種不同的創作傾向，對他進行這種文學流派的劃分是否與他的文學觀及創作相符合？冷川《民族主義的窄化：從時代精神到文藝政策——眞美善與前鋒週報的爭論和曾虛白的文藝思想體系》這篇文章曾從曾虛白政治觀的角度來解釋他對民族主義文藝的理解，當然從自由知識分子到民族主義文學「同路人」的轉化中，政治立場是其最重要的因素，但是對於一個作家而言，其文學觀最終要靠文學作品來驗證，他的創作呈現了從重文到文質並重的轉變，也正是其在遭遇了創作上的矛盾之後的自我選擇。針對曾虛白民族主義文藝觀的研究，二者又是如何轉變和糾纏的，對此，還需要對其文學觀進行較爲細緻的梳理。

一 純文學的傾向

曾虛白進入文學界是受其父親曾樸的引導，《眞美善》是曾樸文學理想的產物，因而攜帶著濃厚的個人色彩，他秉持著嚴肅純粹的文學態度提倡翻譯文學，並將「眞」、「美」、「善」作爲文藝創作的標準，對文學的藝術性提出了較高的要求。曾樸個人的聲望讓其在當時的上海文壇擁有較大的影響力，他所努力營造的法式沙龍的文學氛圍也吸引了一大批文學愛好者，這其中包括邵洵美、傅彥長、郁達夫等人，他們很多人後來都積極地爲刊物供稿，因此《眞美善》在當時上海的純文學圈子中頗具影響力。對於初入文壇的曾虛白來說，他的文學功底主要來源於之前的閱讀經驗，而《眞美善》的文學風格以及父親的文藝觀對他的影響更是直接而具體的，這主要表現爲對文學非功利觀念的認同和對文學藝術性的自覺追求上。

1927 年，曾虛白通過《眞美善》進入文壇，而此時伴隨著國民革命的發展，大量帶有革命色彩的文藝作品夾雜著轟轟烈烈的文學論爭讓「革命文學」一躍成爲當時文壇的主流。而跟隨「革命文學」之後，階級文學觀念興起，它們都無一例外地強調文學的功利性。曾虛白針對此提出了自己的批評意見。

首先他認爲政治助力下的「革命文學」藝術性大爲喪失。「革命潮流洶湧澎湃，激蕩得生活動搖，人心皇惑，人人裝著滿肚子說不出的苦悶，鬱勃，於是叫的叫，跳的跳，不擇手段地借著文藝來宣洩蘊藏在他們心底裏的火焰。」〔註 3〕因此此時的「革命文學」裏充斥著口號和標語，滿含著苦悶和激憤，表現得比較幼稚和粗糙。同時，「革命文學」對政治色彩的過份強調而導致了藝術性的缺乏，他對此表現出了極大的不滿：「我至今不懂什麼叫革命文學，雖然也曾看過大作家的宏文和更多些不能看完全篇的很短的短篇小說。他們不要求情感，不要求藝術，也不要求一切文學上需要的原素，只須你文字裏多加幾個吶喊哩，殺哩，群眾哩，勞工哩，這一類的字眼，那就變成了一篇哄動一時的革命文學。究竟革命文學是不是這樣的？究竟革命文學有沒有成立的可能？」〔註 4〕在他認爲，粗糙的「革命文學」實質上已經脫離了文學的審美趣味，而必然會導致文藝的衰敗。其次他認爲「革命文學」所表現出的強勢的文學態度強行壓制了不同的發聲，而抑制了文學多樣化的發展。「革命文學」基於其明確的政治目的和奪取文藝政權的需要，所以從一開始，它便表現出了激進的色彩，接著因爲立場和觀念的不同而導致文壇發生了激烈的文學論爭，這種論爭本來意在進行觀念的對話和傳播，但隨著事態的發展卻不料逐漸淪爲意氣之爭甚至謾罵，「他們純潔的文藝的白袍上開始就染上了污濁的政治的色彩。於是而攻擊，而謾罵，引起了對方的惡感；初而壓迫，繼而封禁。這雖可以代表一般奮激青年的心理，卻實在已經是跳出了文藝之圈，投身到政治漩渦裏的犧牲品。」〔註 5〕在曾虛白看來，這種強行的政治綁定和粗暴的對話態度已經讓文學逐漸喪失了獨立的姿態，而淪爲政治的工具。他針對此專門撰文《給全國新文藝作者的一封公開的信》，對於這封信的目的，他坦言「我的那封公開信，老實說，是因爲看見人家摩拳擦掌像罵街村婦般

〔註 3〕虛白：《文藝的新路——讀了茅盾的〈從牯嶺到東京〉之後》，《眞美善》，1928 年第 3 卷第 2 號

〔註 4〕小荷：《殘柳》，《眞美善》，1928 年第 2 卷第 4 號。

〔註 5〕虛白：《從辦雜誌說到辦日報 · 覆林樵民》，《眞美善》，1928 年第 2 卷第 5 號。

專吵些無爲的閒氣，想站出來勸相打的。」他認爲「本來文學不必分什麼派別，不論它爲的是什麼目的，標的是什麼旗幟，凡是成功的作品，都有它不朽的價值，何必要壓低了別人才顯得出自己的高呢？」〔註6〕

除此之外，不斷興起的階級文學強調對立與衝突，割裂了文學的完整性，曾虛白針對階級文學也提出了不同的意見。在《眞美善》第 3 卷 2 號上發表的《文藝的新路——讀了茅盾的〈從牯嶺到東京〉之後》這篇文章裏，他認爲茅盾在《從牯嶺到東京》裏提出的「小資產階級文藝」，是對「革命文學」壟斷性的一個有力反撥，但是同時又認爲它「實在跟革命文藝的作家犯了同樣的錯誤」，它以階級性來指導文學創作和文學批評，本質上都是一種排他的文學觀。他對「階級文學」這一觀點提出了反駁，否認階級性對文學的割裂，強調文藝的多樣性和整體性，「文藝是沒有時間性也沒有階級性的一個整個，不論它爲的是人生或爲的是藝術，永遠是一個拆不開的整個，決不能給人家雞零狗碎地切成了片段來供給某一個時代或某一部份人所獨享的。……文藝的本體固然是整個，而表現者因力量的薄弱，不妨就著自己的範圍來表現這整個的局部，各個局部的表現錯綜著，交換著，各發著異彩，各顯著特長，才可以組織成這一個燦爛光明的整個。」〔註7〕在對文學整體性的關照下，「無產階級文學跟小資產階級文學都有存在的可能，並且都有無窮的希望，倘然作者眞能表現出這局部的光明來；若說這就是一個時代文藝獨一的趨勢，一切作家必趨的路徑，那就變成了一個重大的錯誤。」〔註8〕只有各種文學共同的存在才能構成文藝的整體性，才能對整個社會有全面的展現。同時他主張文學的非功利性，認爲任何「文藝不是一件工具，它的產生是大自然光明的顯露，決不存著爲那個產生的偏見；它是一盞永生不滅的明燈，可以燭照到上下古今無窮盡的期間，宇宙內一切物質纖維的內在；明瞭些說，它是無時間，無空間的光明。凡要硬給文藝規定某種目標的舉動，是錯認了文藝，不，簡直侮辱了文藝。」〔註9〕破除了給文學所強加的「階級」和「工具」等屬性之後，文學才得以回覆到它本來的面目。

〔註 6〕虛白：《給全國新文藝作者的一封公開的信》，《眞美善》，1928 年第 2 卷第 1 號。

〔註 7〕虛白：《文藝的新路——讀了茅盾的〈從牯嶺到東京〉之後》，《眞美善》，1928 年第 3 卷第 2 號。

〔註 8〕虛白：《文藝的新路——讀了茅盾的〈從牯嶺到東京〉之後》，《眞美善》，1928 年第 3 卷第 2 號。

〔註 9〕虛白：《文藝的新路——讀了茅盾的〈從牯嶺到東京〉之後》，《眞美善》，1928 年第 3 卷第 2 號。

由於「革命文學」對大眾化的要求使得現在的文學過於強調讀者的接受，而忽略了作者的自我表現，很多作者多爲了適應讀者的喜好而違背了自我的才能和思想，使文學喪失了眞誠和個性。而要改變這種現狀，就必須勇於突破這種單一的表現方法，更多地發揮作者的個性。因爲在他看來，「無論那一派文學，都是『自我』的表現，所謂客觀與主觀，只可說是自我色彩明晦的分別。『自我』是思想的主體，也就是作品的泉源，世界和『自我』以外的一切，只依著『自我』所構成的思想的形態而呈露在一切作家的作品裏。並且，高尚的文藝作品之所以能超出於其他讀物之上而給人類以無上興趣的秘密，就在它能把一切枯燥的現實在神妙的靈魂裏經過一番鍛煉之後而發出異常的光芒。所以扔開了『自我』，文藝就遺失了存在。」〔註 10〕這種「自我」所呈現的獨特性的匯總就造就了文學的多樣性，所以爲了凸顯文學的豐富，「我們以爲文藝決沒有一條共同的道路，每個作家各有他最適合的路徑。現在我們該提倡的是叫一切作家去找尋他們發展『自我』的路徑，不能指定了一條路叫一切作家都跟著我們走。」〔註 11〕他提倡通過對「自我」的尋找而找到適合自己的新路，而這無數個性化的道路也就共同促成了文學的整體性。曾虛白對文學的整體性和個性的辯證的理解，是對當時氾濫的「革命文學」的有力反撥。而據此，曾虛白對文學的藝術性、非功利性以及對自我感情表現的強調等文學觀念在一定程度上表現出了純文學的傾向。

二 文學觀的矛盾和轉向的可能

從曾虛白對「革命文學」的批判中可看出，初入文壇的他對文學保持著較爲冷靜的態度。而他也通過不斷的模仿和學習，來逐漸完善自己的創作，其中最主要的方式便是大量翻譯外國著作，並從中吸收營養，但是在學習和內化的過程中，某些矛盾和複雜性也不可避免地在他身上得到了體現。縱觀曾虛白在《眞美善》上發表的大量作品及評論，我們發現，曾虛白雖然並不認同粗糙的「革命文學」，但是他卻也認識到了文學走向大眾的必然，認同文學的大眾化，而這與他的人生經驗和創作歷程不無相關。曾虛白出生於書香

〔註 10〕虛白：《文藝的新路——讀了茅盾的〈從牯嶺到東京〉之後》，《眞美善》，1928 年第 3 卷第 2 號。

〔註 11〕虛白：《文藝的新路——讀了茅盾的〈從牯嶺到東京〉之後》，《眞美善》，1928 年第 3 卷第 2 號。

門第，在家學修養的浸潤下，他受到了傳統文化的薰陶，中國文學長久以來的載道觀深深的影響了他，從他的職業選擇中，我們可以看到他參與社會的意識，《眞美善》只是新聞事業失敗後的一個緩衝，而《眞美善》終刊之後，他又選擇重新回新聞界主編《大晚報》，可見他一直秉承著積極入世的觀念。因此他一方面認同文學的社會屬性，另一方面，他又強調文學的非功利性和自我表現，這二者的交織使他的文藝觀表現出了某些混雜。

在曾虛白看來，文藝應該是社會的，大眾的，「藝術是把感情用種種的形態組織化，爲使她發達起見，需要對於藝術關心的多數的社會人。因此，藝術由於社會所具有之藝術愛好心而定。」〔註 12〕要將文藝普及大眾化，就需要作者和讀者的共同努力，但是現實情況卻不容樂觀，曾虛白曾對法國文學的翻譯情況進行過一次盤查，而盤查的結果讓他深刻地認識到了新文藝成績的「貧」與「弱」，而「『弱』是『貧』的根，既如上說，我們再更近一層，推究這「弱」的原因。我敢武斷地說一句；這是因爲作者和讀者，各自盤踞著一個世界，彼此漠不相關地生活著發生不了同情心的緣故。」〔註 13〕他認爲讀者與作者間的隔閡阻止了藝術的大眾化，而要消除這種隔閡就必須要改變作家的創作觀念，「文學家的使命並不是關在藝術的水晶宮裏，哼著美呀愛呀，自管自作樂消遣就算了事的。他們要做群眾的先知，群眾的嚮導，指點給大家一條光明的大道：要做先知要做嚮導，對於群眾的本體就先得有一個眞切的認識。」〔註 14〕並在第一卷二期上面刊登了大量的民間歌謠，肯定民間文學的藝術性，號召作家虛心學習。可見曾虛白首先認爲文學家應該扮演啓蒙者的角色，提供給人民大眾積極和進步的思想，努力成爲群眾藝術的引導者。而對於如何引導大眾，他認爲文學家要參與到群眾的生活中，根據民眾所提供的材料創作出貼近大眾眞實生活的作品，並積極學習民眾文學的優秀之處，完善自我的創作。可見，曾虛白強調文學應該是社會大眾的，但是他並不願意遷就大眾的口味，將文藝導向通俗，相反，他一直堅持著文學的審美性。從他所主編的期刊《眞美善》來看，其風格偏向高雅的純文學，而曾虛白的個人創作也多表現普通大眾的生活，敘述平凡人的平凡生活，還原生活本來的面目，但創作方法和描寫都極具藝術性，有效地避免了對低俗的

〔註 12〕虛白：《文藝的郵船．日本來的談話》，《眞美善》，1929 年第 3 卷第 4 號。

〔註 13〕虛白：《給全國新文藝作者一封公開的信》，《眞美善》，1928 年第 2 卷第 1 號。

〔註 14〕虛白編注：《民間歌謠》，《眞美善》，1927 年第 1 卷第 4 號。

迎合。因此可以說，曾虛白力圖通過對這種普通民眾的生活的書寫來讓大眾在描寫自己的文學中獲得藝術的薰陶。

但我們應該注意的是，曾虛白一方面認爲文學應該成爲大眾的，但同時文學更應該表現「自我」,「文學作品是作者精神組織的表現，」〔註 15〕但因此在大眾和自我之間便存在著某種不調和，文學家該如何在堅持自我書寫的過程中將大眾引導至自己的審美趣味之中？基於大眾與作家之間認識上的隔閡，二者如要尋求文學審美上的統一，則需要一個更高層次的思想觀念的統攝，而這便是他所說的中心意識。在《民族主義文藝運動的檢討》中，曾虛白認爲文學家是時代精神的先覺者，因此他總能對時代潮流有著最爲敏銳的感覺，文學家要表現情感，但是在這情感的背後也同樣需要理智的推動，這種理智也便是一種中心意識，「中心意識的形成不可避免的受著時代潮流的支配，於不知不覺中取著共同的趨向得了共同的形式，合鑄成一時代一民族共同的意識。」這種中心意識是自然生發的，而非強制產生的，「所謂的中心意識，決不像衣服一樣可以叫裁縫定做一件去披在某個作家身上的，這是他自己受著時代潮流的鼓蕩而自然形成的。」曾虛白認爲在現時代，這種受時代潮流影響而自然生成的中心意識也即民族意識。他將文壇左翼和右翼分別提倡的階級意識和民族意識進行比較，而最終選擇了後者，他認爲階級意識並非是中國現在全民族共同的意識，根據中國的國情，中國人民困苦的禍根在於知識階級的專橫而不在資本階級的壓榨，而階級意識不是從社會發展從自發產生的，是由俄國、日本輸入的，因此階級意識是僞意識。而相比之下，五四運動和五卅運動充分暴露了帝國主義的野心，民眾在感受到內憂外患的壓迫之後，這種困苦已成爲了全民族的創傷，對痛苦的感同身受讓人民都自發的生出了一種反抗意識，促使了民族意識的覺醒。因此他認爲「民族文學是表現目前中國最新成行的一種時代意識的東西，是自然演進到了這個程度不能不出來的東西；所以它是眞的，是眞實的一股潮流。」因而，在民族意識的統攝下，作家和民眾能眞正走向統一，從而達到審美上和認知上的一致。但曾虛白對民族文學的認同是部分而非整體的，民族主義文藝派鼓吹民族主義「中心意識」論，試圖宣導文化獨裁，將文學視爲意識形態的工具，曾虛白對此予以反對，他反對「爲」的文學，他表示：「我要爲純潔的文藝提出嚴重的抗議。文藝家除掉了他自己的意識以外，絕對不承認任何樣的權威。他

〔註 15〕徐蔚南：《都市的男女．小曾序》，眞美善書店，1929 年版，第 5～6 頁。

意識的琴弦上感到了時代和風的吹拂發出共鳴的諧音來，這是他靈感中自然流露的天籟，決不能預先給他規定某條某項是你的『使命』，是你『應有的責任』。文藝家是一直盤旋天半的夜鶯，你捉住了它關在籠子裏，叫它那兒能唱得出悅耳的曲調？」曾虛白強調作家的自主性和文學的獨立性，並因此與民族主義文藝派產生了根本的區別。

由此可見，曾虛白在此時繼續強調文學的純粹，但同時他對純文學的認識已經不再是之前單純地表現自我與形式上的努力，他由大眾文學與個人表現的矛盾中認識到了純文學表現的局限性，因此不得不拋棄純文學的狹隘的表現論，而投向了對社會大眾的表現和關注。但需要注意的是，曾虛白文藝觀的轉變在理論上是有一定的邏輯關聯的，民族主義文學自從誕生之日起便帶有明顯與左翼文學對立的傾向，而階級論作爲左翼文學的主要理論基點也成爲了民族主義文藝的主要批判對象，也正是在對階級論的反對上，曾虛白與民族主義文藝觀存在著契合之處，而這也成爲了日後曾虛白逐漸向民族主義文藝靠近的邏輯起點。而他的這種轉變也與他的文學經歷和外界影響不無關係。在曾虛白編輯《眞美善》的過程中，他接觸到了大量的文學家，據他的回憶，朱應鵬、張若谷、傅彥長、徐蔚南等人經常會到訪家裏做客，並都在該刊上供稿很多，可見與其私交甚好，而這些人中大部分後來都投入到了右翼陣營之中，傅彥長等人還是鼓吹「民族主義文藝」的干將，不得不說這並非一個巧合，從後來他組織的《大晚報》來看，汪倜然、黃震遐、張若谷等人都有參與，可見，這些人已經形成了一個較爲穩固的交際圈，他們的選擇對其文學觀的改變勢必會起到一定的影響。

三、從重文到文質並重

曾虛白文學觀上的改變在創作上也得到了反映，作爲剛登上文壇的新人，他最初的文學創作主要從模仿著手，他曾將自己的閱讀作爲自己文學的創作的基礎之一，而對於純文學的追求也直接導致了其對文學藝術性的看重。而後隨著現實主義的滲入，它的創作也逐漸從重文轉向重質，從而更多地呈現出了對思想內容的關注。

純文學最大的特徵之一便是對文學語言和形式特徵的強調，而曾虛白也將文學的藝術性看做是文學的重要目標之一，這集中在對「美」的顯現。從曾虛白的譯作中可以看出，他對唯美主義是有自己獨特的見解的，而他的作品也借鑒了唯美主義流派的創作方法，但是他所呈現的「美」同唯美主義所宣導的「無功利的美」有區別，他將「美」當做一種表現方式而不是目的，因此也更多地表現爲細緻的描寫。在其早期的創作中，他主要專注於形式的探索，儘量運用豐富的語言來描繪物態、表達感受和體驗，作品中含有大量的心理刻畫和感官渲染。虛白的《被劫》敘述了一個偶然間發生的愛情故事，戰爭中大量軍隊入城，主人公「我」遇到一個大兵到家借宿，在短暫的相處中「我」與大兵互生好感，小說著重描寫了「我」對他的態度由驚慌到猜疑再到兩人相戀的變化過程，而「我」被他吸引後所顯現出的各種感受在文中都得到了細緻地描繪，比如最初由於心動而顯現的手足無措，「呀！這種款款柔情的樣子眞是可怕，我決沒有拒絕的勇氣。當時不知怎的，以爲總得要回答他這一番深意，實在又不曉得應該怎樣的還。倒底嘻著嘴也笑了——或者不像個笑，竟裝了個哭臉。」〔註16〕也有四目相對時的嬌羞，「（他）說時微笑著拿眼睛向我瞟過來，我嚇得趕緊低頭翻弄著衣角，好像發現了什麼咬人的蟲蟻似的。」再到陷入愛情時的沉醉，「那一對又深又黑的眼珠子又對著我發出神秘的吸力，深深的笑渦又把我的心靈沉醉得迷迷糊糊，鼓不起一點兒抵抗的勇氣。」「我」內心的情感天平一步步由愛人德哥滑向了大兵，故事講述層層推進，表現細膩而又情節緊湊。而他自己十分看重的小說《德妹》則描寫了「我」回家看望重病在床的德妹時的所見所思，以美妙的幻想描寫呈現了德妹青春的姿態，「在一堆姊妹中間她像環繞著群星的明月，微笑地發著傲慢的光輝引起多少人的羡慕和嫉妒。那一堆像點漆般黑，像走盤珠般流轉的瞳人，浮動在長睫影裏一泓秋水般的眼白上，表現出她活潑天眞的素質。泛著桃花色白玉般的雙頰，暈出兩個深深地像小錢兒大小的酒渦，只給人一種和藹可親的映象。」〔註17〕作者將德妹的每一次出場都進行了精緻的刻畫，同樣又不斷地將讀者拉回現實，在虛與實的交錯中來呈現「美」的消亡。在他的其他幾部小說中，他也分別呈現了情節的技巧和文字的技巧，因此他也被認爲是「一個最注重技巧的作家。」〔註18〕但是這種對於技巧的過度看重也使文章存在著某些不足，其中最重要的便是在情感和主題的表現上顯得十分單薄，《被劫》的主題顯得比較單薄，對結局的處理顯得有些突兀而違背了

〔註16〕虛白：《被劫》，《眞美善》，1928年第1卷第6號。
〔註17〕虛白：《德妹》，《眞美善》，1928年第2卷第2號。
〔註18〕《介紹批評與討論（德妹、曾虛白著）》，《獅吼》，1928年，復刊（11）。

常情，戰爭主題完全被愛情敘事所消解，從大兵進城的燒殺搶掠到大兵到家借宿而表現出的柔情和彬彬有禮都與常理不合，因而情節顯得淩亂而邏輯欠嚴密。而《德妹》中八個美麗的幻想將回憶和現實平置，過去與現在，美好與死亡變成了渾濁的交織，正如評論者所說：「他的妙處在這八個幻想，他的弱點便也在這八個幻想。因爲作者要把每個幻想都描寫得動人，反而使每個幻想都失掉了力量。好像一部戲裏都是主角，反而弄得一個也不是主角。但是作者的秀麗的文筆是我們不得不佩服的。我不相信中國現代作家中能比他更多絕美的形容字的。假使有人要說他像 Flaubert 那不如把 Gautier 來比他。」〔註 19〕這個來自於《獅吼》的評價或許在一定程度上對他的成就有些拔高，但由此可見，文字的精美已經成爲了他作品的重要特點之一。隨著他創作的不斷進步，在後來的作品中，他也嘗試著傳達技巧之外的內容，但是也一直沒有放棄過對「美」的描寫，在語言的選擇上，他提倡語言的陌生化，勉力避免使用陳腐的文學慣語，同時力圖準確傳神，「我創作的經驗教給我要做好的作品是要拼命往裏鑽的；我想表現一種思想或是感觸，最先找到的詞句一定是一般人所用得爛熟的所以是浮泛的，不能動人的，那決計要不得！於是我一定要努力往裏鑽，直到找著了的確可以表現我這種思想而絕不能移易到別處的詞句，那才是眞正值得寫下來的東西。」〔註 20〕可見，曾虛白將自己對文學藝術性的追求表現爲對技巧和形式的看重，在其早期的文章中，技巧蓋過了思想。

隨著創作的不斷進步，他也認識到情感和技巧的表達並不足以展現文學的力量，而文學的力量並不在於文字的堆砌，更多地是對社會眞實的揭露和對作者思想的高度凝練。他從個人差異的層面上去理解文學的不同表現，每個人對同一事件的感受和呈現都是與眾不同的，但是社會上無處不在的各種規則和力量，心靈的本眞因此而遭受壓抑，「鐵錚錚的禮教，死板板的道德，嚴肅的國家，無情的社會，幸災樂禍的智者，盲從瞎鬧的庸俗，層層疊疊束縛他，形形色形恫嚇他，禁止他宣露出靈魂的本相，於是他不得不忍受著種種苦痛，在人生的劇場上扮一個不是自己的傀儡。」〔註 21〕因此爲了顯現自我必須要勇於宣洩，而這種宣洩也正是對社會現實的一種反抗。而對於作品

〔註 19〕《介紹批評與討論（德妹，曾虛白著）》，《獅吼》，1928 年，復刊（11）。
〔註 20〕虛白：《讀者論壇．創作的討論》，《眞美善》，1928 年第 3 卷第 2 號。
〔註 21〕虛白：《〈潛熾的心〉自序》，《眞美善》，1929 年第 3 卷第 6 號。

而言，作品要顯出眞實就必須要勇於表現眞實的自我，進行自我感情的抒發。這種個性與眞實表現在兩個方面：一個是作品中人物的個性化的情緒，另一個是作品所透露出的作者的情緒，而後者通過前者得以顯現。《潛熾的心》序言可以看做一個高揚文學進行自我表現的宣言，「我願一切人把蘊藏在內心的火焰暢快地宣洩出來，燒斷了一切束縛，嚇退了種種恫嚇，挺著胸，凸著肚，坦白無私地赤裸裸進行在人生的大道上。人家的贊揚，人家的譭謗，我認定是別個宇宙裏的喧嘩，他們根本不知道究竟我是那個。那裏來的煩惱，更用不著呼唬！」〔註 22〕因此這個小說集裏的文章都試圖在表現一種被壓制的感情，這種壓力的力量來自於禮教道德和社會權力，在層層禁錮之下，曾虛白通過人物自白和想像的方法讓這種情緒得到了最好的表達。《苦悶的尊嚴》的陸知事死死抓住自己的尊嚴，層層包裹住自己的欲望，但即便如此他仍舊能聽見來自內心的熱情的呼喊，「他那飽受著禮教薰陶的靈魂只准他在這個範圍裏找尋自己悲哀的泉源。然而，在他靈魂的背影裏，他直覺地感到另有一種飄渺的呼聲，熱烈地要求著另一種說不出的滿足。他知道這並不是簡單伴侶的追求，也不是空虛生活的塡補；這是久經壓迫在他靈魂背後的火焰煎沸著心底裏熱情的聲音。他感覺這種火焰的熱力熏醉了他的心頭，就是這種潛力的鼓蕩，使他感到了處境的淒涼，到處充滿著寂寞悲哀的空氣。」〔註 23〕而《死颸》裏這個被家庭和禮教所不容的女性內心充滿著悲憤，「我要攻擊一切，我要詛咒一切，我要揭破每個人臉上的假面具，叫他們無可掩藏地呈露出個人自私的醜相，這是我困苦了一生唯一的痛快，所以我決心把生命來做他的代價。」〔註 24〕而這些小人物的呼聲是他們內心眞實的感受，也是曾虛白對這個社會中被壓抑已久的欲望和憤懣的一次釋放。在這裡，曾虛白寫作的重心由技巧轉爲情感，而最終著眼於對社會現實的批判。

曾虛白自己坦言，從《德妹》到《潛熾的心》，他一直都在進行寫作的創新，「至於我在眞美善三年半時期中自己的寫作集中在短篇小說的創新，想在心裏描寫的深入刻畫中呈現人間關係的各種現象。」〔註 25〕在這個過程中，曾虛白加入了更多的情緒表達，他慣常使用大段的獨白進行自我剖析，或者渲染一種強烈的感受，以此來反映現實中人的處境，相比於之前的創作，我

〔註 22〕 虛白：《〈潛熾的心〉自序》，《眞美善》，1929 年第 3 卷第 6 號。

〔註 23〕 虛白：《苦悶的尊嚴》，《眞美善》，1928 年第 2 卷第 5 號。

〔註 24〕 虛白：《死颸》，《眞美善》，1929 年第 3 卷第 3 號。

〔註 25〕 曾虛白：《曾虛白自傳》，臺灣：聯經出版事業出版公司，1988 年版。

們能夠從主人公熾熱的感情中探究到隱藏在後的現實原因，從而使小說具有了更多的現實意義。但是我們也應該看到，他對情感的處理過於粗暴，這種過於直露的情緒使作品顯得過於濃烈而韻味不足。但是到了他的長篇小說《三稜》中，他逐漸將主人公的情緒由外露轉爲內斂，由濃烈的感情抒發變爲平和的現實書寫，《三稜》主要講述了一段三角戀中糾纏於三者之間的各種情感，他仍舊延續了自己對精美細節的追求，運用綺麗繁複的句子對人物外貌、動作心理都進行了細緻地描繪，在靜與動之間都展現了絕妙的美感。但對人物情感的抒發卻進行了控制，通過動作和對話來表現各種錯綜複雜的感情。同樣寫懺悔的男性，在《贖罪》中，面對懺悔的兒子，作者禁不住地從文中跳出來說話：「蒼天，蒼天，這是他儘量的慈悲，給予人們自新的生路，要不然歷盡了地獄裏的油鍋刀山也不能減輕他良心上這一道深刻的創痕。」〔註 26〕而《三稜》裏的質夫卻「呆呆地低著頭守在麗娟的床前，臉上一行行的水點，攪不清那一行是淚，那一行是汗。」〔註 27〕兩相比較，《三稜》的風格更爲冷靜眞實。同時，作者十分注重技巧和語言的表達，作者將《三稜》中的三個角色分別賦予了狂、妒、毒這三種情感，三個人物、三種心態糾結在一起，表現了都市現代人複雜的精神生活。但是也正如他自己所說：「若說要把思想和情感二者並重，那就彷彿一定要一滴油溶化在水裏面，這是絕對做不到的。」〔註 28〕《三稜》在對糾葛的情感進行梳理時，必然也在敘述中承載了作者的某些現實觀念，因此他的觀念意識常常會通過大量的對話表現出來，小說中的質夫和麗娟有一場關於愛情與物質，享受與佔有的辯論，篇幅長達十頁，並不能很好的融合於情節之中，因而顯得有些突兀，但作者也通過揚己之長而有效地避免了這一情況，他對語言的精細雕琢在一定程度上緩解了這種生硬感，他讓論辯式的話題變成了散文的表達，比如：「愛是超世間性的一種享受，當我們給塵世間種種物質的煩擾攪得焦頭爛額的時候，它是給我們寧息，給我們撫慰的唯一逋逃藪。它來時像波濤的洶湧，它去時像煙霧的飄忽。它是輕揚的雲，不是凝重的雨；它是潺湲的水，不是堅實的冰。任你有多堅強的理智，一跳進它的漩渦裏，也只能隨波逐流地流去，絕不容你有考量選擇的餘地。這不是意志能稱霸的地獄，卻是動盪熱情的王國。」由於作者精於對語言的駕馭，這也在一定程度上淡化了說理的枯燥，而我們在閱讀如此流

〔註 26〕虛白：《贖罪》，《眞美善》，1929 年第 3 卷第 5 號。
〔註 27〕虛白：《三稜》，《眞美善》1930 年第 6 卷第 5 號。
〔註 28〕虛白：《文藝的郵船．文學的討論》，《眞美善》，1930 年第 5 卷第 6 號。

暢而美麗的文字時也不禁會被深深的打動。可見，曾虛白的創作經歷了一個追求技巧到表達情感，再到情感、觀念的並重的過程，而這也是文學從封閉走向開放的過程。飄忽於概念之上而追求純粹美感的文學是不存在的，曾虛白用創作向我們證明了其自我創作的突圍。

結 語

從曾虛白的創作實踐中，我們看到了其在純文學追求過程中的現實主義偏向，同時他在肯定文學的「中心意識」時，又極力反對文學的功利性。對於純文學和民族主義文藝，他都表現出了某種偏離，因此無論將其劃分哪一派都是有失偏頗的。他早先對純文學的追求更多地是出於一個文壇初學者的自覺模仿，而後隨著自身認知上的不斷發展，純文學的觀念已經不能滿足自身創作和社會的需求，現實主義最終將文學從純粹中拉回了現實，曾虛白的這種轉變是有著他自己的邏輯走向的，他在創作陷入形式主義的窠臼之後去努力尋找另外一種可能的出路，雖然最後他的文學觀顯得比較含混，但是這種嘗試本來就是值得贊賞的。曾虛白的這種自我轉化有著較為積極的意義，是作家進行自我突圍的一種手段。

但是另一方面，我們又可以發現這種所謂的轉向並不是絕然而斷裂的，二者之間的關聯就說明了純文學實踐上的尷尬。長久以來，由於對意識形態的強調，對三十年代文學思潮的敘述都停留在文學與政治的對立矛盾中，忽略了文學表現中的政治訴求和文學審美的調和，因此也就出現了對作家的評價過於單向化的現象。到了八十年代，當我們重新提出「純文學」的話題，重新審視這段文學史，那些被省略和被遮蔽掉的內容應該得以重新恢復，因而對於特定歷史時期政治和文學的「一致性」應該重新被關注。「對於『一致性』的強調，並不是要證明政治訴求和文學訴求之間是聯繫大於差別，還是差別大於聯繫，而是要指出雙方的一致性和對立性統一存在於文學／政治這對矛盾中，『省略』任何一面都意味著『敘述詭計』的發生」。〔註 29〕通過對現象和觀念的梳理，還原文學所呈現的豐富性和複雜性。借助曾虛白，我們看到了政治和審美在文學上所呈現出的統一，有助於透過這個側面瞭解在意識形態高昂的三十年代裏，文學家所面臨的複雜的文學選擇，另一方面我們

〔註 29〕李瑋：《政治文化話語體系的「衍生」和「省略」——論「純文學」話語體系中三十年代文學歷史面貌的呈現》，《當代作家評論》，2011 年第 3 期。

也看到了在文學創作走向困境之時作者努力進行的自我調試，這是一種促進文學觀念更新的力量，它異於文學潮流裹挾的被動隨從，而更多的呈現出了作家的文學自覺。